KB114810

天魔神敎 洛陽本部

천마신교 낙양본부

천마신교 낙양본부 13

정보석 新무협 판타지

초판 1쇄 찍은 날 § 2021년 6월 14일
초판 1쇄 펴낸 날 § 2021년 6월 21일

지은이 § 정보석
펴낸이 § 서경석

편집책임 § 김범석
디자인 § 노종아

펴낸곳 § 도서출판 청어람
등록번호 § 제387-1999-000006호
등록일자 § 1999. 5. 31
어람번호 § 제2-2874호

주소 § 경기도 부천시 부일로 483번길 40 서경B/D 3F (우) 14640
전화 § 032-656-4452 팩스 § 032-656-4453
http://www.chungeoram.com
E-mail § chungeorambook@daum.net

ISBN 979-11-04-92352-4 04810
ISBN 979-11-04-92204-6 (세트)

정보석 新무협 장편소설

FANTASTIC ORIENTAL HEROES

천마신교 낙양본부

13

天魔神教 洛陽本部

천마신교 낙양본부

次例

第六十一章

아시스는 아이시리스와 함께 군막을 나섰다.

먹구름이 많이 사라져, 깨끗한 밤하늘이 보였다. 그곳에는 달보다 환한 별이 있었다. 그것은 마치 유성과도 같았지만, 유성치고는 너무나 밝아 달보다도 더 많은 빛을 쏟아 내는 듯했다.

"미티어 스트라이크… 저기를 봐, 아이시리스."

"……."

아이시리스는 언니의 말에도 아무런 말도 하지 않았고, 아무런 표정도 짓지 않았다.

아시스는 그런 그녀를 안타깝다는 눈길로 보다가 곧 앞으로 걷기 시작했다.

그렇게 얼마나 걸었을까?

저택 쪽에서 머혼과 고폰이 뛰어나왔다. 그들은 기본적으로 아시스와 아이시리스를 보고 있었지만, 계속해서 유성 쪽에 시선이 가는 듯했다.

넷은 저택과 포위망 중앙쯤에서 만났다.

머혼은 자신의 딸들이 무사한 것을 보고 급히 달려와 그들을 안아 주었는데, 아시스도 아이시리스도 그의 품에 고분고분 안겼다. 평소 같았으면 어림도 없을 일이다.

머혼은 한숨을 쉬며 말했다.

"무사했구나. 몸은 괜찮냐?"

아시스는 너무나 울기 싫었다. 하지만 안도했다는 듯한 머혼의 표정을 보자마자, 왈칵 눈물이 쏟아지는 것을 막을 수 없었다.

"네. 무릎이 조금 아프긴 하지만 괜찮아요. 하지만, 아이시리스가……."

머혼은 아이시리스와 그녀를 포박한 은색 체인을 훑어봤다. 그 표정에서 안도감이 점차 사라져 아무런 감정도 남기지 않았다.

"설마, 아니지?"

"……."

낮게 울리는 머혼의 목소리는 아시스도 처음 듣는 종류의 것이었다. 순간 아버지가 낯선 사람처럼 느껴진 그녀는 차마 아무런 대답을 하지 못했다.

머혼은 그 감정 없는 표정 그대로 아이시리스를 보며 말했다.

"아니잖아? 그치? 아이시리스 네가 대답해 봐라."

아이시리스의 눈은 완전히 죽어 있어 어떠한 반응도 보이질 않았다.

머혼은 조용히 그녀를 내려다보다가 나지막하게 말했다.

"아시스."

아시스는 온몸에서 소름이 돋아 눈물이 쏙 들어가는 듯했다.

"네?"

"일단 동생을 저택으로 데리고 가 있거라. 이번 일은 내가 알아서 할 테니까, 계속 동생 옆에 같이 있… 으악?"

머혼은 뒷걸음질 치며 뒤로 물러섰다. 고폰은 잽싸게 그의 앞에 서서, 검을 뽑아 전방을 주시했다.

그곳에는 아이리시스가 검은 무언가로 변해 있었다.

덩달아 놀란 아시스도 검을 뽑았다.

"뭐, 뭐야?"

"이, 이건?"

고폰과 아시스는 서로를 바라보았지만, 서로 영문을 모르겠다는 표정이었다.

그때, 머혼이 고폰의 옆으로 걸어와, 그 검은 무언가에 다가가 살펴보더니 말했다.

"스페라… 하하하, 또 신세를 졌군."

한결 부드러워진 목소리다.

그 검은 무언가는 땅으로 스며들 듯하더니, 곧 자취를 감추었다. 머혼은 검을 집어넣으라는 손짓을 하며 저택 쪽으로 걷기 시작했다.

"아이시리스는 걱정 마라. 스페라가 데리고 있을 거야. 보아하니, 왕세자가 자신의 휘황찬란한 성생활에 다시없을 경험을 더했구나."

"……."

평범한 사람보다 머리가 좋은 아시스와 고폰은 그 말을 듣고 대번에 알아들을 수 있었다. 다만 고폰에겐 아시스처럼 확신까진 없어 되물었다.

"스페라 백작이라면… 그 도플갱어인가 하는 거 말입니까? 방금 그건 레이디 아이시리스가 아니라 도플갱어가 레이디로 변한 것이로군요."

"그래."

"그, 그럼 왕세자는 저, 저거를……."

"일단 따라와."

머혼은 빠른 걸음으로 저택 쪽으로 걷기 시작했고, 괴상한 표정을 지어 보인 고폰과 아시스는 곧 그를 따라 걸었다.

머혼은 땅을 주시하며 깊은 고민에 빠져 있었는데, 그 뒤를 따르는 고폰과 아시스는 계속해서 밤하늘에 불타오르고 있는 별로 시선이 갔다. 그도 그럴 것이, 그 유성이 떨어지면 사람의 시체 따위야 흔적도 안 남고 사라질 게 분명했기 때문이다.

결국 둘 중 아시스가 머혼에게 말했다.

"아버지, 지금 바로 피신해야 하지 않을까요? 유성이 눈에 보이는 건 그만큼 가깝다는 뜻 아니겠어요?"

머혼은 살짝 손을 들었다. 자신의 생각을 방해하지 말라는 의미였다.

그녀는 고폰을 보았고, 고폰은 잘 모르겠다는 듯 손바닥을 내보였다.

그들은 그렇게 더 이상 대화 없이 저택의 앞까지 도착했다.

대문 앞에는 머혼 기사단이 중무장을 하고 있었다. 그 안의 마당에는 지팡이를 들고 있는 수십 명의 마법사들이 있었다. 그들은 각자가 들고 있는 자루에 담긴 금빛 가루를 젖은 땅에 뿌려, 바닥에 거대한 마법진을 그리고 있었다. 그 마법진 안쪽에는 저택에 있는 물품들이 여럿 보였다. 대부분 아시리스가 모은 걸작들이었다.

아시스가 물었다.

"이 마법사들… 언제 이렇게 불러들이신 거죠? 제가 고폰 경과 함께 밖으로 나갈 때까지만 해도 없었잖아요? 포위되기 전에 이미 저택에 왔었을 텐데 어디서 부르신 거예요?"

그 말을 들은 머혼은 우두커니 섰다. 그는 계속해서 깊게 고민하고 있었는데, 그러면서도 아시스의 질문에는 대답을 해 주었다.

"당연히 제국에서 보낸 거지. 참 나, 델라이를 집어삼키게 해 줬는데 고작 마법사 몇십 명을 보내? 저택 자체를 옮겨 줘도 시원찮을 판에……."

"……."

머혼은 뒤를 돌더니, 유성 쪽을 올려다보았다.

"흐음, 흐음, 흐음, 어떻게 한다. 흐음, 다행히 아이시리스에겐 별일 없었겠지만, 왕세자가 그런 짓을 과감하게 한 걸 보면 날 없애기로 작정한 거 같은데……."

그 말을 듣자 아시스는 문득 떠오르는 것이 있어 말했다.

"아, 참고로 찰스 왕세자는 죽었어요."

그 말을 들은 순간 머혼의 표정이 멍해졌다.

"뭐?"

"포트리아 백작이 죽였어요. 그 뒤 저희보고 나가라고 해서 탈출할 수 있었던 거예요. 아마 그녀는 그대로 군막에 있을걸요? 지금쯤이면, 슬롯 경이 그녀를 왕족 살해로 즉결 처형 하지 않을까요?"

그제야 머혼의 눈길이 아시스가 들고 있는 왕관으로 향했다.

"아, 그래서 왕관을 들고 있었구나. 이제 봤네. 그러고 보니 어떻게 빠져나왔는지 물어보지도 않았구나."

아시스는 고개를 끄덕였다.

"네. 유성도 그렇고, 아이시리스도 그렇고… 저도 순간 잊어서 말 못 했어요. 죄송해요. 지금까지 무슨 고민을 하셨는지 모르겠는데, 다시 하셔야겠네요."

머혼은 입을 살짝 벌렸다. 그러더니 중얼거리듯 말했다.

"아, 아니다. 지금이라도 말해 줘서 다행이지. 흐음, 마음이 흔들리는데, 흔들려… 아주. 왕세자가 죽었다면야… 흐음, 여기 있어도 나쁘지 않을 거 같은데? 그나저나 포트리아는… 결국 그렇게 되었나. 하기야, 저택에 올 때도 정상은 아니었지. 아쉬워, 아쉬워."

그때 저택의 대문이 열리면서 아시리스가 나왔다. 그녀 뒤로는 하인들과 하녀들이 줄줄이 따라 나왔는데, 모두들 한가득 짐을 들고 있었다. 특히 하인들은 두세 명이 한 조가 되어 이런저런 예술품들을 들고 있었다.

아시리스는 머혼을 발견하더니 다급하게 말했다.

"여보! 노매직존 좀 어떻게 해 봐요. 하인들만으로는 다 못 옮겨요. 마법으로 옮겨야 한다고요."

머혼은 한숨을 쉬며 말했다.

"아시리스, 지금 그게 중요해? 저길 봐. 유성이 떨어지고 있다고. 노매직존을 못 풀면 공간이동도 못 해. 여기서 다 죽는다고. 하아, 이제 와서 하는 소리지만, 안타깝구나! 아시스, 동생과 함께 저택 바깥쪽으로 도망치지 그랬냐?"

그 말을 들은 모든 마법사들은 하던 일을 멈췄다. 그들의 표정에 긴장감이 서리며 서로 눈치를 주고받기 시작했다.

그 모습을 본 고폰이 조금 큰 소리로 머혼 앞에 나서며 말했다.

"머혼 기사단이 바로 출격하겠습니다."

"되겠어? 술은 다 깼고?"

"안 돼도 해야지요. 어떻게든 포위망 쪽의 마법사들을 죽여서 노매직존을 풀 테니, 그때 다 같이 공간이동하시지요. 그 수밖에는 살아날 길이 없습니다."

그 말을 듣자, 모든 마법사들이 서로를 보다가 다시금 자신의 일에 집중하기 시작했다.

머혼은 고개를 끄덕였다.

"그래. 암만 생각해도 그 수밖에는 없어, 그치? 이대로 다 죽을 순 없잖아? 왕세자가 죽었으니까, 잘만 하면 대화로도 풀릴 수 있을 거야. 아시리스, 일단 애들하고 여기 있어."

아시리스가 얼굴을 찌푸렸다.

"아이시리스는요? 저택에 없는 거 같던데."

"걘 잘 있을 거야. 그리고 제발 부탁이니 시아스랑 한슨도 좀 챙겨! 걔들은 자식 아니야? 그리고 고폰, 일단 나랑 다시 가자. 왕세자까지 죽은 마당이니 슬롯이 아마 우리 말을 믿어 줄 거야. 잘만 하면 바로 노매직존을 풀어 줄지 몰라."

고폰이 물었다.

"그들과 함께 공간이동할 겁니까? 이 마법사들을 보면 백작께서 제국의 지원을 받았다는 걸 바로 눈치챌 텐데요?"

"그건 나중에 생각하고. 야! 말! 말 가져와. 지금 당장 가야……."

"아, 아빠? 저거 봐요!"

아시스의 갑작스러운 외침에 머혼은 눈살을 찌푸렸다.

"뭔데? 뭔데 그… 아, 아… 아."

머혼은 도저히 믿을 수 없는 광경에 말을 더 하지 못했다.

검고 검은 밤하늘에 환히 빛나던 별에서 강한 빛이 나더니 중심에서부터 크게 폭발했다. 그 빛은 수천 수만의 작은 빛으로 갈라져 사방으로 퍼져 나가기 시작했다.

"……."

"……."

"……."

"……."

다들 동공이 완전히 풀린 채 그 광경을 정신없이 바라보았다. 하지만 단 한 사람, 머혼의 두 눈은 날카롭기 그지없었다.

그가 나지막하게 말했다.

"고폰, 결정했다."

"예?"

고폰이 머혼을 쳐다보자, 머혼은 엄지를 들어서 자신의 목을 살짝 그어 보였다. 그러면서 더욱 조용한 소리로 말했다.

"마법사들, 지금."

"진심입니까?"

"기사도는 잠시 내려놔."

고폰은 입을 살짝 벌린 채 그를 보았다.

머혼의 눈빛은 진심이었다.

그는 곧 큰 소리로 머혼 기사단을 향해서 말했다.

"머혼 기사단! 정렬!"

그 명령이 떨어지자, 머혼 기사단이 한 몸처럼 움직여 대열을 만들었다. 그들의 정신은 유성에 가 있었지만, 매일 같은 훈련을 통해 다져진 몸이 절로 반응했기 때문이다.

무의식적으로 대열을 갖춘 그들은 고폰을 보았다. 갑자기 왜 정렬하라는 것일까? 머혼 기사단 모두가 명령을 기다리자, 고폰이 검을 뽑아 들며 말했다.

"차지 앤드 어나힐레이션(Charge and annihilation)!"

그 명령을 듣자, 머혼 기사들 전원의 얼굴에 의문이 떠올랐다.

돌격 전멸이라니?

누구에게?

고폰은 자신의 검으로 친히 그 대상을 보여 주었다.

"크악!"

운 나쁘게도, 고폰의 가장 가까이 있었던 마법사는 등 뒤로 기습을 당해 심장이 뚫려 죽었다.

마법사들 전원의 얼굴이 핼쑥해졌다.

고폰이 말했다.

"모든 책임은 머혼 백작님께서 지신다. 기사가 아닌 도구로서 무기를 휘둘러라."

그 말이 떨어지기 무섭게 기사들의 눈빛이 살벌하게 변했다.

머혼 기사단.

머혼이 처음 자신의 기사단을 설립할 때 가장 중요하게 생각한 것은 두 가지였다.

첫 번째는 실력.

두 번째는 실속.

명예나 기사도에 구애받는다면 애초에 머혼 기사단의 자격이 없다.

그들은 양지에선 기사 중의 기사지만, 음지에선 살인마 중의 살인마다.

머혼 기사단은 하나둘씩 대문으로 들어와 마당에 있는 마법사들을 하나도 놓치지 않고 학살하기 시작했다.

"으… 으아악!"

"으악!"

"사, 살려 줘!"

술 때문인지 그 움직임이 날렵하진 않았지만, 마법을 쓰지 못하는 마법사를 죽이는 건 평범한 사람을 죽이는 것보다 쉽다.

머혼은 아무런 감흥이 없다는 듯 시선을 돌렸다. 그리고 밤하늘을 올려다보며 수십 갈래로 찢어진 별을 감상했다.

아시스는 그 학살의 현장을 도저히 믿을 수 없는지 입을 다물지 못했다. 다리는 후들거렸고, 손은 달달 떨렸다.

그녀의 눈이 문 앞에 서 있는 어머니의 눈과 마주쳤다. 아시스는 같은 감정을 예상했지만, 아시리스의 표정은 냉혹하기 이를 데 없었다.

"어, 어머니?"

아시리스는 툭하니 말했다.

"다들 못 볼 꼴 보지 말고 들어와. 아시스, 너도. 하아, 작품들에 피가 많이 묻으면 안 되는데……."

아시리스는 획 몸을 돌려 안으로 들어갔다. 하녀들과 하인들도 하나둘씩 그녀를 따라 들어갔다. 학살이 눈앞에 펼쳐지고 있는데, 모두들 평소와 전혀 다를 바 없는 모습이었다.

아시스의 표정은 점차 절망에 가깝게 물들었다. 그녀는 삼촌처럼 생각한 고폰과 기사들이 마법사들을 벌레처럼 죽이는 것을 도저히 받아들일 수 없었다.

그녀는 겨우 걸음을 뗐다. 그리고 천천히 머혼의 옆으로 다가갔다. 그리고 힘겹게 자신의 손을 그의 어깨에 올렸다.

"아, 아버지, 이, 이건 하, 학살에 불과해요. 저, 저들을 당장 머, 멈춰 주세요."

머혼은 한숨을 푹 쉬더니 유성의 파편들로 인해 한 폭의 그림같이 아름다운 밤하늘에 시선을 고정하며 말했다.

"난 일단 제국을 버리기로 결정했다. 물론 그들은 내가 여전히 그들과 협조한다고 생각해야 하지. 그러니 저들을 다 죽이고 억지로 델라이에 남아 있는 것처럼 꾸며야 해. 흐음, 스페라가 다 죽였다고 해야지. 부탁하면 들어는 줄 거야, 아마."

"기, 기사도에 어긋나는 행동이에요. 절대로 해서는

안 될…….”

“아시스, 내 사랑스러운 딸아. 이미 알고 있지 않니? 네 아버지에 대해서. 네 어머니에 대해서. 네 가문에 대해서.”

“…….”

“모른 척하고 싶어 해서 계속 나도 모른 척할 수 있게 도와줬다마는… 이제 다 컸으니까, 받아들일 때도 되지 않았니?”

“…….”

머혼은 그녀를 돌아보더니 말했다.

그의 얼굴은 평소 아시스가 알던 얼굴이 아니었다.

“내가 왜 한슨을 상속자로 뒀는지 아니? 아시스, 모든 면에서 너보다 떨어지는데.”

아시스는 지금까지 그 이유를 정확히 몰랐다. 그저 추측만 할 수 있었다.

장남이다 보니까.

자신이 자극을 받을 수 있도록.

약점을 쥐고 있어서 등등.

그 외에도 다른 추측들이 많았다.

하지만 이제야 진정한 답을 알 듯했다.

그녀는 그 답을 아버지의 입에서 직접 듣고 싶었다.

“말해 주세요. 왜 제가 아니라 한슨이 상속자죠?”

머혼은 다시금 별을 향해 고개를 돌렸다.

"왜냐하면 그가 더 너보다 더 머혼답기 때문이다."

"……."

"나는 진정으로, 진정으로 그가 너보다 나의 뒤를 더 잘 이으리라 생각한다."

한슨이야말로 머혼의 상속자로서 가장 적합한 자식이다.

그래서 상속자다.

그뿐이다.

아시스는 고개를 푹 숙였다. 그러곤 조용한 목소리로 말했다.

"그래서 그런 말을 한 거예요?"

"무슨 말?"

"죽이라고."

"……."

아시스가 고개를 들어 머혼의 옆모습을 불타는 눈빛으로 보았다. 그리고 또박또박한 목소리로 말했다.

"모조리 죽이라고 하셨잖아요, 형제자매를. 그래서 그런 말을 한 거냐고요? 그렇게 해야 제가 머혼스러워지니까요? 그렇게 해야 제가 머혼의 상속자다우니까요?"

긴 침묵이 흘렀다.

하지만 아시스는 계속해서 기다렸다.

등 뒤로 마법사들이 죽어 나가는 소리가 서서히 잦아들어 더 이상 들리지 않을 때까지, 아시스는 굳은 표정으로 머혼을 뚫어져라 바라보았다.

머혼은 짧게 대답했다.

"응."

*　　　　*　　　　*

머혼가의 장녀이자 흑발의 미녀인 시아스는 힘겹게 눈을 떴다.

그녀는 눈꺼풀 하나 뜨는 것조차 어려운지, 한참을 애를 써서 겨우 성공했다. 그녀의 두 눈은 흰색보다 붉은색이 많을 정도로 충혈되어 있었고, 동공은 완전히 풀려 눈동자 전체를 잡아먹었다. 눈 주변도 퀭했고, 다크 서클도 깊었다.

그녀는 온몸에서 느껴지는 끈적끈적한 기분이 싫었다. 더웠고, 답답했다. 그녀는 앙상한 사지를 움직여 자신을 덮고 있는 반투명한 이불에서 어떻게든 벗어나려 했다. 하지만 뜻대로 되지 않자, 얼굴에 짜증이 올라왔다.

"일어나셨군요, 레이디."

시아스는 다시금 눈을 뜨고, 앞을 보았다. 그 어둠 속엔 창에서 쏟아지는 빛으로 인해 한 얼굴이 보였다.

"로튼……."

침상에 가까이 온 로튼은 이불을 잡아 시아스를 도와주었다. 그러자 가녀린 몸이 적나라하게 드러났다. 그녀는 아무런 옷도 입고 있지 않았다.

하지만 알몸을 향한 로튼의 눈빛에는 검은 감정이 없었다. 오히려 따스함이 엿보였다. 그는 이불을 대충 접어서 침상 한쪽에 던져 놓고는, 그 옆에 있는 상 위에서 물이 담긴 잔을 그녀에게 건넸다.

"목이 마르지 않습니까?"

시아스는 살짝 고민했다. 목이 계속 마른 것과 침대에서 일어나는 것. 어떤 것이 더 짜증 날까? 둘 다 싫었지만, 전자가 더 싫었던 그녀는 로튼에게 말했다.

"나 좀 일으켜 줘."

로튼은 그녀에게 다가갔다. 한 손에 물 잔을 든 채, 다른 손으로는 그녀의 등을 잡아 주었다. 땀에 젖은 긴 머리는 뼈밖에 없는 등 위에 다닥다닥 붙어 있었다.

"자, 여기 있습니다."

시아스는 두 손가락으로 물 잔의 끝만 살포시 잡았다. 스스로 드는 것조차 싫었던 것이다. 때문에 로튼이 한 손으로 물 잔을 받쳐 반쯤 먹여 주다시피 했다.

어느 정도 물을 마신 그녀는 지친 숨을 내쉬더니 말했다.

"벌써 아침이야?"

로튼은 반쯤 빈 물 잔을 한쪽에 놓으며 말했다.

"아닙니다. 유성이 떨어지고 있어서 밤하늘이 밝은 것입니다."

"유성? 무슨 유성?"

"한번 보시겠습니까? 꽤 아름답습니다."

"귀찮아."

"제가 안아 드리지요."

"응."

시아스는 자연스럽게 양팔을 앞으로 뻗었다. 로튼이 그녀를 번쩍 안아 들자, 그녀는 자신의 팔로 로튼의 목을 휘감았다. 그리고 그 가슴에 푹 안겼다.

로튼은 그녀를 안은 채, 창가 쪽으로 가서 그녀가 유성을 볼 수 있게 해 줬다.

"아름답네. 느껴지진 않지만."

단조로운 목소리.

시아스의 시야각에 맞춰 주느라, 로튼 본인은 그 밤하늘을 볼 수 없었다. 하지만 잠깐 봤음에도 생생하게 떠올릴 수 있을 정도로 경이로웠다.

그것은 사람이라면 무언가 느끼지 않을 수 없는 아름다움이었다.

로튼이 나지막하게 말했다.

"이번에 깨어나시기까지 만 하루를 넘기셨습니다."

"……."

"이젠 정말 끊으셔야 합니다, 레이디."

시아스는 밤하늘에 흩뿌려진 유성 파편들을 멍하니 바라보며 말했다.

"그러게. 저런 놀라운 것을 보면서도 아무것도 느껴지지 않는 걸 보니… 진짜 끊어야겠어."

예상치 못한 말에 로튼은 놀란 눈으로 시아스를 내려다보았다. 그녀는 완전히 죽은 눈으로 밤하늘을 보고 있었다.

로튼이 물었다.

"정말입니까?"

시아스는 그 죽은 눈을 움직여 로튼을 올려다봤다.

"아니."

"……."

시아스는 감흥이 전혀 없는 표정으로 말했다.

"로튼, 지금 나랑 잘래?"

"갑자기요?"

"그냥… 이 상태로 또 저거 했다가는 확실히 죽을 것 같고… 그렇다고 이 지루함을 견디고 싶지도 않아. 그나마 너랑 잘 때 뭐라도 느껴지니까."

로튼은 나지막하게 말했다.

"이대로 계속 가면, 아마 저랑 자는 것도 지겨워지실 겁니다."

"하긴, 말은 안했지만, 최근 들어 매번 실망했었어. 난 로튼이 너무 나이가 많아서 그런 줄 알았는데, 이제 보니 내가 문제였네."

"……"

"앞으론 저게 아니면 정말 아무것도 느껴지지 않을라나?"

시아스는 고개를 살짝 돌려 침상 쪽을 바라보았다.

정확하게는 상 위에 놓여 있는 새하얀 가루.

시아스의 두 눈에 생기가 빠르게 돌기 시작했다.

로튼은 그것을 보며 딱딱하게 말했다.

"적어도 6시간은 하시면 안 됩니다."

시아스는 짜증 어린 어조로 투덜거렸다.

"너무 길어. 그걸 어떻게 견디라고?"

"레이디……"

시아스는 새하얀 가루에서 겨우 시선을 돌려 로튼을 올려다보았다.

"나 일어날래."

"정말입니까?"

"응. 어지러워. 좀 걸어야겠어."

로튼은 시아스를 다리부터 내려 주었다. 나무토막 같은 그녀의 다리는 땅에 닿자마자 떨리기 시작했다. 그녀는 다리에 온 힘을 주며 서서히 섰다. 그러면서도 로튼에게 거의 반 이상 몸을 기댔다.

"아, 걷는 법도 까먹을 거 같아."

"계속하셔야 힘이 납니다."

"아는데, 지겨워서 계속하기 싫어."

"걷는 것조차 지겨우면 어떻게 합니까?"

시아스는 작게 미소 지으며 말했다.

"이게 무슨 느낌인지는 로튼도 잘 알잖아. 그래서 아버지가 당신보고 날 돌보라고 한 거라고 했잖아?"

"제가 원해서이기도 합니다."

시아스는 붉은 혀를 살짝 내밀었다.

"방금 살짝 안 지겨웠어, 로튼."

"……."

"걷자. 밖으로 나가고 싶어. 밤공기 마시고 싶어."

"네. 레이디, 우선 옷을 입으셔야지요."

"응. 가져와."

로튼은 시아스가 홀로 서도록 도왔다. 마치 나무토막을 아슬아슬하게 세우듯, 이리저리 균형을 맞췄다. 대강 되자 양손을 놓고 시아스를 살펴보는데, 시아스는 괜찮다는 듯 고개를 몇 차례 끄덕였다.

그는 곧 한쪽으로 가서 시아스의 옷을 가져왔다. 그리고 머리 위에서부터 발끝까지, 몸에 걸치는 모든 것을 하나하나 입혀 주었다.

그들은 방에서 나와 천천히 복도를 걸었다. 시아스는 로튼의 팔을 꼭 잡았다. 한 걸음마다 그에게 체중을 실었다. 하지만 한번 걷기 시작하니 힘이 생겼는지 아니면 걷는 법이 다시 기억났는지, 점차 로튼에게 기대지 않았다. 복도를 지나 1층으로 향하는 계단을 내려갈 때쯤에는, 계단 손잡이만 잡고 홀로 내려갈 수 있게 되었다.

"시아스! 너 설마 또?"

시아스는 방금 들린 목소리에 고개를 들어 앞을 보았다. 그곳에는 막 저택 안으로 들어온 아시리스가 있었다. 그녀 뒤로는 수많은 하녀들과 하인들이 줄지어 걷고 있었다.

아시리스는 도끼눈을 하고 있었는데, 그 눈과 마주치자마자 시아스는 고개를 푹 숙였다.

"어, 어머니……."

옆에 있던 로튼은 시아스를 감싸듯 서서 아시리스에게 말했다.

"마담, 유성이 터지는 것을 보았습니다만, 정확히 일이 어떻게 된 것입니까?"

아시리스는 시아스를 째려보다가 로튼에게 시선을 돌렸다.

"남편이 또 편을 바꾼 거 같아요. 저 밖에서 마법사들을 다 죽이고 있어요."

로튼은 그제야 귓가로 희미하게 들리는 소리가 사람들의 비명이라는 것을 알 수 있었다.

그가 말했다.

"예술품이 더러워지겠군요? 마담, 유감입니다."

공손히 고개를 숙이는 로튼을 보며 아시리스의 표정이 한결 부드러워졌다.

"역시, 로튼 경. 이렇게 여인의 마음을 잘 아시는 분이 왜 아직까지 짝을 찾지 못하셨을까요? 아니, 안 찾으신 건가?"

"……."

아시리스는 계단 위로 올라가 로튼의 옆에 서서 그에게 말을 이었다.

"자세한 건 남편에게 물어보세요. 전 방으로 돌아간다고 일러 주시고."

"예, 마담."

"그리고 시아스?"

시아스는 움츠러든 상태로 살짝 눈만 올려 자신의 어머니를 보았다.

"네, 에?"

아시리스는 반달 모양의 두 눈으로 그녀를 바라보며 말

했다.

"이젠 적당히 그만할 때도 되지 않았니? 유성이 떨어지고 있는데도 헤롱헤롱 거리고 있었다면, 더 말할 필요가 없을 거 같은데."

"……"

"어디까지나 가끔 즐기려고 있는 것이니, 그런 것에 지배당하지는 마렴. 추하잖니."

"네에, 어머니."

아시리스는 다시 걸어 올라가기 시작했고, 많은 하녀들도 그녀를 따라 올라갔다.

그녀가 완전히 사라질 때까지, 시아스는 움직이지 않았다.

"돌아갈래."

"레이디."

"방으로 가자."

"6시간 동안은 절대로 안 됩니다. 죽을 수도 있습니다."

시아스는 두 주먹을 불끈 쥐더니 말했다.

"가자니까!"

로튼은 그녀의 말을 무시하고 그녀를 안아 들었다. 시아스는 마구 발버둥 쳤지만, 어린아이와 비슷한 체중을 지닌 그녀가 로튼의 힘을 이길 순 없었다. 로튼은 그녀를 어깨에 둘러멘 채로 계단을 다 내려갔다.

복도에 선 그는 대문 쪽을 바라보고 섰다. 더 이상 발버둥 칠 힘도 없었던 그녀는 곧 몸을 축 늘어뜨렸다.

로튼이 말했다.

"마담께서 말하길 머혼 백작께서 마법사들을 다 죽이고 있다고 하셨지요?"

"몰라."

"정면으로 나갔다가는 레이디의 상태가 더 악화되겠군요."

"몰라."

"앞으로 6시간 동안은 방으로 돌아가지 않을 겁니다. 그러니 포기하세요."

"알았으니까, 안아 줘. 짐짝처럼 메지 말고."

"예, 레이디."

로튼은 시아스를 받아서 앞으로 안고는, 왼쪽으로 돌아 긴 1층 복도를 걸었다.

그의 품에 있던 시아스는 얼굴을 찡그리며 말했다.

"대체 어디로 가는 거야?"

"옆문으로 나가려고 합니다. 가서 산 공기나 좀 마시지요."

"이쪽에 그런 문도 있었어?"

"본인이 사는 저택인데 모르면 어떻게 합니까? 얼마나 오래 사셨는데."

"어차피 방 밖으로 잘 나가지도 않는걸, 뭐."

얼마나 걸었을까? 복도에 있는 수많은 문 중 하나가 열리더니, 그 안에서 한 남자가 걸어 나왔다. 그는 로튼과 시아스를 보더니 가던 길을 멈추고 말했다.

"로튼 경? 시아스?"

로튼이 대답했다.

"안녕하십니까, 로드 한슨."

막 서재에서 나온 한슨은 로튼의 품에 안겨 있는 시아스를 물끄러미 내려다보았다. 시아스는 그와 눈이 마주치자, 더러운 것을 보았다는 듯 고개를 확 돌리면서 로튼의 가슴에 얼굴을 묻었다.

한슨은 얼굴을 굳히며 물었다.

"둘이 여기 웬일이야?"

로튼은 한슨이 나온 문 위에 걸린 명판을 보며 말했다.

"그러는 로드 한슨께서는 서재에 웬일이십니까?"

한슨은 팔짱을 끼며 대답했다.

"나 여기 꽤 자주 와. 오늘도 거의 하루 종일 있었지."

"읽고 싶은 책이 있다면야 하인들을 시켜 가져오라 하면 되지 않습니까?"

"아, 제목들을 직접 보고 싶어서."

"그것도 리스트를 가져다 달라고 하면 되는데, 직접 이곳으로 오신다는 말입니까?"

한슨은 머리를 긁적이더니 말했다.

"누굴 시키는 게 아직 어색한가 보지. 아시다시피 천출이라."

"……."

"그나저나 로튼하고 시아스는 어디 가는 길이야? 설마 서재에 온 건 아니겠지?"

로튼이 말했다.

"잠시 레이디를 모시고 밤공기 좀 쐬러……."

시아스가 그 말을 잘랐다.

"납치겠지요."

로튼은 어깨를 살짝 들어 보이며 말했다.

"납치랍니다, 로드 한슨."

한슨은 피식 웃더니 그들을 지나쳐 걸으며 말했다.

"밤공기 좋지. 나도 밤하늘에 유성이 있는 걸 보고 구경 좀 하고 싶어서 나가려는데, 같이 갈까? 공중에서 폭파했는지 좀 특이해. 아름답기도 하고."

로튼은 묘한 눈길로 그를 보다가 물었다.

"모르십니까?"

"뭘?"

"……."

로튼이 아무런 말도 하지 않자, 한슨은 눈초리를 좁히며 말했다.

"뭐, 그 포트리아 백작이 왕을 죽이고 도주한 거 말하는 거야?"

로튼은 고개를 저었다.

"그것 말고요. 어차피 정문 쪽으로 나가시면 백작님이 계십니다. 거기 가시면 자연스레 질문들이 떠오를 테니, 백작님에게 상황을 물어보시지요."

"자연스레 질문들이 떠오른다고?"

로튼은 고개를 살짝 끄덕인 후, 한슨을 지나쳐 걷기 시작했다. 한슨은 이상하다는 눈길로 로튼의 뒷모습을 지켜보았다.

설마 아는 건가?

그런데 로튼이 갑자기 멈춰서더니 한슨을 돌아봤다.

"로드 한슨."

한슨은 절로 일어나는 긴장감을 감추며 말했다.

"왜?"

"서재에 혹시 괴물학 서적도 있습니까?"

"많지. 왜? 갑자기 독서에 관심이 생겼나?"

"트롤에 관해 궁금한 것이 생겨서 말입니다."

한슨의 눈이 잠시 위로 향했다.

"확실히 있었던 거 같아. 트롤이라… 재밌는 몬스터지."

"그렇군요. 알겠습니다."

로튼은 작게 고개를 끄덕인 뒤, 서재 쪽으로 갔다. 시아스가 뭐라고 투덜거렸지만, 소리가 작아 정확하게 무슨 말인지는 들리지 않았다.

"아니겠지, 설마."

한슨은 스멀스멀 피어나는 불안감을 애써 지워 가며 저택의 정문으로 갔다. 복도에 작품들이 많이 비어 있었지만, 그런 건 눈에 들어오지도 않았다. 머릿속이 너무나 어지러웠다.

하지만 정문을 열었을 때 펼쳐진 참혹한 광경에 모든 걱정거리가 달아났다.

"무, 무슨!"

몇십 명의 마법사들은 한쪽으로 몰리는 형태로 모두 죽어 있었다. 머혼 기사들은 막 시체들을 치우고 있었는데, 때문에 바닥에 그려진 핏자국들이 서로 엇갈리며 난잡한 문양을 그렸다.

한슨은 멀찍이 머혼과 아시스를 발견하고는 그들에게 다가갔다. 그들도 인기척을 느끼고 곧 한슨을 돌아보았다.

냉정하기 그지없는 머혼의 눈빛.

그리고 왠지 모를 화로 가득 차 있는 아시스의 눈빛.

한슨은 그 눈빛들이 굉장히 낯설게 느껴졌다. 언제나 그를 무시하거나 경멸하던 눈빛은 온데간데없었다.

한슨이 그 둘을 번갈아 보며 말했다.

"뭔 일입니까?"

아시스는 아무런 말도 하지 않고, 들고 있던 왕관을 앞에 버렸다. 마치 쓰레기처럼 여기는 듯했다. 그러곤 몸을 돌리더니, 한슨에게 눈길 한 번 주지 않고 저택 쪽으로 걸어갔다.

머혼은 그녀를 향해 뒤돌아 있는 한슨을 향해서 말했다.

"지금까지 어디 있었냐?"

한슨은 아시스를 보던 시선을 돌려 다시 머혼을 보고 말했다.

"서재예요. 제가 아까 식당에서 서재에 있겠다고 말했잖아요."

"아, 그래, 그렇게 말했었지. 근데 우리 집에 서재가 어디 있더라?"

한슨은 어이없다는 듯 대답했다.

"참 나, 아버진 자기 집에 서재가 어디 있는지도 모릅니까? 하기야, 머혼 중에 거길 이용하는 건 나밖에 없는 것 같긴 하더군요."

머혼은 고개를 갸웃했다.

"어디 있는데?"

한슨은 어이없다는 듯 말했다.

"1층에요. 계단 올라가기 전 왼쪽 복도 끝쪽이요. 진짜 몰라요?"

머혼은 잠시 생각하다가, 곧 손을 저었다.

"안 그래도 생각할게 많은데. 몰라, 기억 안 나."

한슨은 기가 찬다는 듯 말했다.

"나한테 생일 선물로 줬잖아요?"

"생일 선물이라고? 서재가?"

"아니, 이 세상에서 가장 귀중한 선물을 준다기에 내가 얼마나 기대했었는데요? 네? 근데 무슨 빈 방 하나에 날 데려가더니 여기를 가득 채울 만큼의 지식을 준다고 뭔 말 같지도 않는 소리를 하지 않으셨습니까?"

머혼은 머리를 살짝 긁적였다.

"아, 뭔가 기억날 것 같긴 한데… 그거 엄청 오래전 아니냐?"

"오래전이지요. 제가 저택에 들어와서 처음 맞이한 생일이니까."

"아, 그럼 십 년도 넘었네."

"……."

한슨이 고개를 절레절레 흔들자, 머혼은 피식 웃더니 말했다.

"뭐, 마법사도 아니고 서재를 통째로 가져서 뭐 하냐. 그냥 아랫것들 시키면 되지."

"그러게 말입니다. 나도 처음에는 아버지가 나보고 마법사가 되라고 하는 줄 알아서, 온갖 마법 서적들을 공부했다니까요?"

"마법사? 너 어릴 땐 검술만 엄청 팠잖아?"

한슨은 팔짱을 꼈다.

"마검사(Magic Knight)가 꿈이었습니다."

머혼은 대놓고 그를 비웃었다.

"참 나, 네가 무슨 전설의 영웅이라도 되는 줄 알았냐?"

한슨은 눈을 반쯤 감았다.

"어릴 때 아닙니까, 어릴 때? 예? 시궁창 같은 곳에서 살고 있었는데, 어느 날 갑자기 아버지란 작자가 나타나더니, 알고 보니 내가 제국 대공의 핏줄이었네? 이거 그냥 영웅 소설 도입부를 빼다 박은 거 아닙니까? 그래서 미친 듯이 마법하고 검술을 팠지요. 델라이 최고의 마검사가 돼서 머혼 가문을 다시 일으키고… 그런 상상을 안 하면 이상한 상황이었지요."

머혼은 도저히 웃음을 참을 수 없었다.

"크하하, 하하하, 아, 그래서였어? 그래서 그리 열심히 검술을 익힌 거냐?"

"비웃지 마십시오. 난 나름 진지했다고요. 아쉽게도 주인공 같은 재능이 없었을 뿐이지요."

"하하하, 하하하, 진짜… 하하하."

"차라리 정치나 외교를 배울 걸 그랬어요. 그때는 혓바닥과 종이 쪼가리가, 검과 마법만큼 강한지 몰랐지요."

머혼은 한참 동안 자신의 배를 잡고 웃었다. 시체들을 옮기던 머혼 기사단들이 한 번쯤 힐끔거릴 정도로 그는 정신없이 웃어 댔다.

얼마 정도 시간이 지나고, 정신을 차린 머혼이 한슨에게 말했다.

"하, 덕분에 머리가 좀 맑아졌어. 고맙다, 야."

"이렇게라도 도움을 드려야지요."

"그래. 그래. 자식들 중 네가 제일 도움이 됐어."

한슨은 그의 옆으로 다가갔다. 그리고 가까이 서서 그에게 작은 목소리로 말했다.

"이젠 무슨 일이 일어났는지 설명할 기분이 드십니까? 저 하늘에서 터진 별은 뭐고, 마당에 일어난 학살극은 또 뭡니까? 어쩌다가 포트리아 백작은 우리 집에서 왕을 시해하게 됐고요?"

머혼은 씩 웃어 보였다. 그리고 오른손으로 한슨의 어깨를 감싸더니 왼손으로는 별을 가리켰다.

"저거, 저거, 미티어 스트라이크야."

한슨은 징그럽다는 표정을 지으며 자신의 어깨에 있는 머혼의 손을 쳐 내려고 했는데, 그가 한 말을 듣자 아무런 생각이 들지 않았다.

"예?"

"미티어 스트라이크라고, 저거. 마법 공부 했다며? 응? 그럼 잘 알 것 아니냐?"

"……."

"저거 델로스를 향해서 떨어지고 있었다. 아마 그대로 충돌했다면, 너나 나나 여기 있는 사람들 다 죽었을걸? 중간에 부서져서 다행이지."

한슨은 믿을 수 없다는 눈빛으로 별을 보다가 곧 머혼을 돌아봤다.

"설마 미티어 스트라이크를 막는 기술이 개발된 겁니까?"

"글쎄. 내가 아는 한은 아니다. 뭐, 스페라 백작이 뭔 짓을 했는지도 모르지."

"스페라 백작은 아닐 겁니다."

"응? 왜?"

"예전에 한 번 물어봤거든요. 미티어 스트라이크에 대해서. 그때 거의 반나절가량 이야기를 들었는데, 그걸 절대 방어할 수 없는 이유도 한 시간가량 들었습니다. 절대 마법으로 막을 수 있는 것이 아니라고 하더군요."

"그런 사이였냐?"

"생각보다 관심사가 맞아서요."

"아, 그래? 의외네. 아무튼 그래서 왜 못 막는 건데?"

"미티어 스트라이크는 유성을 끌어오는 마법일 뿐, 유성 자체의 파괴력은 유성 본연의 것입니다. 그냥 물리적인 것이라고요. 그러니 그걸 어떻게 막습니까? 그러니 저 유성이 터진 것도 어떤 마법 현상에 의해서 마법이 중단된 것이 아니라, 물리적인 힘에 의해서 그렇게 된 겁니다. 뭐, 그 물리적인 힘이 또 다른 마법에 의한 것이긴 하겠습니다만……."

머혼은 묘한 눈길로 한슨의 옆모습을 보았다.

순간, 그의 아버지인 머혼 대공이 떠올랐다.

"너 언제부터 이리 똑똑했냐?"

한슨은 피식 웃더니 말했다.

"핏줄이 어디 갑니까? 아버지야 워낙 잘난 사람들 옆에 있어서 못 느끼셨겠지만, 저도 제 고향에선 꽤 알아줬습니다. 쥐뿔도 없었는데, 웬만한 귀족 놈들도 함부로 못 했죠."

"그러냐?"

한슨은 가만히 하늘을 지켜보다가 툭하니 말했다.

"아버지."

"응?"

"절 왜 들이신 겁니까?"

"뭐가?"

"이 저택과 이 가문에 말입니다. 왜 들이신 거예요?"

"왜긴 왜야, 아들이니까 들였지. 나한텐 딸밖에 없었잖냐?"

"설마요. 어디 아버지가 사람의 성별 따위에 신경이라도 쓰시는 분입니까?"

"왜? 나도 꽤 보수적이라고. 아무리 내가 성별 따위에 신경 쓰지 않는다고 할지라도, 세상 사람들의 생각에는 영향을 받지."

"그래도 아버지는 아버지 고집대로 하잖아요."

"하하, 그렇긴 하지."

"이제 슬슬 알려 주시지요."

머혼은 깊게 숨을 내쉬었다. 그러곤 그 자리에 털썩 앉더니, 곧 벌러덩 누워 버렸다. 그렇게 땅에 누운 채로 한슨을 향해서 손짓했다.

"옷 젖기 싫습니다."

"나도 마찬가지야. 얼른 누워."

"그야 아버지는 이미 젖었잖아요?"

머혼이 말없이 계속해서 손짓하자 한슨은 결국 그의 옆에 눕고야 말았다.

머혼 부자는 땅바닥에 드러누워서 하늘을 올려다보았다.

머혼이 말했다.

"너도 아시다시피 아시리스가 워낙 싸가지 없지 않니?"

"아무리 그래도 그렇게 말합니까?"

"사실인걸, 뭐. 내가 이걸 너 아니면 누구한테 말하냐. 아무튼, 그날은 진짜 못 참겠더라. 뭐 때문인지는 기억이 안 나는

데, 유독 신경질적이길래 네 어머니 생각이 아주 많이 났다. 네 어머니를 마지막으로 본 게, 젊은 아시리스를 집에 데리고 왔을 때였거든? 죽일 듯이 도끼눈을 뜨고 나를 쳐다보면서, 지옥에나 떨어지라고 했었지. 근데 그 모습도 그립더라고. 그 정도로 아시리스한테 정이 떨어졌었어, 그날은."

"……."

"그래서 사람들을 풀어서 네 어머니를 수소문해 봤다. 겨우 이틀 만에 소식이 들렸지. 최근에 죽었다고 말이다. 그렇게 쉬웠던 걸 난 아시리스의 미모에 빠져서 안 했던 거야. 찾으려고만 했으면 진작 찾았겠지. 아무튼 그렇게 네 소식까지 들었다. 잘 살아 있다고 말이지. 난 죄책감에 빠졌지. 그래서 널 들이기로 했다."

한슨은 눈가를 살짝 찌푸렸다.

"잠깐만요. 어머니 유서 때문에 내가 직접 이곳을 찾아왔었는데요?"

"그거 내가 조작한 거야. 네 어머니는 평생 네가 머혼가의 핏줄인 것을 알려 줄 생각이 없었다. 또 나도 내가 먼저 널 찾았다는 걸 아시리스가 알아선 안 됐지. 그래서 유서를 조작했었어."

"와, 대단들 하십니다. 아버지도, 어머니도. 두 분 다 대단하세요."

“어쨌든, 그게 첫째 이유야. 네 어머니를 향한 후회? 뭐, 그런 거지.”

한슨은 고개를 느리게 끄덕였다.

“그랬군요. 사실 그건 원래 알고 있긴 했습니다.”

“그래.”

“하지만 제가 묻고 싶은 건 지금까지도 이렇게 상속자로 두신 이유에요. 그 당시에는 그랬을지 모르지만, 이미 십 년도 넘은 일이잖아요? 단순히 한 여자를 향한 후회 때문에 아버지가 가문의 미래를 거는 짓을 하신다고는 상상할 수 없는데요?”

“한 여자가 뭐냐? 네 어머닌데.”

“됐고, 설명해 주세요. 이젠 진짜 알아야겠습니다.”

“왜? 이제 와서 갑자기?”

“저택에서 포트리아 백작이 왕을 죽이고 도주한 것도 그렇고, 델로스를 향해서 떨어지던 유성이 공중에서 폭발한 것도 그렇고, 흑기사단이 포위망을 갖추고 있는데 같은 편인 마법사들을 학살한 것도 그렇고… 도대체 뭐가 어떻게 돌아가는 건지 모르지만, 한 가지 확실한 건 알겠습니다.”

“뭔데?”

“아버지가 델라이를 먹었다는 거 말이에요. 아버지 표정이 그렇게 말하고 있습니다.”

"……"

"그러니 이제 슬슬 상속 문제에 대해서 본격적으로 다루실 거 아닙니까? 그거 말고 더 할 거 없잖아요?"

머혼은 양팔을 들어서 머리를 받쳤다.

"왜 없어? 우선 델라이 정세를 안정시켜야지. 제국과도 관계를 다시 다져야지. 혹시 혼란을 틈타 야욕을 품을 만한 놈들을 견제해야지. 그러고 보니 소론 왕국과도 다 끝난 게 아니야. 그리고 왕비도 살아 있고. 처리할 게 얼마나 많은데? 상속 문제는 나중 일이야."

한슨은 피식 웃었다.

"아시스 얼굴 보니까 아니던데요. 제대로 마음을 굳힌 듯했어요."

"오? 그걸 봤어? 눈썰미 좋네."

"말했잖습니까? 핏줄이 어디 갑니까?"

"어디 안 가지."

"아버지가 들쑤셔 놓은 거 아닙니까, 딱 봐도."

"먼저 들쑤셔 놓은 건 너잖아. 누가 되지도 않는 도발을 하래? 뭐? 스케어(Scare)? 암살 시도? 수준이 너무 낮았어. 즉사 주문이 공포주문에서 비롯된다는 설명은 왜 그리 주절거린 거야? '내가 범인이다'라고 광고라도 하냐? 참 나, 질 낮은 추리 소설도 그렇게는 전개 안 해."

한슨은 눈을 감았다.

"다 아셨군요."

머혼은 코웃음 쳤다.

"그것만 알게?"

"……."

"아까 왜 널 상속자로 두냐고 물었었지? 사실 아시스에게도 같은 질문을 했었다. 네게도 해 보마. 왜 내가 널 상속자로 두는지 아느냐? 네가 한번 답해 봐라."

한슨은 살포시 눈을 감았다.

"뭐, 여러 이유가 있겠지요. 말씀하신 대로 제 어머니 영향도 전혀 없진 않을 것이고, 아시스를 성장시키고 싶은 마음도 없진 않을 테고. 하지만 가장 근본적인 이유는 잘 모르겠습니다. 진짜 이유가 뭡니까?"

머혼은 살짝 뜸을 들이더니 조용한 목소리로 말했다.

"아시스에게 말한 걸 그대로 말해 주마. 나는 진정으로 네가 다른 누구보다 나의 뒤를 더 잘 이으리라 생각한다. 자식들 중 가장 머혼답다고 생각한다."

"……."

"그래서 널 상속자로 삼았어. 다른 이유는 부수적인 것이지, 다."

한슨은 눈을 뜨며 말했다.

"그걸 아시스한테 말했다고요?"

"응."

"그래서 그런 살벌한 눈빛을 한 것이로군요."

"앞으로는 전처럼 허술하게 했다가는 바로 당할 거다."

"날 죽이려고 작정하셨네."

"잘해 봐. 약속하건대, 난 중립이야. 아시리스가 아시스를 도우려고 하겠지만, 그러면 난 그만큼 널 도와서 균형을 맞출 거다."

한슨은 고개를 한 번 끄덕이더니 자리에서 벌떡 일어났다. 그러곤 땅바닥에 누워 있는 머혼을 바라보며 말했다.

"적당히 살려고 했는데, 역시 어렵겠네요. 그 약속이면 됩니다. 믿겠습니다, 아버지."

"그래."

머혼이 눈을 감자, 한슨은 그 모습을 빤히 보다가, 곧 걸음을 옮겨 저택 안으로 들어갔다.

그대로 잠이 들 때쯤, 고폰이 머혼에게 다가왔다.

"백작님."

고폰의 목소리에 막 잠에 빠져들려 했던 머혼은 신경질적으로 대답했다.

"뭐야? 왜?"

"흑기사가 왔습니다. 슬롯 경이 백작님을 뵙고 싶다고 하는군요."

머혼은 무거운 눈꺼풀을 다시 들어 올리며 되물었다.

"시체는? 다 치웠어?"

"대강 처리되었지만, 슬롯 경이라면 공중에 퍼진 피 냄새나 바닥에 난 자국만으로도 무슨 일이 있었는지 알아차릴 겁니다."

"모를 정도로 치우려면 얼마나 걸리는데?"

"15분, 아니, 10분이면 될 듯합니다. 땅도 젖어 있고 비 냄새도 나니까, 갑작스러운 폭우에 마당의 나무들을 정리한다는 식으로 둘러대면… 의심은 해도 확신은 못 할 겁니다."

"알았어."

그는 그렇게 말한 뒤에, 자리에서 일어났다.

온몸이 젖었고, 등 뒤에는 진흙까지 묻어 있는 머혼을 보며 고폰이 말했다.

"밤바람이 찬데, 그래도 채비를 다시 하시는 것이 어떠십니까? 마당은 그동안 치우겠습니다."

"만나자고 하자마자 만나야 들던 의심도 사라지지. 원래 잔병은 잘 안 걸리니 걱정 마. 아, 가서 왕관 좀 가져와. 저기 아시스가 버렸을 거야."

머혼이 대충 몸을 털고 있자, 고폰이 한쪽에서 왕관을 가져왔다. 머혼은 그것을 받고는 씩 웃어 보였다.

그는 곧 질퍽질퍽한 땅 위를 걸어, 대문으로 나갔다. 슬롯은 다른 흑기사 두세 명과 함께 포위망과 저택의 중간쯤에 서 있었다. 투구를 벗고 있으며, 무장한 무기도 없는 것이 명백히 대화를 하자는 뜻이었다.

머혼이 나서자, 일렬로 저택의 입구를 지키고 있던 두 머혼 기사가 그의 뒤로 따라붙었다.

"됐어. 그냥 있어."

머혼은 그 둘의 어깨를 툭툭 쳐 주고는, 홀로 슬롯에게 갔다.

슬롯은 머혼이 혼자 걸어오는 것에 한 번, 행색이 매우 지저분한 것에 두 번, 그리고 방긋방긋 웃으며 손님을 환대하는 표정을 지은 것에 세 번 놀랐다. 그건 그만 느낀 것이 아니었는지, 그와 함께한 다른 흑기사 중 한 명이 작은 목소리로 말했다.

"대단한 자신감이군요."

"……."

"……."

다들 굳은 표정으로 바라보는데도 머혼의 미소는 끊이지 않았다. 그는 흑기사들 앞에 서서 양손을 펴 보이곤 한 명 한 명 눈을 마주치며 말했다.

"아시스가 그러던데, 포트리아 백작이 왕세자를 시해했

다고.”

슬롯이 담담하게 대답했다.

“예, 그렇게 보입니다. 이후 그녀도 자결했는지 죽어 있었습니다.”

“흐음, 자결이라… 그녀답군요. 그럼 슬롯 경은 자리를 내려놓는 것이 좋겠습니다.”

슬롯은 눈초리를 모았다.

“예?”

“내일 해가 뜨자마자 의회를 소집할 겁니다. 당연히 당신을 향한 처벌에 관해서도 이야기가 나오겠지요. 그 전에 스스로 물러나는 편이 덜 불명예스러울 겁니다, 슬롯 경. 두 분의 왕을 지키지 못한 죄는 두 번 죽어도 할 말이 없습니다.”

슬롯은 아무 말도 하지 않고 머혼을 가만히 보았다.

그러자 흑기사 중 한 명이 말했다.

“하, 하지만… 그, 그럴 수는 없습니다.”

머혼은 손을 자신의 귀에 가져가며 쫑긋 세우듯 했다.

“왜요?”

“예?”

“왜 그럴 수 없습니까?”

“그야…….”

그 흑기사는 슬롯을 돌아볼 뿐 더 말하지 못했다.

머혼은 귓가에서 손을 내리며 말했다.

"모르시나 본데, 이건 슬롯 경뿐 아니라 흑기사 전원에게 해당하는 말입니다. 델라이 의회가 흑기사단 전원을 사형에 처한다 할지라도, 파인랜드 어느 기사도, 어느 귀족도 비난하지 않을 겁니다. 심지어 사랑교도 허락할걸요?"

그 말에 모두 꿀 먹은 벙어리가 되었다.

한동안 침묵이 오가고 슬롯이 말했다.

"전하를 이곳에 모시고 온 것은 당신 아닙니까? 머혼 백작, 전하께서 승하하신 것은 당신의 보호 아래 일어난 일입니다. 그 책임을 흑기사단에게 전가할 생각입니까?"

"슬롯 경, 당신이 애초에 포트리아 백작에게 놀아나지 않았다면 그런 일은 없었을 겁니다. 당신은 끝까지 나를 믿지 않고 포트리아를 믿었지요. 그래서 결국 왕세자까지 죽게 된 것 아닙니까? 게다가 왕세자가 죽은 건 명백히 슬롯 경의 보호 아래에서 일어난 일이고요. 왕관 하나만 보고 믿다니… 어처구니가 없습니다."

슬롯은 깊이 숨을 마셨다가 뱉으며 말했다.

"좋습니다. 내 책임은 인정하지요. 하지만 그렇다고 당신도 그 책임에서 벗어날 수는 없습니다."

"그래서 전 흑기사를 비난할 자격이 없습니다. 물론 그건 흑기사도 마찬가지고요. 서로 책임이 있는 사람들끼리 서로의 책임을 비난할 수 있겠습니까? 논리적으로 말이 안 되지요. 당신도 절 고발할 수 없고, 저도 당신을 고발할 수 없습니다. 그러니 서로 도와야 하지 않겠습니까?"

"……."

머혼은 천천히 슬롯에게 걸어갔다. 슬롯은 가만히 선 채로 머혼을 내려다보는데 머혼은 슬롯의 바로 앞에 서서 그와 시선을 마주치며 나지막하게 말했다.

"슬롯 경."

"머혼 백작."

"미티어 스트라이크가 터지는 걸 봤습니까?"

"평생에 잊을 수 없는 광경이었지요."

"델라이는 현재 참혹한 상황에 처해 있습니다. 국가가 수많은 위험에 노출되어 있어, 그 존망조차 불투명합니다. 이런 상황에 그 중원의 힘이 아니라면, 어떻게 이겨 낼 수 있겠습니까?"

"애초에 이런 상황을 초래한 것이 당신이 몰고 온 그 중원의 힘 때문 아닙니까?"

"맞습니다. 제가 몰고 왔지요. 그리고 그건 선왕 전하께서 그렇게 하기로 결정하셨기 때문입니다. 그가 허락하지 않으셨다면, 이런 일이 일어나지도 않았을 것이지요. 당신은 왕을 섬기는 한 명의 기사로서, 왕의 명령에 따른 절 비난하실 수는 없습니다."

"……."

"슬롯 경, 우리가 서로의 잘잘못을 따지기만 하면, 델라이는 더욱 파국으로 치달을 것입니다. 포트리아 백작의 경우를 보십시오. 전 진심으로 그녀와 함께 델라이를 제국보다 강력한 국가로 일으키고 싶었습니다. 그래서 그녀에게 끊임없이 손을 내밀었습니다. 하지만 그녀는 끝까지 저를 믿지 못했습니다. 그래서 결국 스스로의 꾀에 속아 스스로 멸망하는 길을 걷게 되었지요."

"……."

"흑기사단은 델라이를 넘어서 파인랜드에서조차 손꼽히는 기사단입니다. 당신들이 중원의 힘을 손에 넣게 되면 파인랜드의 모든 기사단들이 힘을 합친다고 해도 당신들을 이겨 낼 수는 없을 겁니다. 또한 스페라 백작이 있으니 마법적인 부분에서도 밀리지 않을 수 있지요. 현 상황에서 흑기사단이 해체된다면, 델라이는 한 달을 채 버티지 못할 겁니다."

"……."

머혼은 손을 내밀었다.

"저와 손을 잡으시지요. 델라이를 지켜 냅시다. 만약 제가 제국의 끄나풀이라면 지금 제가 당신에게 이런 제안을 왜 하겠습니까? 델라이의 국력이 약화되기를 바란다면, 왜 귀족들

앞에서 흑기사를 고발하지 않겠다고 약조하겠습니까? 제가 왕을 시해했고, 델라이의 왕좌에 오르고 싶다면… 왜 지금 이렇게 홀로 당신 앞에 나와서 진심으로 호소하겠습니까?"

"……."

"슬롯 경, 저를 더는 의심하지 마십시오. 전 말만 델라이를 위한다고 하는 자들과는 다릅니다. 행동으로 보여 왔고, 행동으로 보일 것입니다."

슬롯이 처음으로 반응했다. 그는 양옆의 흑기사들을 한 번씩 번갈아 보았다. 그리고 그들과 말없이 의견을 주고받았다.

슬롯은 나지막하게 말했다.

"왕을 뵙고 싶습니다. 저택에서 아직 모시고 있습니까?"

"안 그래도 제 결백을 증명하기 위해서 왕께서 계신 귀빈실을 일절 건드리지 않았습니다. 그대로 두었으니, 가서 보시지요."

슬롯은 고개를 여러 차례 끄덕이더니 말했다.

"톰, 가서 란슨을 데려와. 여럿 갈 것 없이 란슨하고만 들어가겠다."

"예, 캡틴."

슬롯을 제외한 흑기사들이 몸을 돌려 자신들의 진영으로 향했다. 슬롯은 툭하니 머혼에게 말했다.

"제가 죽는다면, 흑기사들이 바로 공격할 겁니다."

"그럴 일 없을 테니 걱정 마십시오."

"그럼 믿겠습니다."

그렇게 말한 슬롯은 자신의 아머 세트를 하나씩 벗기 시작했다. 건틀릿(Gauntlet)부터 시작해서 각종 보호대와 신발까지 모두 벗었다. 그동안 란슨이 도착했는데, 그도 대강 눈치껏 슬롯처럼 아머 세트를 벗기 시작했다.

먼저 다 벗은 슬롯은 거의 속옷만 입은 격이었다. 게다가 땀과 비로 인해 완전히 젖어서, 알몸이 드러난 듯했다.

"외투만 좀 부탁드리겠습니다."

슬롯의 말에, 머혼이 고개를 끄덕이며 말했다.

"갑옷을 벗으실 필요까진 없습니다만……."

슬롯은 차가운 눈길로 그를 보며 태연하게 말했다.

"멜라시움 아머 세트는 제 목숨보다 가치 있는 것입니다. 혹시라도 적의 손에 탈취되게 둘 순 없습니다."

"……."

이후 란슨도 다 벗을 때까지, 머혼이 저택 쪽에서 사람을 불러 옷을 가지고 오게 했다. 덕분에 슬롯과 란슨은 전신을 가릴 수 있는 여행자의 클록(Cloak)을 입고 저택으로 들어갈 수 있었다.

마당엔 꽤 많은 수의 하인들이 랜턴을 켜 놓은 채 일하고 있었다. 부러진 나뭇가지를 줍거나, 젖은 땅을 정리하거나, 이곳저곳 비료를 뿌리고 있었다.

"무슨 일이 있었나 봅니다."

란슨의 질문에 머혼이 아무렇지도 않게 대답했다.

"글쎄요. 갑작스러운 폭우 때문인가 봅니다. 저들이 하는 일은 나도 잘 몰라서."

란슨은 더 말이 없었다.

앞서 걷던 머혼은 고개를 돌려 란슨의 표정을 확인하고 싶었지만, 그 충동을 억누르곤 계속해서 천천히 앞으로 나아갔다.

그들은 저택의 정문을 지났고 계단을 올랐으며 델라이가 죽은 귀빈실에 도착했다.

머혼은 문손잡이를 잡고 열면서 말했다.

"이곳입니다. 들어가서 확인해 보시지요."

끼이익.

문이 열리고 불쾌한 냄새가 나는 귀빈실이 그 모습을 드러냈다. 방 안은 아직 은은한 빛을 내는 촛불들로 인해 꽤 밝았다.

가장 먼저 보이는 것은 아무렇게나 놓여 있는 와인병과 와인 잔들. 그리고 그 뒤를 따라서 침상 위에 누워 있는 어떤 실루엣이 보였다. 그것은 얇은 흰 천으로 덮여 있었는데, 그 안이 비쳐 보였다.

"전하……."

슬롯은 허탈한 듯 말하며 그 자리에 굳은 듯 섰다. 란슨은 그런 그에게 물었다.

"가서 살펴볼까요?"

"그래, 부탁한다."

란슨은 조심스러운 발걸음으로 그 시체에 다가갔다. 그리고 흰 천을 들추어 냈다. 그러자 퀴퀴한 냄새가 갑자기 방 안을 가득 채웠다. 멀찍이 있던 슬롯도 코를 막았지만, 란슨은 표정 변화 하나 없이 시체를 자세히 살피기 시작했다.

그는 곧 사인을 알 수 있었다.

"이건 의심의 여지없이 교살입니다. 흐음… 귀 쪽을 보아하니, 끈도 아니고 그냥 맨 팔로 졸라 죽였군요."

슬롯은 코를 막은 채 코맹맹이 소리로 말했다.

"팔뚝 크기를 알 수 있겠나?"

"멍 자국으로 대강 유추하고… 살 안쪽으로 파고들었다고 가정하면 한 이 정도 됩니다."

란슨이 엄지와 검지로 팔뚝 크기를 보여 주었다. 머혼의 것이라고 하기엔 말도 안 되게 작았고, 남성의 것이라고 하기에도 어려웠다.

슬롯이 말했다.

"꽤 작군."

란슨은 고개를 끄덕였다.

"살해자는 성인 여성이라고 봐야겠지요. 그리고 성인 여성이 성인 남성을 도구도 없이 맨 팔로 교살하기 위해선 이쪽 분야의 지식 없이는 불가능합니다. 가능하다 할지라도 꽤 오랫동안 실랑이를 벌여 다른 흔적들이 몸 이곳저곳에 생길 겁니다. 그런데 이 정도로 깔끔한 흔적이라면… 정확하게 동맥을 막을 수 있어야 합니다."

"……."

"종합적으로 따졌을 때, 이런 깨끗한 교살 흔적을 남길 만한 사람은 포트리아 백작뿐입니다. 만에 하나, 포트리아 백작이 아니라 머혼가의 사람이라면 레이디 아시스 정도 되겠지요."

슬롯은 턱을 괬다.

"하지만 포트리아 백작은 머혼이 기사를 시켜서 죽였다고 했지. 레이디 아시스가 죽이는 것을 봤다면 확실히 레이디 아시스가 죽였다고 했을 거야."

"예, 저도 그렇게 생각합니다."

"조작 가능성은?"

"더 봐야 알겠지만……."

"없군."

"지금으로서는 그렇습니다."

머혼은 문가에서 조용히 그 대화를 듣고 있었다. 그는 그 둘이 더 이상 말이 없자, 입을 열었다.

"그럼 이제 제 말을 믿겠습니까, 슬롯 경?"

"……."

"제가 전하를 시해했다면, 왕세자와 포트리아 백작의 죽음까지 조장하고 조작했다는 뜻입니다. 설마 그것을 믿으시겠습니까?"

슬롯은 란슨에게 손가락을 까닥까닥 했다. 그리고 그와 함께 귀빈실을 나와 머혼 앞에 섰다.

"머혼 백작, 이젠 백작을 더 의심하지 않겠습니다. 다만 한 가지 알 수 없는 것이 있습니다."

"무엇입니까?"

"포트리아 백작의 동기가 무엇이었겠습니까? 무엇 때문에 그녀가 전하를 시해하고 왕세자까지 죽이는 짓을 한 것입니까?"

머혼은 안타깝다는 듯이 시선을 땅으로 하고, 한숨을 깊게 내쉬며 말했다.

"저도 정확하게는 모르겠습니다. 하지만 그녀가 죽기 전에 제게 했던 말이 있습니다."

"말?"

"진실을 봐 버린 것이지요, 라고요."

"진실이라 함은?"

머혼은 슬롯과 다시 눈을 마주치며 말했다.

"왕께서는 자신의 신분이 가장 위험한 순간에 군부를 믿지도, 흑기사를 믿지도 않았습니다. 저를 믿었지요. 아, 개인적인 감정은 없었습니다, 방금."

"압니다."

"아무튼, 그것에 충격을 받았나 봅니다. 그래서 제가 전하를 납치했다고 생각한 것이지요. 그렇게 합리화하지 않고는 견딜 수 없었나 봅니다. 하지만 이곳에서 전하와 독대하는 중에, 전하께서 총애하는 신하가 본인이 아니라 저라는 것을 더 이상 부정할 수 없게 된 겁니다. 그녀가 평소에 델라이를 위해 한 수고를 생각한다면, 상상할 수 없는 배신감이 들지 않았을까 합니다."

"……."

"전 그녀의 의심을 풀어 주고 싶었습니다. 그래서 전하와 독대하게 하였습니다. 하지만 그것이 그녀에게 무엇보다도 더 큰 상처를 입힐 줄은 몰랐습니다. 그녀만한 충신이 없었는데, 그 애국심 때문에 오히려 그녀는 그런 참담한 일을 저지르게 된 것이 아닌가 합니다."

이번엔 슬롯의 시선이 땅을 향했다.

"무슨 말인지 알겠습니다. 솔직히 저 또한 비슷한 기분이니까요."

"슬롯 경, 미티어 스트라이크로 인해 나라가 망할 절체절명의 위기였습니다. 그 누구도 제정신……."

슬롯은 얼굴을 확 찌푸리며 머혼의 말을 잘랐다.

"무슨 말인지 알겠다고 했습니다, 머혼 백작. 알았으니… 더는 말하지 마시지요."

"……."

머혼은 입을 다물었다.

슬롯은 콧김을 강하게 한 번 내쉬면서 감정을 삭이더니, 말을 이었다.

"사람을 보내 전하의 시신을 모시겠습니다. 백작과는 아침 의회에서 뵙겠군요. 마중 나오실 필요는 없습니다. 그럼, 머혼 백작."

슬롯은 머혼을 향해서 고개를 한 번 작게 끄덕였다.

머혼도 그와 란슨을 향해서 고개를 살짝 끄덕이며 인사했다.

"슬롯 경, 란슨 경."

그들은 머혼을 지나쳐 걸어갔다. 머혼은 한참을 그 자리에서 있다가, 무슨 생각이 들었는지, 그 귀빈실 안으로 들어갔다.

한쪽에 선 그의 두 눈은 델라이의 시신에 고정되어 있었다.

*　　　　*　　　　*

"발구르 숲에 엘프가 있다고?"

"바르쿠으르(Barr'Kuoru)라고 하던데요."

"바르 나무의 얼굴이라, 재밌는 이름이네."

"예?"

"쿠으르(Kuoru). 그거 얼굴이라는 뜻이야."

하이엘프는 자신의 키보다 더 큰 책의 책장 하나를 넘기며 퉁명스럽게 말했다. 손바닥으로 거대한 종이를 쭉쭉 펴더니 세 걸음이나 뒤로 와서, 무릎 높이 정도로 올라오는 원형 의자 위에 반쯤 걸터앉았다. 그러고는 고개를 들고 앞에 있는 거대한 책을 다시 읽기 시작했다.

높이 2m, 넓이 1m는 될 법한 그 책은 좁은 나무줄기 안의 한쪽을 가득 채우고 있었다. 하이엘프가 책장을 넘기지 않았더라면, 임모라는 그것이 책인지도 몰랐을 것이다.

그가 말했다.

"설마 어머니들이 사용하시는 언어입니까?"

"응. 태초의 언어가 종족의 이름인 것을 보면 정말 오래된 일족인가 보네. 하기야 그토록 오래되었으니, 다른 엘프들도 전혀 모를 정도로 폐쇄적이겠지."

"그런가요? 바르 일족은 흔하지 않습니까? 수가 많은 만큼 다양할 테니, 그런 일족도 있는 것 아닐까요?"

"글쎄. 내가 봤을 땐, 그 어머니가 꾸준히 자식들을 내보내서 파인랜드에 바르 일족이 흔해진 게 아닌가 싶은데?"

"설마요."

"그런데 언제까지 내 독서를 방해할 셈이야?"

하이엘프는 처음으로 임모라를 돌아봤다.

임모라는 입구에 선 채로 말했다.

"한 가지 말씀드릴 게 있어서 부득이하게 방해했습니다. 죄송합니다."

하이엘프는 못마땅한 표정을 지었다가, 곧 손을 휘하고 내저었다. 그러자 그 큰 책에서 은빛이 나더니 팔뚝만 한 쇠사슬이 책을 두르며 덮었다. 강력한 봉인주문인 듯싶었다.

쿵!

큰 책이 덮히는 충격으로 인해, 나무 전체가 흔들려 사방에서 나뭇잎이 떨어졌다.

"뭔데? 웬만큼 흥미로운 게 아니면 말할 생각도 하지 마. 아니다, 이미 늦었어. 내가 마법책을 덮어 버렸으니, 그만큼 날 재밌게 해 줘야 할 거야."

임모라의 시선이 절로 그 책으로 향했다.

"역시 마법책이었군요. 뭐에 관한 내용입니까?"

"관심 가져 봤자, 넌 마법 못 쓰잖아."

"……."

"뭐, 별건 아니야. 차원이동에 관한 거지. 어쩌다 발견했어."

"차원이동이요? 근데 그게 별거 아니라고요?"

"좀 허무맹랑하거든."

"그런데 읽고 계셨습니까?"

"응. 허무맹랑한 것치고 내용이 너무 방대해서. 아니, 장난을 쳐도 이렇게 정성스럽게 치면 안 속아 줄 수가 없잖아?"

"……."

"아무튼, 무슨 일이야? 왜 날 방해한 거야?"

임모라는 갑자기 울컥하는 기분이 들었다.

"당신도 허구한 날, 제 일을 방해하지 않습니까? 심심하면 괜히 와서 툭툭 건드리면서."

"그게 하이엘프의 일이야. 몰랐어? 여기저기 돌아다니면서 질문을 던지고 정보를 모으고 하는 게 우리 일이라고. 당연하지만 그중 가장 자세히 알아야 하는 건 바로 디사이더(Decider)의 일이지. 엘프 사회 내에서 어머니만큼 영향력을 발휘하는, 가장 중요한 역할을 하는 개체니까. 그러니 나는 허구한 날 네가 하는 일을 방해하는 게 아니야. 엄연히 내 일을 하는 거지."

"……."

"자꾸 말 돌리지 말고, 본론이나 말해."

임모라는 패배감에 사로잡혔으나, 그것을 어찌할 수 없었다. 그는 굴욕을 속으로 삼키면서 말했다.

"나중에 뿌리를 내리시면 한 엘프를 접붙이기 해 줄 수 있습니까?"

"뭐?"

"접붙이기 말입니다. 다른 어머니의 자식을 자신의 자식으로 삼아 주……."

"내가 그걸 모를 것 같아? 내가 물은 건 그걸 몰라서 그런 게 아니라, 그런 뜬금없는 소리를 왜 네가 하느냐야."

임모라는 조용한 목소리로 사정을 설명했다.

"발구르 숲을 시작한 고목에서 그걸 연구하던 도중에, 한 엘프가 찾아왔습니다. 전직이 아보리스트(Arborist)인 엘프였습니다."

"운이 좋았네. 폐쇄적인 일족의 지역에서 와쳐가 아니라 아보리스트를 먼저 만나다니. 그래서 목숨을 부지했구나. 근데 그녀의 어머니에게 무슨 일이 일어났대?"

"그게 아니라 그녀는 추방된 엘프였습니다."

"추방당한 엘프라고?"

"하필이면 그 고목이 있었던 곳이 바르쿠으르에서 추방된 엘프들이 모이는 추방지였나 봅니다."

"흐음. 설마 나한테 추방된 엘프를 받아 달라는 건 아니지?"

"안 됩니까?"

임모라의 질문에 하이엘프는 단호하게 고개를 저었다.

"당연히 안 되지."

"하나쯤은 괜찮지 않습니까? 그녀가 가진 지식들은 상상할 수 없을 만큼 오래된 바르 일족의 것입니다. 아무리 당신이 여행을 하고 연구를 해도 얻을 수 없는 수준의 깊이를 가지고 있을 것입니다. 그녀가 가진 지식들을 활용하면, 숲을 가꾸는 데 있어 다른 어린 어머니와는 비교할 수 없을 만큼 지혜롭게 될 겁니다."

"물론 그렇겠지. 하지만 그렇다 한들 그렇게 할 순 없어."

"왜요?"

"추방된 엘프는 추방된 이유가 있는 거야. 그것도 고대부터 살아남은 어머니에 의해 추방되었다면 더더욱 그만한 이유가 있을 테지."

"그 일족에선 추방될 이유가 있었을지 모르지만, 당신의 뿌리 위에서는 다를 수 있지 않습니까?"

"와쳐(Watcher)면 모를까, 아보리스트는 그런 모험을 하기엔 너무 중요한 개체야. 아무리 내가 열매를 잘 내서 아이들이 번성한다고 해도 숲 자체를 관리할 능력이 없으면 그 어떠한 것도 의미가 없어. 살아갈 터전이 없으면 개체 수가 늘어나는 건 축복이 아니라 오히려 심각한 문제지."

"그녀만 접붙이고, 다른 아보리스트는 새로 열매를 맺으시면 되지 않습니까?"

"그랬다가 다른 아이들에게 영향을 미치면? 분명 매우 지혜로울 텐데, 그녀의 방법들은 멈출 수 없을 만큼 빨리 녹아들걸? 그리고 그 고대의 일족의 어머니가 그녀를 추방한 그 이유로 인해서 난 멸망하게 되겠지.”

“정말 안 되는 겁니까? 그녀 홀로만 당신의 뿌리 위해서 살아가게 해 줘도 좋지 않습니까? 그녀의 생각이 퍼지지 않게만 말입니다.”

“추방을 당했던 자신의 처지를 받아들이지 못할 정도로 ‘Rodalesitojuda’가 열어진 엘프야. 자신의 생각을 퍼뜨리지 않고 순순히 죽을 때까지 있어 줄까? 이미 그녀는 스스로의 생존본능이 이상하리만큼 강해. 죽음이 임박하면 자신의 흔적을 남기고 싶어 할 거라고. 그리고 그런 그녀가 취할 방법은 뭘까? 바로 자신의 생각을 남기는 것이지.”

“그렇게 단정 지을 순 없지 않습니까?”

“가능성이 없지 않지. 그리고 그것이 있는 한, 난 그런 도박을 할 필요가 없어.”

“…….”

“나야말로 묻고 싶은데, 넌 왜 그녀를 도와주려고 하지?”

“예?”

“왜 그녀를 도와주려고 하냐고, 네 일이 아닌데.”

임모라는 순간 아무런 대답도 할 수 없었다.

그때 가슴이 찌릿했던 그 고통은 뭘까?

임모라도 알 수 없었다.

“모르겠습니다. 그저 두고 볼 수 없었습니다.”

"두고 볼 수 없었다. 다시 말하면 관심을 거둘 수 없었다는 것이지. 디사이더인 네가 같은 일족도 아닌 다른 엘프를… 너도 꽤 이상해졌어, 그렇지?"

임모라는 풀이 죽은 표정으로 고개를 숙였다.

"네. 확실히."

"그거 무슨 뜻인지 알지?"

"……."

침묵하는 그를 지켜보던 하이엘프가 툭하니 물었다.

"그 고목에 있어? 네가 말한 아보리스트."

임모라의 표정이 환해졌다.

"접붙이실 생각입니까?"

"아니, 하지만 한번 만나나 보게. 만나서 이야기하다 보면 생각이 달라질지도 모르잖아. 비켜 줘, 나가게."

임모라는 얼떨결에 자신이 안으로 들어와 있었다는 걸 깨달았다. 하이엘프가 그를 지나쳐 나무줄기 밖으로 나가는데, 임모라가 다급하게 말했다.

"저도 함께 가요."

하이엘프는 막 줄기를 나서다가 멈추고 그를 돌아봤다.

"같이? 굳이 그래야 해?"

"네. 결과를 직접 보고 싶습니다."

"뭐, 상관은 없겠지."

그녀는 손을 내밀었다. 임모라는 침을 한 번 삼킨 뒤에, 그 손을 붙잡았다.

하이엘프는 아름다운 미소를 지으며 말했다.

"축복 안에서 마법도 쓸 테니까 놀라지 마."

"설마… 가능합니까?"

"후후후."

그녀는 더 대답하지 않고, 앞발을 내디뎠다. 그러자 세상이 뒤바뀌어 선으로 변해 버렸다.

임모라는 손을 놓치지 않기 위해서 하이엘프를 따라서 서둘러 걸었다. 하이엘프는 걸음을 옮기며 살짝 눈을 감고 중얼거리며 주문을 영창하더니, 기어코 시전해 버렸다.

[핸즈 패스트(Hands Fast).]

세계의 선이 더욱 얇아지면서, 그들은 상상할 수 없는 속도로 걷기 시작했다.

임모라는 세계를 이루는 선과 선 사이에 보이는 무의 공간을 엿보면서 두려운 마음에 말을 더듬었다.

"포, 포커스가……."

하이엘프는 그를 보더니 문제없다는 듯 방긋 웃어 보였다.

"호기심에 한번 해 봤는데, 되더라. 난 마법엔 정말 타고났나 봐."

"참 나… 그걸 그냥 해 봤다고요? 혹시라도 뇌가 다 타 버리면 어떻게 하려고요?"

"안 탔잖아."

"그렇게 위험한 실험은 무턱대고 하지 마십시오."

"지금도 하는데, 실험?"

임모라의 표정이 내려앉았다.

"설마 누군가를 데리고 하는 건 또 처음입니까?"

하이엘프는 시치미를 떼며 말했다.

"벌써 다 온 거 같은데, 잠깐 손 좀 더 세게 잡아 봐."

그녀는 다시 눈을 감고 집중했다. 그러곤 마법과 축복을 동시에 거둬들이는 기적 같은 일을 아무렇지도 않게 해내었다.

임모라는 사방이 순식간에 익숙한 광경으로 변하는 것을 보았다.

발구르 숲.

익숙한 바르 나무 냄새가 사방에서 한 번에 차올라 콧속을 찌르는 듯했다.

"가자."

넋을 놓고 있던 임모라는 하이엘프를 따라서 걸음을 옮겼다. 그녀는 그 엄청난 포커스와 마나의 손실에도 전혀 지치지 않은 듯 보였다.

그들은 한 나무줄기 위에 있었는데, 그 줄기는 나선형으로 서서히 위를 향하고 있었다. 죽어 있었지만 얼마나 질긴지, 두

엘프가 그 위를 걷고 있음에도 조금도 흔들리지 않았다.

임모라는 그 나무줄기가 그가 공부하던 그 고목의 것임을 확신했다. 그 정도로 오래된 나무가 아니라면, 죽어서도 이 정도의 탄력을 지닐 수 없기 때문이다.

얼마 지나지 않아, 그들에게 임모라가 있었던 그 나무줄기 속 동굴이 보였다. 그들이 걸어 올라온 줄기와는 꽤 거리가 돼서, 한 번 뛰는 것으론 도달할 수 없었다. 문제는 중간에 디딜 만한 다른 나무도 없었다는 점이다.

"저기로 들어가야 합니다만, 너무 머네요."

하이엘프는 눈을 살짝 감으며 말했다.

"던져 줄게."

"예? 무슨… 으악!"

임모라는 소리를 지르지 않을 수 없었다. 그의 몸이 일순간 떠오르더니, 그녀의 말대로 던져졌기 때문이다. 공중에서 빠르게 중심을 잡은 그는 겨우 그 동굴 앞에 안착할 수 있었다.

탁.

그가 안도의 한숨을 쉬는데, 뒤에서 다급한 외침이 들렸다.

"비켜! 얼른!"

임모라는 뒤돌아보지도 않고 얼른 안으로 몇 발자국 들어갔다. 그와 동시에 하이엘프가 임모라가 있었던 그곳에 정확히 안착했다.

탁.

하이엘프는 양손을 허리춤에 두었는데, 그 손끝에서 미약한 빛이 막 사라지고 있었다.

임모라는 가슴을 쓸어 내리며 말했다.

"사이코키네시스(Psychokinesis)를 쓰려면 말을 먼저 하지 그러셨습니까?"

"뭐, 잘됐잖아? 그나저나, 네가 말한 아보리스트는 어디 있어?"

"아마 안쪽에서 기다리고……."

한쪽을 바라본 임모라는 더 말을 하지 못했다. 그의 몸도 굳었고 표정도 딱딱하게 변했다.

하이엘프는 그런 그를 물끄러미 보다가 더 안쪽으로 들어가서 임모라가 보고 있는 광경을 같이 보았다.

그곳엔 온몸이 썩어 있는 엘프 한 명이 바닥에 앉아 있었다. 그녀는 임모라와 하이엘프의 존재조차 인지하지 못하는지, 가만히 앞의 바닥을 내려다보며 눈을 껌벅일 뿐이었다.

하이엘프는 천천히 그 엘프에게 다가갔다. 그리고 몸을 숙여 그 엘프와 눈을 마주쳤다. 그 엘프의 눈동자가 하이엘프를 보는가 싶더니 곧 다시 아래로 향했다.

관심은커녕 생각조차 없는 듯했다.

하이엘프가 임모라를 보며 말했다.

"목적을 잃어서, 육신조차 살 의지를 잃었네."

임모라는 입술을 살짝 깨물더니 말했다.

"'당신을 위해서 지식을 기억해 두겠습니다'라고… 분명히 그렇게 말했는데… 아마 홀로 둔 제 탓이겠지요. 홀로 두지 않고 옆에 있었다면, 이렇게까지 되진 않았을 겁니다."

임모라를 바라보는 하이엘프의 두 눈이 반쯤 감겼다.

"너 화내는 거야?"

임모라는 화들짝 놀라더니 하이엘프를 보았다.

"예?"

"응. 목소리가 화내는 것처럼 들렸는데."

"그런……."

하이엘프는 자리에서 일어나며 말했다.

"뭐에 화내는지는 모르겠는데, 어차피 이 엘프는 더 이상 살릴 수 없어. 난 내 일을 마저 하러 갈게. 넌 어쩔래? 계속 여기 있을 거야?"

임모라는 그 엘프에 시선을 고정한 채로 말했다.

"데려가고 싶습니다."

"왜?"

"그냥 연구해 보고 싶습니다."

"저 엘프를?"

임모라가 고개를 끄덕이며 말했다.

"살려 보고 싶습니다."

"뭐를?"

임모라는 뒤에서 들리는 목소리에 화들짝 놀라며 고개를 돌렸다.

그곳엔 태양을 등진 스페라가 있었다.

"스페라?"

스페라는 막 잠에서 깨어난 운정을 내려다보며 말했다.

"뭘 살리겠다는 거야?"

"예?"

스페라는 게슴츠레 웃으며 말했다.

"잠꼬대였구나. 어서 일어나, 머혼이 찾는다."

그녀는 그렇게 말한 후, 훌쩍 서재의 아래로 뛰어 내렸다.

운정은 잠시 멍한 표정으로 그 모습을 보다가, 곧 고개를 마구 돌리며 잠기운을 떨쳐 냈다.

"무슨 꿈이지……."

그는 방금 꾼 꿈을 떠올리려고 했다. 하지만 태양빛은 운정의 머릿속에 떠오르는 잡념들을 모두 태워 버렸다. 그는 곧 아무것도 생각나지 않게 되었다.

第六十二章

델라이는 봉건국가다.

이를 다시 말하면, 중앙 권력에 행정 부처가 거의 없고, 실제 통치에 관련된 거의 모든 행정을 해당 영지를 받은 영주들에게 맡긴다는 뜻이다. 중앙 권력의 통치 대상은 기본적으로 영주들이며, 그들이 세금을 제대로 바치는 한 거의 간섭하지 않는다.

따라서 왕이 부재할 경우, 각 영주는 스스로의 나라를 세울 가능성이 다분했다. 이미 행정적으로는 분리되어 있으니, 말 그대로 선포만 하면 그만이기 때문이다. 그것을 억제하는 것은 강력한 중앙 무력인데, 이 두 축은 군부와 마법부가 각각 담당한다. 그래서 귀족들을 다스리기 위해선 그 두 축이 건실하다는 것을 보여 주는 것이 무엇보다도 중요하다.

운정은 정치에 대해서 잘 알지 못했지만, 지금껏 대화를 지켜보면서 그 핵심은 이해할 수 있었다. 그는 다시금 찬찬히 집무실 안에 있는 인물들을 살펴보았다.

우선 상석에 앉아 있는 중년 여성의 이름은 애들레이드. 델라이의 왕비로, 막 남편과 자식을 잃어 생기가 전혀 없어 보였다. 몸도 마음도 반쯤 죽어서, 상황이 어떻게 돌아가는지도 잘 모르는 것 같았고, 누군가 질문하면 그저 반응하는 정도였다.

그리고 그녀의 오른쪽에는 머혼이 있었다. 그는 시종일관 회의를 주도했는데, 그 영향력이 너무도 커서 회의를 한다기보다는 머혼의 판단들을 한 번 더 점검하는 시간이었다.

머혼의 왼쪽으로는 막시무스가 있었다. 그는 전에 은퇴했던 장군인데, 이번에 죽은 포트리아를 대신하여 군부의 새로운 수장으로 결정되었다. 이는 머혼의 전적인 지지 아래 결정된 것으로, 그 결정에 누구도 반문을 표하지 않았다.

머혼의 반대편이자 애들레이드의 왼편에는 슬롯이 있었다. 그는 회의 중 거의 말을 하지 않았는데, 그나마 꺼낸 말은 모두 애들레이드의 상태를 확인하는 것이었다. 그 외에는 어떤 안건이 오간다고 해도 아무런 의견을 내지 않았다.

슬롯의 옆에는 스페라가 있었다. 스페라는 앞에 놓인 쿠키를 하나씩 집어 먹으면서 머혼의 말에 툭툭 한마디씩 던졌다. 관심이 없는 것처럼 보이면서도 머혼의 생각에 다른 가능성들을 떠올리고 의견을 제시하는 유일한 사람이었다.

"왜 그렇게 봐?"

스페라가 작은 목소리로 물어보자 운정은 작은 미소로 화답할 뿐이었다. 그런데 머혼이 계속하던 말을 멈추고 운정에게 말했다.

"운정 도사님, 앞으로 델라이와 계속해서 함께하실 수 있겠습니까? 만약 그렇게 해 주신다면, 델라이의 작위를 드리고 싶습니다."

그 말에 슬롯은 눈을 치켜뜨며 머혼을 보았다. 작위 부여는 왕의 고유 권한이기 때문이다. 하지만 그는 지금까지 그랬던 것처럼 말을 아꼈다.

운정이 말했다.

"이곳에 신무당파의 터전을 건설할지는 아직 고민 중입니다. 고민이 다 끝나면 말씀드리겠습니다."

"꼭 부탁드립니다. 델라이의 상황이 어려워진 만큼, 전 운정 도사와 단순한 외교 관계를 넘어서 델라이의 일원으로 초대하고 싶습니다. 그러니, 결정되는 대로 꼭 제게 말씀해 주십시오."

"알겠습니다."

그때 흑기사 한명이 집무실의 문을 열고 들어왔다.

그는 머혼을 바라보며 말했다.

"시간이 되었습니다."

머혼은 자리에서 일어나더니 애들레이드 왕비를 바라보며 말했다.

"조금만 더 힘을 내어 주십시오, 왕비 마마. 의회장에서 제 뒤에 서 계시면 됩니다. 이후에는, 더 요구하지 않겠습니다."

애들레이드는 고개를 몇 번 끄덕이더니, 힘없이 자리에서 일어났다. 그러자 모두들 자리에서 일어났고, 운정도 따라 일어났다.

그들은 모두 함께 의회장으로 향했다. 머혼은 자연스럽게 가장 앞서 걸었고 애들레이드는 그의 뒤에 있었는데, 그 모습을 아무도 이상하게 여기지 않았다.

쿵!

거대한 의회장의 문이 열리고, 머혼과 일행들이 안으로 들어섰다. 의회장은 전과 비교도 할 수 없을 만큼 가득 차 있었는데, 머혼조차 의회장이 이렇게까지 차 있는 것을 본 적이 없었다.

모두들 앉아 있는데, 한 날카로운 인상의 귀족이 의회 중앙에 올라서는 계단 옆에 정자세로 서 있었다. 깊은 주름과 흰 머리는 그가 적어도 환갑은 넘었다는 것을 알려 주었다.

"아, 아버지!"

애들레이드는 델라이의 모든 귀족이 지켜보든 말든, 소녀처럼 뛰어가 그 귀족에게 안겼다. 그 귀족은 슬픈 눈으로 달려오는 자신의 딸을 안았다. 한참 위로의 말을 건네더니, 그 뒤에 걸어오는 머혼 백작을 보며 말했다.

"머혼 백작."

머혼도 그 귀족에게 인사했다.

"렉크 백작."

렉크는 왕비를 안은 상태로 머혼을 지그시 바라보다 말했다.

"내 성품을 익히 아리라 믿습니다."

머혼은 고개를 끄덕이며 말했다.

"렉크 백작께서는 델라이에서 가장 숭고하신 분이죠."

"정말로 그렇게 믿으신다면 제 불쌍한 애들레이드를 영지로 데려가고 싶습니다."

"……."

"그럴 수 없다는 것 잘 압니다. 행여나 왕비가 있는 곳에 다른 생각을 품은 자들이 몰릴 위험이 있지요. 하지만 날 믿어 주십시오. 그들의 손에 왕비가 이용당하지 않게 할 것입니다. 나를 믿고 내가 왕비를 영지로 데려올 수 있게 해 주면, 앞으로 모든 것에 있어 머혼 백작, 당신을 지지하겠습니다."

머혼은 아버지의 품에 안겨 있는 애들레이드 왕비를 보았다. 애들레이드 왕비는 머혼을 돌아보더니 고개를 살짝 끄덕였다.

머혼은 담담하게 말했다.

"알겠습니다. 그럼 우선적으로 왕비께 섭정 선포를 부탁드리고 싶습니다."

왕비는 조금 두려운 표정으로 말했다.

"서, 섭정 선포요?"

머혼은 부드러운 미소를 짓고는 말했다.

"왕비께서 직접 절 섭정으로 임명해 주셔야 이후 왕비께서 왕궁에 계시지 않아도 델라이를 다스릴 수 있습니다."

"……."

"……."

'다스릴 수 있다'는 그 말의 크기는 절대 작지 않았다. 의회 앞줄에 앉은 명망 높은 귀족들은 충분히 들을 만한 소리였다.

그들의 표정에는 변화가 없었지만, 마음이 어떨지는 그들 자신만이 알 것이다.

애들레이드는 잠시 머혼을 바라보다가, 곧 결심했는지 아버지의 품을 벗어났다. 그리고 계단을 통해 단상 위에 섰다.

모든 귀족들의 시선이 애들레이드 왕비에게 향했다. 그녀는 자신의 치맛자락을 꽉 부여잡고는 조금 큰 목소리로 말했다.

"머, 머혼 백작에게 왕궁과 왕가의 모든 권한을 위임하겠습니다. 그, 그는 이제 델라이의 섭정이니 앞으로 왕궁의 모든 일은 그, 그가 결정할 겁니다."

떨리고 빈약한 소리였지만, 그 말의 무게는 너무나 무거워 많은 귀족들이 감정의 동요를 숨기지 못했다. 기뻐 보이는 자들도 있었고, 슬퍼 보이는 자들도 있었으며, 화가 나 보이는 자들도 있었고, 두려워 보이는 자들도 있었다. 얼굴에 떠오르는 감정은 각양각색이었지만, 그들의 시선이 향한 곳은 같은 곳이었다.

저벅.

저벅.

저벅.

머혼은 계단을 천천히 올라갔다. 한 발, 한 발 정성스럽게 그의 몸을 단상 위에 올렸다. 마치 미식가가 음식을 꼭꼭 씹어 그 맛의 풍미를 하나도 놓치지 않으려는 것 같았다.

머혼은 애들레이드 앞에 한쪽 무릎을 꿇었다. 애들레이드는 당황한 표정으로 그를 내려다보았는데, 머혼은 고개를 숙인 채로 나지막하게 말했다.

"팔을 주십시오."

그 말을 듣자 애들레이드는 깜짝 놀라며 자신도 모르게 왼손을 내밀었다. 그녀의 손은 수시로 떨리고 있었다. 머혼은 양손을 들어 그 손을 거칠게 잡더니, 그 손등 위에 살짝 입을 맞추고는 자리에서 일어났다.

"영광스러운 자리에서 섬기게 되어 영광입니다. 그럼 앞으로 안건은 제가 맡도록 하지요."

그녀는 머혼이 그 손을 놓자 가슴에 가져갔다. 그럼에도 계속해서 떨리고 있어, 오른손으로 왼손을 강하게 잡았다. 겨우 진정시킨 그녀는 자신의 아버지를 흘끗거리며 무언가 말할 듯 말 듯 하다가 결국 아무 말도 하지 못하고 단상에서 내려왔다.

렉크는 자신의 딸의 어깨를 감싸 안고는 나지막하게 말했다.

"잘했다, 얘야. 잘했어."

애들레이드는 더 이상 눈물을 숨기지 못하고 한 줄기 내비치고 말았다. 모든 귀족이 그 모습을 측은하게 바라보았다.

머혼이 크게 박수 한 번을 쳤다.

짝!

모든 이의 시선이 쏠리자, 머혼이 말했다.

"우선 모든 것을 제쳐 두고 가장 중요한 것은 바로 델라이의 안전입니다. 이 안건이 해결되기 전까지 다른 어떠한 안건도 논하지 않을 것입니다. 지금 이 시각 이후로 위임받은 왕의 권한으로 전시 상황을 선포하겠습니다. 모든 귀족들의 영지를 포함한 사유재산 및 기사단을 포함한 모든 사병은 전시 상황이 해지될 때까지 위임받은 왕의 권한에 직접적으로 종속됩니다."

이 말이 끝나기 무섭게 거의 대부분의 귀족의 표정이 어두워졌다. 그들 중 몇몇은 자리를 박차고 일어날 기세였다.

머혼은 재빠르게 말을 이었다.

"하지만! 하지만 그것은 왕께서 직접 명령하신다고 해도 실현되기 어려운 것입니다. 그러니 섭정에 불과한 제가 그런 명령을 모든 귀족들께 할 순 없지요. 그러니, 앞으로 전시 상황에 대해서는 이렇게 대처하도록 합시다."

그 말을 듣자 귀족들은 조금 마음이 놓이는 것을 느꼈다. 그들은 머혼의 다음 말을 기다렸다.

머혼은 입을 가다듬은 뒤에 말했다.

"사실 왕궁에선 왕가에 일어난 변을 포함하여 귀족들께서 궁금해하실 많은 일들이 있었습니다. 오늘 새벽 미티어 스트라이크를 막아 내는 신마법을 보셔서 알겠지만, 그 외에도 중원과의 외교를 통해 얻은 새로운 힘들도 있습니다. 앞으로 왕궁은 델라이 왕국에 속한 모든 영지에서 타국의 군사 활동을 감지할 경우, 이 모든 것을 지원하는 형태로 저지할 계획입니다. 다시 말하자면, 전시 상황이라 할지라도 귀족들께서 영지를 다스리는 방법에 대해선 일절 상관하지 않고, 오로지 타국의 침략에 대해서만 반응할 것이라는 말입니다."

귀족들은 서로를 바라보면서 고개를 끄덕였다. 하지만 개중에는 의심스러운 눈초리를 한 자들도 있었는데, 머혼이 순순히 귀족들에게만 좋은 조건을 제시할 리 없었기 때문이다.

머혼은 더 말을 이었다.

"대신 그러한 보호를 택하신 귀족들께서는 지니신 모든 사병과 기사단 그리고 마법사들에 관한 자세한 내용을 왕궁에 보고해야 합니다. 또한 왕궁의 판단으로, 영지를 다스리기에 너무 지나친 양과 질의 사병과 기사단, 혹은 마법사들을 보유하고 계시다면, 왕궁의 통보대로 해체하셔야 합니다. 물론 이는 반대도 적용되어, 치안을 너무 등한시하는 것도 불가합니다."

그의 말이 끝나자 모든 귀족들은 바쁘게 자신들의 머리를 굴렸다. 그 와중에 가장 앞줄에 앉은 귀족 중 나이가 지긋한 귀족 한 명이 손을 들었다.

"가장 먼저 왕과 왕세자가 어떻게 승하하셨는지부터 설명해야 하지 않겠는가, 섭정?"

그 말을 들은 애들레이드는 무너지는 신음을 내었다. 머혼은 그에 아랑곳하지 않고, 단호한 목소리로 말했다.

"델라이의 안전이 먼저입니다. 혹 제가 그 불미스러운 사건에 관여되었다면 여기 계신 슬롯 경이 절 가만두지 않았을 겁니다."

"……"

"본래 안건으로 넘어가겠습니다. 불미스러운 사건은 이후에 다루도록 하죠."

모두들 침묵했다. 마음으로는 무슨 생각을 하는지 모르겠지만, 다들 말을 꺼내진 않았다.

그런데 방금 손을 든 귀족이 다시 말을 꺼냈다.

"알겠습니다. 원래 안건을 이야기하지요. 그러니까 간단히 말해서, 섭정께서는 영주의 책임 중 하나인 소작민과 농노의 보호권을 왕궁에서 가져가겠다는 말입니까?"

머혼은 손을 내저었다

"욘토르 백작, 제가 한 말은 왕궁에서 보호권을 빼앗겠다는 것이 아닙니다. 다만 일부 침해하는 것이 가능해진다는 것이지요. 이는 영주간의 분쟁과 영주 내의 치안에 관하여 중앙 권력이 영향을 미칠 수 있는 기틀을 마련하려는 것입니다."

욘토르는 느릿하게 고개를 흔들며 말했다.

"왜 우리가 그런 불리한 협정을 중앙 권력과 해야 한다는 것입니까? 만약 그런 협정을 강요할 경우, 욘토르는 델라이 왕궁의 보호를 포기하고 독자적으로 통치하겠습니다. 현 델라이에는 왕이 없으니, 왕에 대한 충성의 맹세에도 전혀 어긋나는 것도 아니지요."

"좋습니다. 하지만 이후 욘토르를 침략하는 세력에 대해선 왕궁과는 상관없는 일이 될 것입니다. 또한 욘토르는 델라이에 속한 주변 영지와 외교할 수 없을뿐더러, 그 안에서 발생하는 모든 일에 대해서 델라이의 도움을 바랄 수는 없을 것입니다."

욘토르는 머혼이 그렇게 단호하게 말할 줄은 몰랐다. 많은 귀족들의 반발을 불러일으킬 것이 자명했기 때문이다.

그리고 실제로 그렇게 되었다.

"말도 안 된다!"

"아무리 전시 상황이라고 하지만 그럴 수는 없다!"

"역시 제국의 귀족이니, 제국의 체제를 따라 하려는 것인가!"

"나도 나가겠다! 왕이 죽은 이상, 델라이는 이미 델라이가 아니다!"

모두들 큰 불만을 내비치며 자신들의 말을 서로에게 쏟아 냈다.

머혼은 손을 살짝 들더니, 그들이 모두 진정하기를 기다렸다. 그의 손을 본 귀족들이 하나둘씩 말을 멈추자, 곧 의회장은 조용해졌다.

머혼이 말했다.

"미티어 스트라이크를 막을 수 있는 수단들은 다 있으십니까?"

"……"

"그뿐만 아니라, 소유하신 기사와 마법사들만으로, 앞으로 있을 타국의 침공 행위에 대비하실 수 있습니까?"

"……"

"지금 이 자리에서 선택하십시오. 왕께 권한을 위임받은 이 섭정의 제안을 따라 계속해서 델라이에 속할지, 아니면 속하지 않으실지. 우선, 델라이의 유서 깊은 귀족인 렉크 백작부터 말씀해 보시지요. 어떻게 하시겠습니까?"

렉크는 자신의 딸을 내려다보았다.

그리고 곧 눈을 감더니 말했다.

"제안을 받아들이겠습니다."

머혼은 크게 고개를 끄덕이며, 다음 귀족들에게 같은 질문을 했다. 절반 이상은 눈치를 보면서 동의했지만, 얼토당토하지 않다며 단칼에 거절하는 귀족들도 꽤 있었다.

그렇게 모두 답하자, 대략 70%가 전적으로 동의했으며, 30%정도는 결사반대의 뜻을 내비쳤다. 대답을 유보하거나 중립을 표하겠다는 쪽도 있었지만 머혼은 즉시 대답하기를 요구하여, 결국 모두의 뜻이 찬성과 반대로 나뉘게 하였다.

머혼은 큰 소리로 외쳤다.

"자, 그러면 앞으로 델라이의 법도에 반대하시는 분들은 이 시각 이후로 델라이 왕국의 영지로서 취급하지 않겠습니다. 영주분들께서는 스스로의 영지를 새로운 왕국으로 선포하셔도 좋고, 스스로의 가문을 왕가로 여겨도 좋습니다. 마음대로 하십시오. 다만 지금 이 자리는 델라이의 귀족들이 델라이의 정세를 논하는 곳이므로, 더 이상 델라이의 귀족이 아니신 분들께서 있으실 수는 없습니다."

그 말이 끝나기 무섭게 슬롯이 손을 들었다.

쿵—!

그 순간 의회장에 있는 모든 문이 열렸다. 그리고 밖에 있던 흑기사들이 무거운 갑주를 이끌고 의회장 안으로 들어와 각각의 문에 네 명씩 섰다.

모든 귀족들이 웅성웅성 거리는 와중에 머혼은 다시금 큰 소리로 말했다.

"다시 말씀드리지만, 델라이의 귀족이 아니신 분들은 나가 주십시오. 이곳은 델라이의 의회장이니, 제 요구는 정당한 것입니다."

그 말이 끝나기 무섭게 한 귀족이 자리에서 벌떡 일어났다.

역시 욘토르 백작이었다.

"역시 왕의 핏줄이 끊이니 왕국도 그와 함께 죽는구나! 저런 자를 섭정으로 세워서 이 나라가 얼마나 가는지 내 영지에서 똑똑히 지켜보겠다!"

욘토르는 거친 발걸음을 의회장을 나가 버렸다.

그러자 그를 시작으로 몇몇 강단 있는 귀족들도 한마디씩 크게 외쳤다.

"왕이 없으면 왕국도 없는 것! 우리의 충성은 섭정 따위가 아니라 왕을 향한 것이다! 그러니 우리 귀족들이 델라이의 왕을 섬긴다는 그 맹세는 더 이상 유효하지 않다!"

"옳다! 델라이가 건국된 이래로 중앙 권력에서 각 영주들의 사병을 직접 관리하는 법을 만들기는커녕 법안조차 거론된 적이 없거늘, 외국에서 흘러들어 온 제국의 귀족이 델라이를 이렇게 만들 수는 없다!"

그렇게 반대를 한 귀족들은 하나둘씩 자리를 박차고 일어나는데, 머혼은 가만히 그들을 지켜볼 뿐, 그들을 제지하거나 막지 않았다. 시간이 조금 지나자, 나가기로 마음먹은 귀족들은 모두 나갔는지, 더 일어나는 귀족들은 없었다.

머혼은 한쪽을 바라보더니, 팔을 내밀며 말했다.

"우선 당신의 이름을 모르는 제 무례를 용서하시지요. 당신께서는 반대를 하셨던 걸로 아는데, 왜 나가지 않으십니까?

더 이상 델라이에 속하지 않으시니, 의회장에 더는 있으실 수 없다는 제 말이 정당하지 않다고 생각하십니까?"

그 귀족은 고개를 저으며 말했다.

"제 가문은 소로우이며 전 소로우 가문의 상속자입니다. 아버지께서 위독하시어, 아버지를 대신해 왔습니다."

"아, 소로우 자작님의 상속자셨군요. 아버님께서는 위대하신 분이시지요."

"제가 여기 계속해서 앉아 있었던 이유는 제 대답을 바꾸고 싶었기 때문입니다. 머혼 백작께서는 사람의 실수에 관대하시고 자비로우신 것으로 알고 있습니다. 제안에 찬성하기로 마음을 돌렸으니, 여기 남아도 되겠습니까?"

소로우가의 상속자는 확실히 젊었다. 이제 갓 삼십을 넘긴 정도.

그를 바라보는 머혼의 눈초리가 반쯤 감겼다.

생각해 보니, 그의 주변에 있는 여섯 명 정도의 귀족은 모두 반대를 했던 자들이었다. 그런데 그를 중심으로 그 모두가 자리에서 일어나지 않고 있었던 것이다.

머혼이 물었다.

"소로우 백작 주변에 계신 귀족들께서 소로우 백작과 뜻이 같다면, 그렇게 하겠습니다."

소로우는 조금 당황한 표정을 짓다가 곧 얼굴을 굳히며 말했다.

"아버지께서도 자작에 불과합니다. 제가 감히 백작이라니요."

머혼은 방긋 웃었다.

"미리 불러들인 겁니다. 그렇게 될 거라 생각하고 남으신 것 아닙니까?"

"……."

"어떻습니까? 일곱 분 다 남으실 겁니까?"

소로우는 어이없다는 듯 머혼을 보다가 곧 주변의 귀족들을 한 명씩 번갈아가면서 보았다. 그들 모두 고개를 끄덕이자, 소로우는 머혼을 보더니 고개를 끄덕였다.

"예, 그럴 것입니다."

"좋습니다. 그러면 남아 계시지요. 그리고 제가 살짝 팁을 하나 알려 드리면, 모여 앉아 있는 건 좋지 않습니다, 하하하."

그의 말에 앞줄에 앉은 늙은 귀족 두세 명이 같이 웃음을 터뜨렸다. 그중에는 렉크 백작도 있었다.

소로우의 얼굴이 빨개지는데, 머혼이 슬롯을 향해서 눈짓했다. 그러자 슬롯은 주먹 하나를 들어 보였다.

쿵—!

흑기사들이 한 번에 움직여 의회장의 모든 문을 닫았다. 만족스럽다는 표정으로 머혼이 말했다.

"한 가지 확실히 하고 싶은 점이 있습니다. 델라이의 외교적인 일은 제가 다 알아서 할 것이고, 그것에 대해서는 여러분들의 도움이 일절 필요 없다는 것입니다. 여러분들이 가진 재물도, 기사도, 마법사도, 연줄도 그 어느 것 하나 제겐 필요 없습니다. 그러니 제가 여러분들께 아쉬울 게 없다는 말입니다. 여기 있는 스페라 백작도, 저기 있는 중원의 운정 도사께서도 이 모두 제가 외교로 이끌어낸 성과이며 이들을 포함한 왕궁의 모든 힘은 이미 외부에서 오는 모든 무력에 대항할 수 있는 수준입니다."

"……."

의회장은 쥐 죽은 듯 조용해졌다.

머혼은 그 분위기 속에서 나지막하게 말했다.

"분명 허세라고 생각하시겠지요. 분명히 그렇게 생각하실 거라고 믿습니다. 하지만 그렇지 않습니다. 전 여러분들의 도움이 정말로, 정말로 필요 없습니다. 지금 이 자리에서 제가 여러분들을 향하여 힘을 빌려 달라 애걸복걸할 줄 알았다면, 크나큰 착각이십니다. 델라이를 생각해 달라고 여러분들의 애국심과 충성심에 호소할 줄 알았다면, 그 역시도 대단한 착각이십니다. 전 그것을 위해서 여러분들을 부른 것이 아닙니다."

그 말이 끝나자 소로우가 손을 들었다. 머혼은 그에게 고갯짓을 했고, 소로우가 자리에서 일어나며 말했다.

"그럼 백작께서는 무엇을 위해서 저희들을 이 자리에 부른 것입니까? 단순히 델라이 왕가가 멸족했다는 사실을 알려 주시기 위해서 그런 것입니까?"

"아닙니다. 제가 여러분들을 부른 이유는 여러분들에게 영주 간의 전쟁을 허락하기 위함입니다."

"전쟁이요?"

"예, 그렇습니다. 다시 말씀드리지만, 델라이의 왕궁은 외부에서 오는 모든 무력에 이미 대비되어 있습니다. 따라서 여러분들께서 영지를 넓히고자 자신들의 재산과 병사들, 그리고 기사들과 마법사들을 쓴다 할지라도 아무런 상관이 없습니다. 여러분들은 마음 놓고 스스로의 영지를 넓히시길 바랍니다. 그것을 알려 드리고자 말씀드린 것입니다."

다들 어안이 벙벙해졌는데, 렉크가 조용히 손을 들었다. 머혼이 그를 향해서 손을 내밀자, 그가 말했다.

"델라이 귀족 간의 전쟁은 합당한 사유가 없이는 금지되어 왔습니다. 그 사유라는 것도 귀족 살인에 준하는 것이 아니면 거의 기각되었지요. 그런데 지금 머혼 백작께서는 아무런 이유 없이 다른 영지를 침공하는 것을 허락하겠다는 것입니까?"

늙고 힘없는 목소리였지만, 의회장 끝까지 도달하는 신비한 힘이 있었다.

머혼은 고개를 끄덕였다.

"그렇습니다, 렉크 백작."

렉크는 크게 숨을 쉬며 화를 참아 내더니 역시 점잖은 소리로 날카롭게 말했다.

"머혼 백작, 내가 지금까지 웬만한 것에는 모두 동의했으나, 방금 그것에는 도저히 동의할 수 없습니다. 정녕 백작께서는 피비린내 나는 파인랜드의 역사를 모르시는 겁니까? 탐욕으로 인한 전쟁을 허락하면 수없이 많은 자들이 죽고 다치게 될 것입니다."

머혼이 고개를 끄덕였다.

"물론 여기에는 조건이 있습니다."

"어떤 조건?"

"방금 나간, 그러니까 더 이상 델라이의 통치 아래 속하지 않은 영지만을 침공하실 수 있다는 말입니다."

"뭐라?"

머혼은 깊은 미소를 지으며 귀족들을 향해서 양팔을 벌려 보였다.

"그들은 충성 맹세를 저버린 이들입니다. 만약 왕이 있었다면, 그들을 모두 모아 즉결 처형 해도, 사랑교조차 모른 척할 겁니다. 하지만 현재 델라이에는 왕이 없고, 그들의 논리가 크게 틀린 건 아니기 때문에 그런 일을 하지 않은 것입니다."

"……."

"하지만 그렇기에, 제가 말씀드린 대로 여기 계신 귀족들께서 그들의 영지를 침공한다 해서 그들 또한 뭐라 할 수 없습니다. 그들은 그들의 선택에 따라 델라이에서 나가기로 결정했습니다. 그리고 그런 그들의 영지에 전쟁을 선포하는 것? 그것은 델라이의 입장에서 정당한 선포 아닙니까? 그들의 의견을 존중하여 그들을 이 자리에서 처벌하지 않았습니다. 마찬가지로 그들 또한 우리의 의견을 존중하여 정당한 전쟁 선포를 부당하다 할 수 없을 겁니다."

"……."

"게다가 이번 일에는 중앙 권력이 전혀 개입하지 않을 것입니다. 영주들 간의 전쟁은 영주들 간의 전쟁으로 끝나게 될 것임을 약속드립니다. 여러분들께서 전쟁에서 승리하여 영지와 그 영지에 속한 모든 재산을 얻게 되었을 때에, 중앙 권력은 그에 관해서 조금도 요구하지 않을 것입니다. 다시 말하자면, 제 제안은 여러분들에게 있어 아무런 방해도 받지 않고 영지를 넓힐 수 있는 절호의 기회라는 것입니다. 그리고 제가 말씀드린 대로, 사랑교조차 비난할 수 없는 정당한 기회이기도 하고요."

"……."

머혼은 군중에서부터 렉크에게까지 고개를 돌리더니 말했다.

"렉크 백작님, 탐욕에 의한 전쟁이 참사를 불러오는 것은 저도 익히 아는 사실입니다. 하지만 지금의 경우에는 그 누구도 따질 수 없는 정당성이 있습니다. 그들이 델라이를 배반했다는 사실이 명명백백하기 때문입니다. 안 그렇습니까, 여러분들?"

그 말이 끝나자, 많은 귀족들이 자리에서 벌떡 일어나며 찬성의 뜻을 내비쳤다. 중앙의 견제가 전혀 없이 영지를 빼앗을 수 있고, 또 그에 대한 정당성까지 얻었다? 또한 공격을 감행

하는 쪽이 다수다. 홀로 뺏을 수 없으면 연합해서 뺏은 뒤, 영지를 나누면 그만이다. 명분도 실리도 이만한 것이 없으니 그들이 흥분하지 않는 것이 더 이상했다.

렉크는 이미 끝났다는 것을 깨닫고는 한숨을 쉬었다. 그러곤 한층 부드러운 목소리로 머혼에게 말했다.

"방금 나간 귀족들 모두가 델라이를 배반하고자 하는 마음은 아닐 것입니다. 그들 중에는 분명 자신의 선택이 이토록 극적인 결과로 이어지리라 생각하지 못한 자들도 많을 겁니다. 머혼 백작, 그들만을 다시 한번 불러서 이야기를 해 보는 건 어떻습니까?"

머혼은 뭔가 이해했다는 듯 말했다.

"아, 욘토르 백작 때문에 그러십니까?"

"예?"

"욘토르 백작 말입니다. 렉크 백작님의 오랜 벗이라고 알고 있습니다. 그분께서도 방금 반대의 뜻을 내비치시고 나가셨지요. 그분 때문에 그렇게 말씀하시는 것입니까?"

렉크는 머혼의 술수를 바로 알 수 있었지만, 분위기는 이미 그에게 완전히 넘어간 상태였다. 뒤돌아보지 않아도 젊은 귀족들 대부분이 자신을 노려보고 있는 것이 느껴졌다.

이런 상황에 싸우는 것은 지극히 어리석다.

렉크는 고개를 숙이며 말했다.

"기회를 주고 싶습니다. 부탁드리겠습니다, 머혼 백작."

머혼은 그런 그를 내려다보다가 말했다.

"그들은 귀족입니다. 자신들의 작은 선택 하나하나가 영지 전체의 운명을 결정한다는 사실을 알아야 하며 그에 책임을 져야 합니다. 그럼 이렇게 합시다. 소로우 백작과 그 친우들까지는 마음을 바꾸신 것에 대해서 아무런 페널티를 부과하지 않겠습니다. 제가 이 말을 꺼내기 전에 바꾸신 것이니까요. 하지만 말이 나온 이상 페널티는 있어야 합니다. 앞으로 델라이를 나간 귀족들 중 다시 마음을 돌려 델라이에 오고 싶다면, 자신의 영지의 반을 내놓아야 할 것입니다. 그 반은 물론 주변 영주님들에게 나뉘어서 돌아갈 것입니다. 제 제안이 어떻습니까?"

렉크 백작은 다시금 한숨을 쉬었지만, 다른 모든 귀족들은 큰 목소리로 하나같이 동의했다. 그들로서는 조금도 힘들이지 않고 영지의 반을 먹는 것도 전혀 나쁜 것이 아니기 때문이다.

그렇게 의회장의 분위기가 뜨거워지는 가운데, 머혼이 손을 높이 들었다. 그리고 그가 말했다.

"다음 안건으로 넘어가기 전에, 조금 쉬도록 하십시다. 일단 여기 계신 귀족들께서는 서로와 합의하여 어느 영지를 어떻게 침공할지 잘 계획하시면 좋을 것 같습니다. 다시 말씀드리지만, 델라이의 귀족끼리는 절대 서로와 반목해선 안 됩니다. 전쟁 선포의 대상은 오로지 제 제안에 반대하며 델라이에서 나간 귀족에게만 해당하는 것입니다. 충분히 논의를 하시라고 30분 뒤에 제가 다시 올라오도록 하겠습니다. 아, 그리고 보안을 위해서 의회장에서 나가는 것은 금지하겠습니다."

머혼은 그렇게 말한 후, 터벅터벅 단상에서 내려왔다. 그러자 발빠른 귀족들은 자신들이 전쟁을 선포할 곳과 같이 선포할 만한 귀족들을 찾아서 분주하게 움직이고 논의하기 시작했다. 하지만 렉크는 다른 영지를 침공하는 데 관심이 없는지, 조용히 자리에서 일어나 머혼에게 다가왔다. 왕비는 그의 팔을 붙잡고 같이 걸어왔다.

"머혼 백작."

머혼은 손바닥을 보였다.

"렉크 백작, 죄송합니다만, 먼저 이야기를 해야 할 사람이 있습니다. 운정 도사님?"

운정의 표정은 상당히 어두웠다. 그는 곧 머혼에게 걸어가더니 말했다.

"이미 제 마음을 아시는군요."

머혼은 고개를 끄덕이더니 말했다.

"잠시 대화 좀 하실 수 있겠습니까?"

운정은 눈을 들어 머혼을 보더니 말했다.

"전쟁을 피하고 싶다는 그 말은 거짓말이었습니까?"

그 질문에 렉크의 눈동자가 운정을 향했고, 그 눈빛에서 작은 이채가 떠올랐다.

머혼은 그런 렉크의 표정을 살피다가 곧 운정에게 말했다.

"자리를 옮깁시다. 렉크 백작님, 제가 운정 도사와 대화가 끝나면 그때 말씀 나누시지요. 운정 도사님? 그럼 같이 나가실까요?"

머혼은 의회장의 입구 쪽으로 팔을 내보였고, 운정은 물끄러미 그를 보다가 곧 먼저 걸음을 옮겼다. 머혼은 렉크를 향해 살짝 인사했다.

"렉크 백작."

렉크도 고개를 살짝 숙였다.

"머혼 백작."

머혼은 곧 운정을 뒤따라 걸어갔다.

그 둘의 뒷모습을 보던 렉크의 눈빛이 한없이 깊어지기 시작했다.

* * *

머혼은 운정을 이끌고 의회장 밖에 나가 한 편에 섰다. 주변에 아무도 없는 것을 확인한 머혼이 운정에게 말했다.

"운정 도사님, 제 뜻을 운정 도사님께서 이해하실 수 있을지는 모르겠습니다. 하지만 우선 제 말을 들어 보시고 판단해 보십시오."

"이미 무슨 말씀을 할지 반쯤은 알고 있기도 합니다. 그러니 편하게 말씀하십시오."

그 말을 들은 머혼은 운정의 눈을 자세히 바라보았다. 표정은 분명 어두웠지만, 눈빛에는 그를 비난하는 느낌이 전혀 없었다.

오히려 고요하게 흐르는 느낌.

머혼이 되물었다.

"아, 그러십니까? 제 마음을 이해하시는 겁니까?"

운정은 손을 들어 올려 콧잔등에 가져가더니, 시선을 조금 땅으로 가져가며 말했다.

"이젠 세상이 그리 단순하지 않다는 것을 압니다. 귀족들에게 전쟁을 허락하신 이유는 그보다 더한 참사를 막기 위해서라고 어렴풋이 짐작하고 있습니다만, 맞습니까?"

머혼은 안도하며 말했다.

"다행입니다, 정말. 전 또 운정 도사가 그런 제 뜻을 전혀 이해하지 못할 것이라 생각했습니다."

운정은 날카로운 눈빛을 내며 말했다.

"하지만 짐작일 뿐이니, 조금 정리해 주십시오."

머혼은 마른침을 삼키더니 말했다.

"왕이 없다는 것. 그것은 곧 귀족들 간의 상위 질서가 사라졌다는 뜻입니다. 말 그대로 약육강식만이 유일한 질서로 남게 되는 것입니다. 서로가 서로를 잡아먹기 급급한 세상이 되어, 서로가 왕이 되겠다고 난리를 칠 겁니다. 그런 그들에게 우선적으로

먹이를 준 겁니다. 정당하게 폭력을 행사할 수 있는 판을 만들어 준 것이지요. 사람이란 게 한번 선을 넘으면 끝없이 넘습니다. 너무나 위험한 상황이 되면, 그 선을 조금 밀어서 아직 넘지 않았다는 가식적인 인식이라도 만들어 줘야 끝없이 타락하는 걸 막을 수 있습니다. 애초에 양심이란 것도 가상의 것 아닙니까?"

"……."

"그래서 그들이 그 착각 속에 있는 와중에, 운정 도사께서는 중앙 권력의 강력한 힘이 되어 주어야 합니다. 그들이 모든 먹이를 먹고 나서 또 다른 먹잇감을 찾으려 할 때, 그들에게 휘두를 수 있는 방망이가 있어야 합니다. 전 그것을 중원의 무공으로 보고 있습니다."

"욕망으로 욕망을 다스리는 것이로군요."

머혼은 그 한마디가 그렇게 마음에 들 수가 없었다.

그의 얼굴 근육이 모두 움직여 진심 어린 표정이 절로 만들어졌다.

"그렇습니다, 그렇습니다."

운정은 그 진짜 표정을 보고 나서야 머혼이 시종일관 만들어진 표정들을 지었었다는 것을 깨달았다. 너무나 자연스러운 표정을 한 번 보고 나니까, 과거의 표정들이 모두 거짓인 것이 확연히 느껴진 것이다.

마치 꿈에서 깨어나 현실을 맛보면, 꿈속에서 느꼈던 현실감이 얼마나 미미했는지 깨닫는 것처럼.

진심도, 거짓도, 가식도, 양심도 다 상대적인 것이다.

운정은 그런 속내를 숨기며 콧잔등에 있던 손을 턱으로 가져와 쓰다듬었다.

"무당파의 규율이 그렇습니다. 무당파에서 제자들에게 규율이 강요되어질 수 있었던 이유는 그것을 따르지 않으면 천문이 닫혀 성장할 수 없었기 때문입니다. 더 강해지고 싶다는 욕구를 가지고 다른 모든 욕구를 절제한 것이지요."

머혼은 운정의 눈치를 살피더니 나지막하게 말했다.

"그리고 이건 단순히 귀족의 탐욕을 다스리기 위함만은 아닙니다. 명예의 문제도 있습니다. 델라이의 입장에서 의회장에서 나간 귀족들은 분명한 배신자들입니다. 왕권에 가장 가까운 왕비 마마께서 직접 저를 섭정으로 삼았고, 그렇게 정당하게 섭정이 된 제가 부여받은 왕권으로 명령을 내렸습니다. 이는 법률적으로 왕명과 동일한데, 그들은 그 왕명을 거부한 것입니다. 섭정의 말이라며 왕명이 아니라고, 혹은 왕가에 대한 충성 맹세에 어긋나지 않는다고 한 건 그들의 주장일 뿐입니다."

"……."

"다시 말씀드리면, 그들을 향한 전쟁을 허락하는 건 나라를 배신한 그들에게 내리는 정당한 처벌이라는 겁니다. 전쟁을 피해야 하는 것은 맞습니다. 하지만 그렇다고 나라를 배신한 자들을 그냥 두고 볼 수는 없지 않습니까? 무당파는 어떻습니까? 무당파에선 선을 추구하기에 무당파를 배신한 자들을 그냥 둡니까?"

운정은 조용히 대답했다.

"무당파에선 제자를 파문할 경우, 그 무당파로부터 받은 본신 내력을 없애야 하기에 그의 단전을 부숩니다. 이제 무당파를 떠나니, 지금까지 받은 모든 가르침을 회수한다는… 그런 명목 아래서 행해지는 것이지요."

머혼은 단호하게 말했다.

"점잖게 말씀하셨지만, 그건 엄연히 폭력이며 야만적인 처사입니다. 배신자를 향한 처벌이자 복수입니다. 그리고 남아 있는 구성원들을 향한 경고이기도 합니다. 그것을 부정하실 수 있겠습니까?"

예전의 운정이라면 이런저런 논리를 들어 부정했을 것이다.

하지만 그는 더 이상 예전의 그가 아니다.

운정은 천천히 눈을 들어서 머혼을 보았다.

"부정할 수 없습니다."

머혼은 고개를 끄덕였다.

"그러면 제가 귀족들에게 전쟁을 허락하신 것에 대해서, 단순 짐작이 아닌 확실한 믿음으로 정당하다고 여기시겠군요. 단순히 탐욕을 위한 전쟁이 아니라 정당한 전쟁이라는 것을요."

운정은 대답하지 않았다.

머혼은 불안한 마음을 최대한 티내지 않으며 그를 조용히 기다렸다.

그의 시선을 다시 아래를 향하며 말했다.

"한 가지 더 물어보고 싶습니다."

"예."

"전에, 포트리아 백작께서 하신 말씀이 떠오릅니다. 그녀가 말하길, 파인랜드의 전쟁에는 무고한 사람들이 거의 동원되지 않는다고 들었습니다. 기사들과 마법사들의 전쟁으로, 그 규모가 천을 넘어가기 힘들다고 하지요."

그 이름을 듣자 머혼은 조금 숙연해졌다. 아침에 왕의 집무실에서 서로에게 일어난 일을 공유할 때에, 운정은 담담한 표정으로 포트리아의 죽음을 받아들였지만 동시에 안타깝다는 감정을 숨김없이 보여 주었다.

머혼이 잠시 말이 없다가 고개를 끄덕이며 말했다.

"그렇습니다. 무력의 고도화가 이루어져 그런 현상이 일어났지요."

"하지만 렉크 백작께서는 탐욕에 의한 전쟁으로 인해 피비린내 나는 역사가 생겼다고 했습니다. 이는 포트리아 백작님의 말과는 다릅니다."

머혼도 잠시 생각한 뒤에 답을 주었다.

"탐욕 때문이라는 조건 때문 아니겠습니까? 그나마 이 정도의 평화가 유지되는 것도, 미티어 스트라이크 마법으로 인해 절대 질서가 잡혔기 때문입니다. 지금도 제국과 사왕국을 제외한 곳에선 여전히 전쟁이 끊이질 않고, 미티어 스트라이크가 없었던 50년 전에는 모든 곳이 언제나 전쟁 중이었지요. 탐욕에 의해서 말입니다. 하지만 미티어 스트라이크 마법 이후로는 정당성이 없다면 전쟁을 일으킬 수 없습니다."

"하지만 그것은 인간의 탐욕과는 상관이 없는 이야기입니다. 피비린내 나는 역사는 미티어 스트라이크가 있고 없는 것에 달려 있는 것이지, 탐욕에 의한 전쟁의 허가 여부에 달려 있는 것이 아닐 것입니다. 그런데 렉크 백작께선 왜 그렇게 말씀하신 것입니까? 단순한 그의 믿음입니까? 아니면 논리적인 근거가 있습니까?"

머혼은 운정의 질문을 들으면서 모든 것을 떠나 귀가 즐겁다는 생각을 했다. 이러한 사고방식을 또 누구에게서 찾을 수 있을까?

살짝 웃음을 지은 머혼은 팔짱을 끼더니 조금씩 생각하며 느릿하게 말했다.

"그러네요. 인간의 탐욕으로 인해서 피비린내 나는 역사가 생겼다. 그것이 마치 진리인 것처럼 모두들 받아들인 것 같습니다만, 그 증거는 없지요. 거기에 논리적인 이유도 없습니다. 적어도 제가 아는 한에서는요."

"……."

머혼은 잠시 깊게 생각하며 중얼거렸다.

"사실 탐욕은 언제나 있어 왔지요. 어느 시대를 살아가는 인간이든, 탐욕은 있었습니다. 하지만 세상은 평화와 전쟁을 반복했습니다. 평화로운 시기에도, 전쟁 시기에도, 인간의 탐욕이 있었으니 인간의 탐욕이 전쟁의 이유가 된다고 말할 수는 없겠습니다. 오히려 마법과 기술의 발달로 인해서, 탐욕이 현실화될 수 있게 되는 그 기틀이 마련될 경우 전쟁이 일어나지요."

"그럼 렉크 백작께서 논리적으로 틀린 말씀을 하신 겁니까?"

머혼은 갑자기 찾아온 깨달음에 주먹으로 자신의 손바닥을 내려치며 말했다.

"흐음, 아하! 렉크 백작께선… 아마 그것을 말씀하신 것일 겁니다. 탐욕 자체가 피비린내 나는 역사로 이어진다는 것이 아니라, 탐욕을 발산할 수 있는 기회가 주어지는 것이 피비린내 나는 역사로 이어진다는 것이지요. 기술과 마법의 발달로 인해서 주어지든, 왕명에 의해서 주어지든 말입니다."

"그렇다면 정당성이 있는 전쟁이라고 할지라도, 탐욕을 발산하는 기회를 준다면 이는 탐욕으로 인한 전쟁과 다를 바 없게 되고, 따라서 피비린내 나는 역사가 쓰이게 될 것은 동일합니다."

이것인가?

머혼은 순간 등에 칼을 맞은 기분이 들었다.

운정은 깊은 눈빛으로 조용히 머혼을 바라보았다.

머혼의 눈이 반쯤 감겼다.

"솔직히 묻겠습니다. 도사께서는 제가 허락한 전쟁으로 인해서 무고한 생명들이 많이 다치고 죽을까 봐, 그것이 염려스러운 것 입니까?"

"다른 이유는 없습니다. 포트리아 백작께서는 전쟁에서 범인들이 다치고 죽을 일은 거의 없다고 합니다. 하지만 렉크 백작께서는 전쟁은 피비린내 나는 역사라 하셨습니다. 그 두 말이 다르니, 진실을 알고자 하는 것뿐입니다."

'그리고 후자가 맞을 경우, 당신을 막을 겁니다'라는 의지가 운정의 눈빛에서 숨김없이 드러났다.

머혼이 반박했다.

"탐욕에 의한 전쟁이 그런 겁니다. 제가 귀족들에게 전쟁을 허락한 것은 정정당당한 명분이 있습니다."

"정당성이 있어도 탐욕을 발산할 기회를 준다면, 탐욕에 의한 전쟁과도 다르지 않다는 것이라는 건, 제 논리가 아니라 머혼 백작님 본인의 논리셨습니다."

"제 행동은 당신이 속한 무당파가 하던 그 행동들과 논리적으로 같은 행동입니다. 그래도 막으시려는 겁니까?"

"어긋난다면, 그렇습니다. 막을 겁니다."

머혼은 어이없다는 듯 웃었다.

"도대체 어긋남의 기준은 무어……."

운정은 머혼의 말을 잘랐다.

"서로 이미 아는 것을 굳이 정의를 내릴 필요는 없는 듯합니다."

"……."

"……."

짧은 침묵 속에서 머혼이 먼저 입을 열었다.

"운정 도사, 당신은 더 이상 단순한 논리에 휘둘리는 사람이 아니군요. 솔직히 당신은 쉬운 편이었지요. 논리적으로 설득만 하면 이해하고 받아들였으니까요."

"그러면 말씀해 주십시오. 당신이 귀족들에게 전쟁을 허락하는 것이 허락하지 않는 것보다 더 좋은 선택이라는 것을요. 포트리아 백작의 말이 맞다면 돕겠습니다. 하지만 렉크 백작의 말이 맞는다면 전 도울 수 없습니다."

직설적인 어법에 머혼의 표정이 완전히 굳었다.

그는 몇 차례 숨을 쉬다가 방긋 웃으며 나지막하게 말했다.

"답을 드리지요. 포트리아 백작의 말이 맞습니다. 제가 허락한 전쟁으로 인해서 무고한 생명이 다치거나 하는 일은 크게 없을 겁니다."

"왜 그렇습니까?"

"그것은 운정 도사께서 렉크 백작이 말한 피비린내 나는 역사라는 말을 깊게 오해하셨습니다. 귀족들이 가진 특권 의식이 얼마나 깊은지 몰라서 하신 오해입니다."

"특권 의식?"

머혼은 웃음이 힘을 잃었다.

"귀족의 특권 의식 속에서는 말입니다, 역사라는 단어에 평민과 노예가 낄 자리는 없습니다, 운정 도사."

"……."

"그가 말한 피비린내 나는 역사에서의 피는 오로지 귀족의 피만 해당하는 겁니다. 심지어 전쟁의 주체라고 할 수 있는 기사들과 마법사, 그리고 병사들이 흘린 피를 말하는 것도 아닙니다. 렉크 백작은 인간의 역사를 써 내려 가는 특권 계층인 귀족들이 더 피를 흘려서는 안 된다고 말하는 겁니다. 하층민은 안중에도 없지요. 냄새가 지독하지요? 하하하, 코가 썩어서 그냥 뭉개 버리고 싶을 만큼."

"……."

운정은 충격을 받았는지 그의 눈빛이 빛을 잃었다.

머혼의 희미한 웃음이 사악한 빛을 띠었다. 그의 왼손이 운정의 어깨를 잡았다.

"운정 도사님, 이제 세상을 조금 알 것 같으시겠지만, 아직은 아닙니다. 아직은 배울 것이 많습니다."

"배울 게 많다……."

운정의 눈빛이 갑자기 달라졌다.

흐리고 불투명했던 눈동자가 색과 빛을 되찾았다.

그것을 본 머혼의 얼굴에서 다시금 웃음기가 사라졌다.

머혼은 자기도 모르게 물었다.

"운정 도사님?"

운정은 머혼에게 조용히 말했다.

"전 아직 배울 것이 많다고 생각은 했지만, 제 생각보다 훨씬 더 많은 것 같습니다. 전 모르는 것이 너무 많군요. 심지어 현재 제게 가장 필요한 것이 무엇인지도 제대로 몰랐던 것 같습니다."

"……."

"전 그것이 마법이라고 생각했습니다. 하지만 아니군요. 지금 제게 가장 필요한 것은 머혼 백작, 당신께 있는 것입니다. 새로운 문파를 세우고 또 그 문파를 이 험난한 세상 속에서 유지하기 위해서 전 당신의 지식과 지혜가 필요합니다."

"……."

"그것이 있어야만 앞으로 신무당파의 기틀을 바르게 마련할 수 있으리라 생각합니다. 가르쳐 주십시오."

머혼은 가만히 그를 보다가 툭하니 물었다.

"무엇을요?"

운정은 청명한 두 눈빛을 빛내며 말했다.

"악의……."

"……."

"사람의 악의에 대해 알려 주십시오."

머혼은 왼손을 그의 어깨에서 둔 채, 오른손의 검지를 펼쳐 자신의 관자놀이를 툭툭 쳤다.

그는 무표정했다.

"자신 있으십니까? 악의 본질을 바라보면서, 멀쩡히 제정신으로 살아 있는 거. 이거 정말 쉽지 않습니다."

"해내야 하지요. 세상을 있는 그대로 바라보면서도 제 영혼의 순수함을 지켜 내야지요. 전 해낼 것입니다."

"……."

"앞으로 머혼 백작께서 원하시는 도움을 드리겠습니다. 대신 한 가지만 약속해 주십시오."

"무엇입니까?"

"당신이 하는 모든 생각과 모든 판단을 알려 주십시오. 그리고 옆에서 지켜볼 수 있도록 허락해 주십시오. 누구에게도 말하지 않을 것입니다. 그저 절 항시 옆에 두시면 됩니다."

"……."

"그것을 허락해 주신다면, 난 당신을 따를 겁니다, 머혼 백작."

머혼은 가만히 그를 보았다.

얼마나 오랫동안 봤는지 알 수 없을 만큼 오래되었을 때, 흑기사 한 명이 문을 열고 나왔다.

"머혼 백작님, 시간이 되었습니다."

머혼은 조금도 흔들리지 않는 시선으로 운정을 계속 보다가 툭하니 말했다.

"제가 유도하지 않고, 자신의 의지로 나를 섬기겠다고 한 사람은 당신이 처음입니다. 아니, 유도는 했지요. 하지만… 제가 원하는 방식은 아니군요. 그래서 꽤나 당황스럽군요. 역제안이라니… 하하하."

"……."

머혼은 몸을 돌리며 대답했다.

"조금 생각할 시간을 주십시오, 운정 도사님."

그는 그렇게 말한 뒤, 천천히 걸음을 옮겨 의회장 안으로 들어갔다.

그대로 단상 위에 올라간, 그는 귀족들을 향해서 큰 소리로 말했다.

"시간이 되었습니다만 혹시 전쟁에 관해 아직 상의를 마치지 못하신 귀족들이 계시다면, 제가 직접 도움을 드리고 싶습니다. 지금 공개적인 도움을 받으셔도 좋고, 아니면 나중에 개인적으로 다 같이 찾아오셔도 좋습니다. 우선, 상의 중 의견을 모으지 못한 분들이 있다면 먼저 손을 들어 주십시오. 의견을 모아 드리겠습니다."

이후 의회장은 전처럼 시끄러워지기 시작했다.

운정은 문가에 가만히 서서 의회를 이끄는 머혼을 올려다보았다.

그는 마치 고수의 무공을 보며 파악하려는 듯, 머혼의 말과 행동에 모든 신경을 쏟았다.

하지만 그 때문에, 렉크가 그런 자신을 바라보고 있다는 것을 인지하지 못했다.

그렇게 1시간이 지나는 동안, 머혼은 모두의 합의를 이끌어냈다. 그들의 이해관계에 직접적으로 개입하면서 슬기롭고 창의적인 제안으로 모두를 만족시켰다.

의회장은 개방되었고, 대부분의 귀족들은 썰물처럼 빠져나갔다. 정보가 새어나가기 전에 즉시 전쟁에 돌입할 계획인 듯싶었다. 하지만 몇몇 귀족들은 침착하게 머혼 앞으로 와서, 그와 독대를 청했고 머혼은 조금 거리를 둔 채 하나하나 상대해 주었다.

모두 만족하고 돌아가는데, 마지막까지 한 귀족이 남아 있었다. 왕비의 아버지 렉크 백작이었다. 그는 머혼을 기다리지도, 밖으로 나가지도 않고, 처음 앉았던 그 자리에 가만히 앉아 있었다. 그의 딸인 왕비도 옆에 있었는데, 눈에 눈물이 가득한 것이 그새 죽은 남편과 아들 생각이 난 듯싶었다.

머혼은 그에게 다가갔다. 머혼이 먼저 다가가 말을 건넨 것은 델라이의 모든 귀족 중 그가 유일했다.

"아직 하실 말씀이 있으십니까?"

렉크는 안쓰럽다는 듯 자신의 옆에 있는 왕비를 보며 툭하니 말했다.

"보아하니, 전쟁 선포가 가능한 영지 중 욘토르 영지에는 아무도 침공을 선언하지 않는 것 같습니다."

"저와 렉크 백작님께서 나눈 대화가 있으니까요. 두 가문 다 델라이에서 가장 유서 깊고, 또 두 분의 우정은 익히 잘 알려져 있으니, 다들 렉크 백작님을 배려한 것일 겁니다."

"과거에나 잘나갔지, 지금은 렉크나 욘토르 둘 다 그저 그런 변방인데 말입니다."

"욘토르 백작과 한번 잘 대화해 보십시오."

"무슨 대화를 하라는 겁니까? 그가 영지 반을 내놓고 항복하리라 생각하십니까?"

"그의 성정상 그럴 일은 없겠지요."

"나도 친우와 전쟁을 할 생각은 없습니다."

"글쎄요. 다른 귀족들이 오래 기다려 주진 않을 겁니다. 말씀하신 것처럼 렉크 가문이 실질적인 힘을 잃어버린 지는 꽤 되었으니까요. 욘토르 가문은 그 땅을 지배한 역사가 너무 깊습니다. 영지민의 충성심이 너무 강하지요. 그러니 그들 중 한 명이라도 살아 있으면 언제고 반란의 씨앗이 될 수 있습니다. 그러니 선택권이 없지요. 다른 귀족들이 전쟁에 임하면 욘토르 가문에 속한 일가친척 모두를 멸족하려 할 겁니다. 이 정도는 렉크 백작께서도 이미 잘 아시리라 믿습니다."

"……."

"정말 친구를 위한다면 직접 손을 쓰시지요. 기사나 마법사가 부족하다면야 알려 주십시오. 지원해 드리겠습니다. 그럼 이만 일이 많아서, 렉크 백작."

렉크는 고개를 들어 머혼을 보았다.

"머혼 백작."

머혼은 고개를 한 번 끄덕인 후에, 천천히 걸음을 옮겨 운정이 기대고 서 있던 문으로 걸어왔다. 그가 운정에게 말하려고 하는데, 그 순간 갑자기 슬롯이 끼어들었다.

머혼이 당황한 눈길로 슬롯을 보자, 슬롯이 공손히 손을 가슴에 가져가며 말했다.

"감사합니다, 머혼 백작."

"뭐? 왜요?"

"그야, 당연히 절 도와주신 것이지요."

머혼은 영문을 모르겠다는 표정으로 그를 물끄러미 보다가 곧 자신이 한 말이 생각나 말했다.

"아, 처벌 문제… 맞습니다. 이대로 가면 흑기사단을 처벌하자는 이야기는 아마 누구의 입에서도 언급되지 않을 겁니다. 그냥저냥 흘러가겠지요."

슬롯은 고개를 숙였다.

"제 기사들 중에는 이 일이 아니면 생계가 끊기는 자들도 많이 있습니다. 흑기사단을 대표해서 감사드립니다."

머혼은 묘한 표정으로 그를 보다가, 곧 그의 어깨를 툭툭

쳐 주고는 그를 지나쳐 걸었다. 슬롯이 보든 말든, 그는 더 이상 신경 쓰지 않고 앞에 있던 운정에게 말했다.

“저를 섬기는 것과 더불어서 다른 제안을 하나 더 받아 주신다면… 그렇다면 운정 도사께서 말씀하신 대로 하겠습니다.”

운정이 되물었다.

“조금 생각해 보신다고 하지 않으셨습니까?”

“방금 한 시간 동안 다 했습니다.”

귀족들의 분란을 잠재우고 모두가 만족할 만한 제안을 던지는 것은 머혼에게 일도 아닌 듯했다. 그는 한쪽 방향을 향해 손바닥을 보였고, 운정은 그와 함께 그 방향으로 걸음을 옮기기 시작했다.

운정이 물었다.

“어떤 조건입니까?”

“제가 원하는 사람에게 무공을 가르쳐 주십시오. 운정 도사께서는 심사숙고하여 제자를 선별한다는 것을 압니다만, 예외적으로 부탁드리겠습니다.”

“제가 제자를 선별하는 이유는 대성할 수 있는 가능성을 보기 때문입니다. 머혼 백작께서 원하시는 사람을 제자로 삼는다면, 그의 대성까진 약속드릴 수 없습니다.”

“그것까지 바라지 않겠습니다.”

“…….”

"어떻습니까? 제 옆에서 제 모든 것을 배울 수 있는 조건으로, 저를 섬기시고 또한 제가 원하는 사람에게 무공을 가르쳐 주십시오."

운정은 나지막하게 말했다.

"그렇다면 저도 섬긴다는 그 말에 조건을 더 추가하고 싶습니다."

"어떤 조건이요?"

"당신과 델라이를 지키는 일에 한정적으로 섬기겠습니다. 또한 제자들을 돌볼 개인적인 시간도 필요합니다."

어차피 머혼은 그에게 로튼과 같은 무조건적인 충성을 바라지도 않았다. 그럴 사람도 아니고.

머혼이 흔쾌히 고개를 끄덕였다.

"좋습니다. 받아들이지요. 당신이 꺼릴 만한 일은 애초에 부탁하지도 않겠습니다."

운정이 물었다.

"제가 누구를 제자로 받기 원하십니까?"

"제 딸 아시스입니다."

"레이디 아시스?"

"원래부터 무술에 관심이 많은 아이이기도 하고, 절대로 절 배신하지 않을 아이이기도 합니다. 제가 알기로는 무공은 남녀의 차이가 그리 크지 않은 걸로 알고 있습니다. 그러니 그 아이가 배워도 괜찮지 않습니까?"

"확실히 절정 수준이 되면 남녀의 차이는 희미해지지요. 하지만 그 경지까지 약속드릴 수는 없습니다."

"압니다. 그저 최선을 다해서 가르쳐 달라는 것만 부탁드리고 싶습니다."

"예, 알겠습니다."

머혼은 갑자기 몸을 틀어 그곳에 있던 방문을 열었다. 그곳은 왕의 집무실로, 복도를 걸으며 대화를 하는 와중 어느새 도착한 것이다.

안에는 머혼가의 집사 르아뷔와 다섯 사람들이 있었다. 다섯 명의 사람들은 각양각색으로, 나이와 인종 그리고 직업까지 모두 다른 듯했다. 그들의 중앙에 있는 상 위에는 수없이 많은 종이들이 어지럽게 펼쳐져 있었다.

머혼이 안에 들어오자, 그 다섯 사람들은 르아뷔에게 공손히 인사한 뒤에, 빠르게 방을 빠져나갔다. 그들은 머혼과 운정에게 인사는커녕 눈도 마주치지 않았다.

르아뷔는 머혼을 보며 인사했다.

"수고하셨습니다, 머혼 백작님."

머혼은 상석으로 걸어가며 말했다.

"앞에 앉아. 운정 도사님도 앉으시지요."

머혼이 중앙에 앉자 르아뷔가 오른편에, 운정이 왼편에 앉았다. 르아뷔는 운정을 묘한 눈길로 바라보다가 머혼에게 말했다.

"자리를 비켜 드릴까요?"

머혼은 고개를 저었다.

"그냥 말해. 괜찮으니까."

"……."

"앞으로 나와 계속 함께할 것이다. 그러니 없다 생각해."

르아뷔는 이해되지 않는다는 표정으로 물었다.

"진심이십니까? 백작께서는 저와 로튼 사이에도 모르는 일을 두실 정도로 점조직 형태로 일을 논하시지 않습니까? 그런데 왜 그를……."

머혼이 말을 잘랐다.

"그냥 해. 괜찮으니까."

"……."

"얼른."

르아뷔는 언짢은 표정을 드러냈지만, 곧 머혼의 말대로 했다.

"왕궁 내외 및 델라이의 정세 상황 그 모든 것을 정리한 결과, 앞으로 머혼 백작께서 직접 하셔야 할 일은 총 다섯 가지입니다. 그 외에는 제 선에서 알아서 처리하겠습니다. 하지만 그전에 일단 절 왕실 시종장으로 임명해 주셔야 가능합니다."

그렇게 말한 르아뷔는 상 위에 있는 종이들을 이리저리 들추더니 하나를 꺼내 머혼 앞에 내려놓았다. 그리고 한쪽에 있던 펜을 들어 잉크를 붙여서 그에게 건넸다.

머혼은 빼곡히 적힌 글씨를 하나도 읽지 않고 그 아래 있는 칸에 자신의 이름을 서명하며 말했다.

"이게 무슨 의미가 있다고."

르아뷔는 거의 뺏어 들듯 그 종이를 잡고는 돌돌 말며 말했다.

"일 처리를 잘하는 자들은 대부분 고지식한 자들이지요. 그리고 그런 자들은 이런 종이쪼가리 하나에 목숨 거는 자들이 많습니다. 이제 앞으로의 일이 수월해지겠군요."

그는 자신의 콧수염을 만지작 하더니 만족한 표정을 지었다.

머혼은 몸을 편하게 하며 말했다.

"자, 그래서 그 다섯 가지가 뭐지? 가장 급한 순서부터 말해 봐."

르아뷔가 말했다.

"첫째로는 제국. 둘째로는 소론. 셋째로는 사랑교. 넷째로는 다른 사왕국. 다섯째로는 군부입니다. 하지만 딱 구분할 수 없는 게, 그 안에서도 서로 얽힌 게 많습니다."

"그렇겠지."

"어떻게 하시겠습니까?"

"일단 날 만나려고 하는 자들은 누구지?"

"제국에선 바리스타 후작이, 소론에서는 소론 왕이, 사랑교에서는 프란시스 대주교께서, 다른 사왕국에서는 각각의 사절을 보냈고, 군부에서는 아무도 없습니다."

"일단 제국부터 생각해 보자. 가장 중요한 것은 그들의 전쟁 의사야. 그들에게 분명한 전쟁 의사가 있는 것 같기는 한데, 아홉 머리 중에 얼마나 동의하는지는 모르겠어. 아직까지도 전쟁 선포가 없는 걸 보면 미티어 스트라이크 마법이 실패한 것을 보고 당황했는지도 모르지. 아니면 머리끼리 치열하게 견제하는 걸 수도 있고. 하여간 우선 그들의 세력 구도부터 봐야 해."

"몸통일 수도 있습니다."

"형님은 아닐 거야. 아름다운 여자 말고는 관심이 없거든."

"외무부의 바리스타 후작님은 어떻습니까?"

"일단 내 앞에서는 전쟁 의사가 전혀 없는 것처럼 굴지. 그냥 반사이익만 얻으려고 한 거라 보는데, 진실은 절대 몰라. 그 노친네의 의중은 아무도 알 수 없어. 심지어 홀로 일을 벌려 놓았을 가능성도 있어. 아무튼 그를 가장 먼저 보는 걸로 하지. 직접 대면해 봐야 알 거야. 그건 그걸로 됐고, 소론 왕은? 왜 보자고 해?"

"항복 조건으로 공급해야 할 마나스톤과 마법사들의 정확한 수치를 알려 달라고 합니다. 그리고 미티어 스트라이크 날짜도."

"그거 다 이미 물 건너간 거잖아. 그냥 씹자. 델라이 내부 상황을 알게 되면 거기서도 그러려니 하겠지."

"그래도 왕을 직접 만나 보는 건 어떻습니까? 포트리아 백작의 조건이 너무 과했다고 하면서 관계 회복을 노려 보심이 좋을 듯합니다."

"글쎄, 그걸로 될까?"

"안 돼도 되게 하셔야지요. 지금 생각할 게 너무 많습니다. 큰 병이 걸렸을 땐 작은 병도 조심해야 하는 것을 모르십니까?"

머혼은 이마를 한 번 쓸어 내리며 말했다.

"아, 알았어. 약속 잡아. 그리고 대주교는? 왜 날 만나자고 하는 거야?"

"당연히 사랑교에서도 깊은 관심을 가지고 있지요. 사왕국 중 하나인 델라이가 멸망할 위기인데. 미티어 스트라이크까지 시전되었으니, 말할 것도 없습니다. 아마 있는 사람 없는 사람 전부 동원해서 현재 델라이에 무슨 일이 일어나고 있는지 파악하려고 할 겁니다. 그 일환으로 프란시스 대주교께서 직접 머혼 백작님과 대면하려는 것이지요."

"……."

"그들과도 말을 잘해야 합니다. 가뜩이나 어려운 상황인데, 사랑교에서 우리를 출교하기라도 하면, 모든 나라들이 너도 나도 간을 보기 위해서 첩자를 파견할 겁니다. 그러면 결국 우리가 미티어 스트라이크를 시전할 수 없다는 것을 알게 될 것이고, 그 즉시 전쟁을 선포할 곳이 꽤 됩니다. 제국도 제국이지만, 사랑교에서도 고개를 돌리면 저희 상황은 절망적으로 변합니다."

머혼은 머리를 긁적이며 말했다.

"아, 그냥 지금이라도 짐 싸서 튀어 버릴까, 르아뷔?"

"그런 판단을 하려고 했다면, 저택에서 마법사들을……."

"아아, 더 말하지 마. 알았으니까."

갑자기 머혼이 말을 막자, 르아뷔는 영문을 모르겠다는 표정을 지었다. 그런데 머혼이 아무런 말을 잇지 않자, 다시 본론으로 돌아갔다.

"다른 사왕국의 사절들은 다들 같은 말을 합니다. 다 같이 사랑교를 통해서 정식으로 항의하고 연합을 맺어서 제국을 압박하자는 뭐, 그런 뻔한 제안입니다. 제국을 압박할 좋은 명분이 생겼다고 다들 좋아라 하고 있는 듯하지만, 역시 델라이의 상황을 좀 더 자세히 알게 될 경우 오히려 제국 편으로 돌아설 가능성이 큽니다. 델라이를 나눠 먹는 게 자기들한테도 더 이득이니까요."

"흐음. 뭔 말인지 알겠어."

"그리고 마지막으로 군부. 어떻게 보면 거기가 제일 심각합니다. 포트리아 백작의 사람들이 많다 보니, 그녀의 죽음을 의심하는 사람들이 많습니다. 그나마 슬롯 경께서 사실관계를 뒷받침해 주니 잠잠히 있는 것이지만, 감정적으로는 언제 터져도 이상할 게 없습니다. 도대체 왜 막시무스 장군을 군부의 수장으로 두신 겁니까?"

"막시무스 장군 말고는 내가 믿을 사람이 없어, 군부에는. 포트리아가 철저하게 내 손길을 막았으니까."

"신용이 있으면 뭐 합니까, 실력이 없는데. 이대로 가면 쿠

데타라도 일어날 겁니다. 사람을 이끄는 실력이 멕컬리 장군에 비해서 너무 뒤떨어집니다."

"멕컬리로 갈아타라는 거야?"

"막시무스 장군의 실력이 성장하는 걸 기대하는 것보다는 멕컬리 장군의 신임을 얻는 게 빠를 겁니다."

"그 정도야?"

"예, 단언컨대 그 정도입니다. 게다가 멕컬리 장군도 사람을 섬기기보단 나라를 섬기는 자니까요. 어렵지 않을 겁니다."

"흐음, 그래? 알았어. 일단 그 순서 그대로 진행하자. 한 시간만 잘게."

그렇게 말한 머혼은 정말로 의자 위에 옆으로 누워 버렸다. 르아뷔는 어이없다는 눈길로 그를 내려다보다가 말했다.

"지금 잘 시간이 어디 있습니까?"

머혼은 눈을 붙이면서 말했다.

"네가 말한 거 제대로 수행하려면 자 둬야 할 거야. 특히 바리스타 후작과 대면하는 건."

"……."

"한 시간 뒤에. 그때부터 진행하자. 운정 도사께서도 한 시간 동안 자유롭게 있으시다가 다시 와 주시면 좋겠습니다."

그렇게 말한 머혼은 대답을 듣지도 않겠다는 듯 바로 코를 골기 시작했다.

르아뷔와 운정은 서로를 바라볼 수밖에 없었다.

*　　　*　　　*

코를 고는 머혼을 두고 밖으로 나왔을 때, 르아뷔가 먼저 운정에게 말을 걸었다.

"백작님과 무슨 거래를 하셨는지 알려 주실 수 있겠습니까?"

운정이 대답했다.

"그에게 도움을 주고 레이디 아시스를 제자로 받는다는 조건으로 그가 하는 모든 일을 보고 배우기로 했습니다."

조금도 숨김없는 그 말에 르아뷔는 잠시 할 말을 잃어버렸다. 때문에 운정이 고개를 돌리려 하자, 르아뷔가 급히 말했다.

"솔직하게 말씀하시군요."

"솔직하게 말하지 않을 이유가 있습니까? 머혼 백작께서 이것을 비밀로 두고 싶었다면, 먼저 말씀하셨겠지요. 하지만 아무런 말도 없었으니, 제가 말했다고 해서 그 책임을 지라 할 순 없을 겁니다."

"……"

"이따 한 시간 뒤에 다시 오십니까?"

르아뷔는 잠깐 다른 생각에 빠져 있었는데, 운정의 질문을 듣고서야 상념에서 벗어났다.

"예, 아마도. 우선적으로 처리할 일들을 대강 손보고, 백작님과 만나실 분들과도 약속을 잡아야겠지요. 생각해 보니 할 일이 산더미군요. 먼저 가 보겠습니다."

운정은 포권을 취했다.

"나중에 봅시다."

르아뷔는 포권 자세를 물끄러미 보다가 곧 고개를 한 번 숙여 보이곤 뒤를 돌아 빠른 걸음으로 멀어졌다.

운정은 갑자기 생긴 한 시간을 어떻게 보낼까 생각해 보았다. 마법부로 가서 스페라를 만나도 되고, 귀빈실로 가 사무조를 만나도 되고, 중앙 정원에 가 혹시 다시 도착했을 시르퀸을 만나도 된다.

그는 우선적으로 마법부로 향했다.

언제나처럼 마법사들이 분주하게 움직이는데, 그들을 통솔하던 수석마법사 알비온은 운정을 보지도 않고 말했다.

"스페라 백작께서는 NSMC 복구에 온 힘을 쏟고 계십니다. 쉬셔야 하는데, 그럴 시간도 없다고 잠도 주무시지 않으시니 조금 걱정됩니다만 현재 누구도 편히 자는 사람은 없으니 어쩔 수 없지요."

"알겠습니다."

운정은 바쁜 그를 두고 마법부를 나와서 NSMC로 향했다.

그 안 중앙에는 스페라가 양손을 높이 들고 있었고, 그 손에서부터 대략 1m 정도 뒤에 그녀의 지팡이가 둥둥 떠 있었다. 그리고 그 지팡이 끝에 달린 퍼플 마나스톤은 강렬한 보랏빛을 내면서 사방으로 빛줄기를 쏟아 내고 있었다.

그리고 마법부의 마법사들과는 조금 다른 복장을 한 마법사들이 이곳저곳에서 그 빛줄기를 자신들의 지팡이로 받았다. 그러자 그 빛줄기는 더 작은 여러 갈래로 나뉘어져서, 마법진 이곳저곳에 떨어졌다. 보랏빛이 닿은 곳은 마치 타들어가듯 새하얀 연기가 났다. 그 빛이 한 번 훑고 지나간 곳은 시커먼 재가 아니라 밝은 황금빛이 남았다.

지금까지 봤던 스페라의 모습 중 그토록 집중하고 있는 것은 본 적이 없었다. 강력한 마법을 시전할 때도 가벼운 농담을 섞는 것이 보통인데, 지금은 운정이 온 것도 모르는 듯했다.

그녀를 방해할 수 없었던 운정은 그녀의 뒷모습만 잠깐 보고 다시 밖으로 나왔다.

그는 이후 귀빈실로 향했다.

아쉽게도 귀빈실은 텅 비어 있었는데, 지나가던 하녀가 말하길 천마신교의 인물들이 왕궁 밖에 있는 공터로 나갔다고 했다. 운정이 그 하녀의 말대로 가니, 곧 그들이 있는 공터에 도착할 수 있었다.

그들은 서로 멀찍이 떨어진 채로 자신들의 무공을 수련하고 있었다. 다만 내력을 뿜는 것을 자제하고, 오로지 몸 안에서 갈무리하는 형식을 취했다. 아무리 마공이지만, 대자연의 기운이 희박한 곳에서 굳이 내력을 낭비할 필요가 없었기 때문이다.

운정이 다가가자, 하나둘씩 그를 보곤 연무를 멈추고 포권을 취했다. 이는 사무조와 악존까지도 마찬가지였다.

"이제야 보는군, 운정 도사. 지난밤, 유성을 가르는 것은 상당히 인상 깊었소. 검기의 시초라 할 수 있는 무당파의 무공과 천마신교의 마공이 합쳐지니 산을 자르는 것도 가능하겠소."

운정이 맞포권을 취하며 말했다.

"악존 원주와 손속을 나누지 않았거나, 사무조 장로께서 태극음양마공의 구결을 일러 주지 않았다면 불가능한 일이었습니다."

사무조는 손을 내리며 말했다.

"보아하니, 부작용이 없는 듯하오."

운정은 고개를 끄덕였다.

"일순간, 그것도 검강 하나를 내보내는 그 짧은 순간에만 마공의 수위를 증폭시켰습니다. 때문에 부작용도 크지 않은 듯합니다."

"내력은 말할 것도 없고, 근력조차 그런 급격한 조절은 어렵소. 그런 일이 어떻게 가능했소?"

"마선공이기에 가능했습니다. 선기로 기혈을 보호했기에, 그 안에서 마기가 마음껏 흐를 수 있었던 탓이지요."

그 말이 끝나기 무섭게 악존이 말했다.

"기혈을 보존한 것은 그렇다 치자. 하지만 마기를 일순간 증폭하고, 또 잠재우기 위해선 그 기운을 움직일 심력이 필요하다. 그것은 어떻게 했느냐?"

사무조는 눈초리를 살짝 모으며 악존을 돌아봤다. 그가 뭐라 하기 전에 운정이 먼저 말했다.

"괜찮습니다. 말투에 연연하지 않으니, 걱정하지 마십시오. 게다가 제가 정식으로 장로가 된 것도 아니지 않습니까?"

사무조는 언짢은 표정 그대로 악존을 한 번 흘겨보더니, 다시 운정을 돌아보며 말했다.

"운정 도사가 그렇다면야, 뭐 알겠소."

운정은 악존에게 시선을 주며 말했다.

"유성으로부터 수도에 거주하는 모든 이들을 살리겠다는 생각으로 했습니다."

악존은 턱을 매만졌다.

"그 정도의 대의를 품은 선한 생각이라면, 수라의 마기조차 잠재울 수 있다는 것이로군. 하지만 애초에 마기를 증폭시키는 것은? 그것은 어떻게 했느냐?"

운정이 고개를 갸웃했다.

"무슨 말씀이십니까?"

악존은 눈을 반쯤 감으며 말했다.

"네가 지난 밤 행한 것은 크게 두 가지다. 입수의 경지에 다다른 마기를 끌어올린 것과, 그렇게 끌어올린 마기를 다시 잠재운 것이다. 후자는 방금 네가 설명한 것으로 했다고 하자. 넌 본래부터 선공을 익힌 백도의 인물이니까 가능할 수도 있겠지. 하지만 내가 궁금한 것은 전자이다. 애초에 수라가 될 정도의 가공할 마기를 어떻게 끌어올렸냐는 것이다."

"……."

"수라가 될 정도로 마공을 자극하기 위해선 천살성조차 상상하기 어려울 정도로 강력한 살의를 품어야 한다. 부모의 원수를 향한 살의 정도는 새 발의 피지. 임신한 아내가 유린당하고 산 채로 불에 타 죽는 걸 보는 정도는 되어야 논할 거리 정돈 될까? 그러니까 사람이 상상하기조차 어려울 정도의 살의가 마공을 자극해야 수라가 된다. 수라도 아무나 되는 게 아니야. 말 그대로 세상 자체를 죽이겠다는 정도의 마음이 없다면 불가능하다."

운정은 가만히 생각하며 말을 이었다.

"글쎄요. 전 오로지 폭발하려는 마기를 다스리기 위해서 선한 생각을 하는 것에 모든 심력을 집중했습니다. 수도의 사람들을 구하겠다는 선한 생각 외에, 따로 마기를 끌어올리기 위해서 악한 생각을 하지 않았지요. 마기가 증폭되는 건 절로 되었습니다. 애초에 두 생각을 머릿속으로 품었다면, 둘 다 제대로 이뤄지지 않았을 겁니다."

악존은 어이가 없다는 듯 말했다.

"그래서 정공과 마공을 같이 익힐 수 없는 것이다. 네가 방금 말한 대로 두 생각을 품어야 하는데, 그 생각들이 서로 상충하니 이도 저도 안 되는 것이지."

"……."

"오로지 선한 생각만 했다? 정말 그랬다면 애초에 강력한 마기가 생성되지 않았을 것이다. 너는 분명 상상할 수 없을 만한 살의로 마기를 자극해 마공을 수라의 경지까지 끌어올렸고, 수도에 사는 모든 사람들을 떨어지는 유성으로부터 구하겠다는… 그런 허황되기 짝이 없을 정도의 선한 생각으로 수라의 마기를 다스렸다."

사무조는 가만히 있다 자신의 생각을 보탰다.

"그의 말이 맞소. 지금은 나도 너무 익숙해져서 자각하지 못하고 있지만, 마기를 끌어올린다는 건 일단 살의를 끌어올리는 것과 매우 유사하오. 처음 마공을 익히는 자들이 마기를 증폭시키는 연습을 할 때 으레 마음속으로 가장 미워하는 자를 죽이는 상상을 하곤 하오."

"……."

"그런 근본적인 이유 때문에 마교는 무림맹과 다르게 소수 권력 집단만 흥하지 않소. 편안한 곳에서 호의호식하며 각종 영약을 먹고 자란 기재들보다 일가족이 전부 몰살당하고 자신도 처참한 꼴을 당해 겨우 살아남은 독종들이 마공에 더 크게 대성하니 말이오. 운정 도사도 처음 마공을 받아들이게 된 계기 또한 살의 혹은 그와 비슷한 마음으로 시작되었으리라 미루어 짐작하오만."

운정은 떠올리고 싶지 않았던 기억이 떠오르자, 눈을 질끈 감아 버렸다.

지렁이처럼 기어가 태극지혈을 잡았을 때.

무당파를 저버리고 사부님을 배신했을 때.

그 기억이 올라오자, 그의 몸에서 절로 마공이 반응했다. 피부 위로 의복이 떠오르기 시작했고, 그의 머리에서 일렁이는 마기는 조금도 흩어지지 않고 하늘로 향해 올라갔다.

싸움을 눈앞에 둔 것도 아니다.

마공의 구결을 읊은 것도 아니다.

그저 하나의 기억을 떠올린 것만으로 천마급 마기가 진득하게 나왔다.

"……."

"……."

"……."

사무조와 악존 그리고 호법들은 그 고요하기 짝이 없고 진하기 짝이 없는 마기를 말없이 바라볼 수밖에 없었다. 보통 마기는 순식간에 사방으로 뻗어 나가며 옅어지는데, 운정의 마기는 마치 정공의 기운처럼 고요히 흘러 하늘로 올라갔다.

운정이 눈을 뜨자, 그의 두 눈에서 연보랏빛이 흘러나왔다.

"맞습니다. 제게도 죽이고 싶은 대상이 있군요."

악존은 다소 흥분한 표정으로 크게 말했다.

"그것이 누구냐? 그리고 네게 무슨 짓을 했느냐?"

운정의 두 눈이 하늘로 향했다.

"나 자신입니다. 도저히 용서할 수가 없네요."

그 순간이었다.

하늘까지 이르던 마기가 완전히 사라졌다.

공간이동이라도 한 것처럼 급격히 풍경이 바뀌었다.

청명한 델로스의 하늘이 펼쳐졌고, 따스한 햇볕이 공터에 내리쬈다.

"……."

"……."

모두들 말이 없었다. 특히 악존은 입을 반쯤 벌리고 다물지 못했다.

운정이 사무조를 향해 포권을 취해 보였다.

"제가 말씀드린 대로, 전 마기를 증폭시켜 보였고, 또 그것을 다스려 다시 본래의 인성으로 되돌아왔습니다. 이는 제가 마기의 증폭에 대해서 남다른 이해도를 지녔다는 증거가 되며, 따라서 사무조 장로님께 말씀드렸던 제 방도가 어느 정도 신빙성을 갖추게 된 것을 눈으로 보여 드린 것입니다. 수라의 경지까지 마공을 올렸다가 다시 아무렇지도 않게 돌아온 제가 생각했을 때 가능한 방법을 누가 아니라 할 수 있겠습니까?"

사무조는 고개를 끄덕이더니 역시 포권을 취하며 말했다.

"중원으로 돌아가면 철소의 방도를 찾아보겠소. 태학공자라면 뭔 수가 있겠지. 그리고 약조한 대로 나도 최선을 다해서 교주와 장로들을 설득해, 운정 도사의 신무당파가 천마신교 아래 있으면서도 독립성을 갖출 수 있게 돕겠소."

"그 말씀 믿겠습니다. 그럼, 만날 사람이 생각나 돌아가 보겠습니다."

운정이 돌아서려고 하자, 사무조가 다시 그를 불렀다

"아 참, 혹시 그 생각은 좀 해 봤소?"

"어떤 생각 말입니까?"

"제자를 받는 것 말이오. 지난밤의 일을 보고도 운정 도사의 제자가 되는 것을 거부할 사람은 없을 것이오. 물론 이들은 사제 관계 자체에 그리 익숙하지 않지만, 그조차도 운정 도사가 알려 주면 될 일이오."

천살성들은 모두 같은 눈빛으로 운정을 바라보았다. 하지만 운정은 고개를 저었다.

"이미 돌보아야 할 제자가 너무 많습니다. 그들이 조금 성장하여 자립성을 갖췄다고 판단되면 그 이후에 또 생각해 보겠습니다."

"그렇다면 아쉽군. 아, 또 하나."

"예, 말씀하시지요."

"초합금속을 사용해 보고 싶은데, 아직 대라이에서 준 게 없소. 대라이의 삼두 중 하나인 그 귀족과 말했을 때 분명히 대라이 쪽에서 마법과 초합금속을 준다고 하지 않았소? 우리 쪽에서는 무공과 군사적 지원이었지, 아마? 둘 중 하나로 우리를 써먹었으면, 적어도 초합금속으로 만든 검 정도는 내줘야 하지 않겠소?"

"……."

"운정 도사께서 대라이와 천마신교의 중재자 역할을 자처했으니, 가서 말을 잘 전해 주시길 바라겠소."

운정은 고개를 끄덕이며 말했다.

"알겠습니다, 말해 보겠습니다. 그럼."

"수고하시오."

그들은 포권을 다시 취해 보였고, 운정은 그들에게서 멀어져 다시 왕궁 안으로 들어갔다.

第六十三章

운정이 왕의 집무실로 들어갔다. 안에는 총 세 명이 있었다. 르아뷔는 한쪽에 앉아 앞에 쌓여 있는 문서들을 정리하고 있었고, 상석에 앉은 머혼은 눈을 반쯤 감은 채로 흰자위를 보이며 입을 벌리고 헤벌쭉거렸다. 그 뒤에는 그의 아내, 아시리스가 양손으로 그의 관자놀이와 뒷목을 마사지하고 있었다.

운정을 가장 먼저 발견한 아시리스가 물었다.

"운정 도사! 오셨군요. 혹 안 좋은 일이 있으셨나요?"

운정은 그녀의 질문들을 듣고서야 자신의 표정이 어둡다는 것을 자각했다. 그는 억지로 얼굴을 피며 말했다.

"잠시 떠난 친우를 찾아보려 하는데 시간이 나지 않을 것 같아서 말입니다. 그래서 조금 걱정이 됩니다."

르아뷔는 고개를 돌리지 않고 눈길만으로 그를 한 번 흘겨보았다. 손으로는 종이 문서들을 정리하는 것을 멈추지 않으면서 퉁명스럽게 말했다.

"바쁘시다면 굳이 동행하지 않으셔도 됩니다, 운정 도사님. 본인의 일을 보시지요."

머혼이 손을 올리자, 아시리스는 마사지 하던 손길을 뗐다.

그는 눈을 떠서 운정에게 말했다.

"더 지체하긴 어려울 듯하니, 개인적인 용무를 기다려 드릴 순 없습니다, 운정 도사님."

운정은 고개를 저었다.

"아닙니다. 어차피 현 상황에서 제가 할 수 있는 건 없습니다. 그들이 잘 돌아오기를 기원할 뿐이지요. 앞으로 하실 일들을 옆에서 보고 배우겠습니다."

"그렇다면야."

머혼은 자리에서 힘껏 일어났다. 자리에서 일어난 그가 양팔을 돌리기도 하고, 뻗기도 하면서 가볍게 몸을 풀었다.

"슬슬 일을 해 볼까? 르아뷔, 어때?"

르아뷔는 여전히 문서들에 시선을 고정한 채로 대답했다.

"바리스타 후작 쪽에서는 양지에서 만나는 것이 부담스러운 듯합니다. 보려면 항상 보았던 곳에서 보자고 하시는군요."

"그래서?"

"그쪽으로 약속을 잡았습니다. 서문에 마법사도 와 있고요. 원하신다면 가실 수 있지만, 안전을 위해서 로튼과 함께하는 것을 추천드립니다."

"로튼은 뭐 하는데?"

그 질문에는 아시리스가 대답했다.

"아까 나와 함께 왔어요. 시아스는 걱정 마시고, 그를 쓰세요. 듣자 하니, 중앙정원으로 간다고 하더군요."

"얘 괜찮은 거지? 슬슬 걱정돼."

"걱정할 단계는 오래전에 지났지요. 지금은 체념을 고려할 단계예요."

"……."

"일단 가서 일 보세요. 집안일은 제가 알아서 하지요."

머혼은 눈을 살포시 감고 고개를 몇 차례 끄덕이며 말했다.

"그래, 언제나처럼 잘 부탁해."

"네, 여보."

머혼은 아시리스의 이마에 살짝 키스하고는 그길로 방문을 통해 집무실을 나섰다. 운정은 그의 뒤를 좇았는데, 르아뷔는 같이 가지 않는 듯했다.

막 방문을 나서면서 머혼이 운정에게 물었다.

"방금 말씀하신 친구는 혹 엘프들을 말하는 것입니까?"

"맞습니다."

"그들이 만약 돌아왔다면 테이머 한슨에게 소식을 들을 수 있겠군요. 중앙정원으로 올 확률이 높으니까요. 로튼을 찾으러 가는 김에 같이 물어보지요."

"네, 감사합니다."

머혼은 빠르게 걸으면서 운정의 눈치를 한 번 살폈다. 운정의 시선은 먼 땅을 향해 있었는데, 계속 걱정하는 듯했다.

머혼은 짐짓 모르는 척 말을 꺼냈다.

"이번에 만날 사람인 바리스타 후작은 제국의 아홉 정무관 중 하나인 외무관의 실세입니다. 전 외무관장이기도 하지요. 제국의 정치에서 '외교'가 들어가는 그 모든 것에 유일무이한 영향력을 가진 자입니다."

운정은 그 말을 듣자 상념에서 벗어났다. 그가 물었다.

"아홉 정무관이라면……."

"간단하게 말해서 제국 공화정을 이루는 아홉 개의 머리입니다. 각각의 머리는 하나의 왕국에 비견될 정도의 힘을 갖추고 있습니다. 실제로 정무관의 책임자인 정무관장은 최소 공작의 직위와, 공작령을 하사받습니다. 델라이로 말하면 군부나 마법부 혹은 제작부 같은 겁니다. 하지만 그 규모에 있어서 너무나 차이가 크지요."

"그런 곳의 실세라면 제국에서도 권력이 상당한 사람이겠습니다."

"실권만 놓고 보면 황제보다 더하지요. 스스로 전쟁을 일으켜도 좋을 만큼의 자체적인 무력을 보유하기도 했고, 또 외교부 특성상 나라 안팎의 첩보도 많이 알고 있습니다. 다만 그만큼 다른 정무관의 견제를 많이 받기 때문에 가장 위태위태한 곳이기도 하지요. 그래서 바리스타 후작도 대리인을 앞에 세우고 암중에서 힘을 휘두르고 있는 것입니다."

"그렇군요."

"그를 상대하는 것은 무척이나 어려운 일입니다. 그 속내를 절대로 알 수 없는 사람이기도 하지요. 제가 가진 외교술도 거의 그에게서 배운 것입니다. 제가 청년이었을 때부터 그는 현역이었으니 말 다 했지요."

"그럼 머혼 백작께서는 그와 어떤 대화를 하시려고 합니까?"

머혼은 짧게 설명했다.

"제국의 어떤 정무관이 전쟁을 지지하는지 혹은 반대하는지를 들어야겠지요. 그 안의 세력 구도를 파악해야지 그 뒤에 형님을 만나도 할 말이 있을 겁니다."

"형님?"

"제국의 황제 말입니다. 젊을 적에 마음이 잘 맞아서 의형제를 맺었지요. 뭐, 델라이로 이동하고 나서는 자주 찾아뵙지 못했으니 직접 대면한 지 꽤 되었군요."

"……."

"일단은 제국의 전쟁 의지를 막는 것이 가장 중요할 것입니다. 지금까지 나온 사실만 놓고 보면 일단 중원과의 교류가 가장 큰 원인인 것 같습니다. 알톤 평야에서 무림인들이 보여 주었던 놀라운 위세가 오히려 역으로 작용한 것이 아닌가 싶습니다만, 자세한 것은 일단 만나서 파악해야 가능할 듯합니다."

"전쟁을 막으시려는 것이니, 최선을 다해서 돕겠습니다."

"예, 제가 죽기라도 하면 그땐 정말 수많은 사람들이 죽을 겁니다."

"잘 알고 있습니다."

머혼은 방긋 웃으면서 한쪽 유리를 슬쩍 밀었다. 그러자 그 유리면이 자연스럽게 안으로 열렸다.

그들은 곧 안으로 들어갔고, 정원 중앙에 있는 한슨과 로튼을 만날 수 있었다. 그들은 작은 목소리로 대화하고 있었는데, 머혼을 발견하고는 말을 멈췄다.

로튼이 인사했다.

"머혼 백작님."

그는 머혼에게 인사했지만, 눈길은 묘하게 운정에게 가 있었다. 그의 입술이 몇 차례 달싹거렸지만, 곧 운정을 향한 눈길을 거두며 고개를 숙였다.

머혼이 그를 향해서 손짓하며 말했다.

"바리스타 만나러 가야 해. 네가 필요하니 같이 가자. 근데 얼굴이 왜 그래? 잠 못 잤어?"

"그래서 말인데, 전에 바리스타 후작님이 하셨던 조언을 한 번 들어 보시는 건 어떻습니까?"

머혼은 조금 생각한 후에야 그가 무슨 말을 하는지 알 수 있었다.

자신감을 내비치기 위해서 때로는 일부러 사람을 대동하지 말라는 조언.

머혼의 목소리로 조금 가라앉았다.

"왜? 나이도 들고 하니까, 하루 밤새는 것도 힘들지? 응? 왜 이참에 아주 놀지 그러냐? 다 관두고 놀아, 그냥."

"설마요. 그저 조언해 드린 것뿐입니다."

"그럼 피곤한 표정 짓지 말고 퍼뜩 튀어와. 아, 그리고 한슨."

한슨은 공손한 자세로 대답했다.

"예, 백작님."

"여기 계신 운정 도사님께서 혹시 엘프들이 오지 않았나 걱정하시는데, 혹시 간밤 중에라도 봤나?"

한슨은 고개를 갸웃했다.

"자고 있었기 때문에 모를 수도 있겠습니다만, 제가 아는 한 엘프분들께서 오신 적은 없습니다."

"흐음, 그래?"

머혼은 운정을 보며 그렇게 물었고, 운정은 포권을 취했다.

"알겠습니다. 혹시라도 친구와 제자가 찾아온다면, 제게 알려 주시면 감사하겠습니다."

"네, 그렇게 하겠습니다."

머혼은 로튼을 향해서 손가락을 까딱까딱하더니, 몸을 돌렸다. 그러자 로튼은 한슨에게 짧게 인사하고는 반쯤 뛰는 걸음으로 그의 뒤에 붙었다.

그 셋은 곧 왕궁의 서문으로 나갔다.

문 앞의 거리에 서 있는데, 한 소년이 빠르게 다가왔다. 그리고 빵 하나를 건네주고는 다른 길로 빠르게 사라졌다. 머혼은 그 빵을 찢더니, 그 안에 있는 종이를 꺼내 읽으면서 빵조각을 운정과 로튼에게 주었다. 로튼은 받았지만 운정이 거절하자, 머혼은 그 남은 조각을 자신이 먹을 수밖에 없었다.

그는 종이에 빼곡히 적힌 글을 모두 읽고는 걸음을 옮기기 시작하면서, 빵과 함께 먹어 버렸다.

그렇게 그들은 말없이 서문 거리를 이리저리 누볐다. 머혼은 마치 길을 잃은 것처럼 정처 없이 떠돌았는데, 그의 표정과 눈빛이 확고한 것을 보면 어디로 가는지 확실히 아는 것 같았다.

그렇게 한참을 걸어 그들은 한 주점에 들어섰다. 놀랍게도 밖에서 볼 땐 분명 주점이었는데 안으로 들어가고 나니, 그곳은 주점이 아니라 텅 빈 공간이었다.

그 바닥에는 어지러운 마법진이 그려져 있었고, 그 중앙에는 마법사 한 명이 서 있었다. 검은 후드를 쓰고 어두운 기운을 풍기고 있었는데, 마인들에게서나 느껴질 법한 그런 기운이었다.

그 마법사는 머혼 백작을 보더니, 작은 목소리로 말했다.

"Receperint. Sero te hodie."

운정은 알지 못하는 언어였다.

머혼이 손 하나를 내밀면서 말했다.

"Et fuit occupatus. Ego da mihi excusatio."

억양도 말투도 완전히 다른 말이 머혼의 입에서 나왔다. 머혼을 보고 있지 않았다면, 그가 말했다고는 믿을 수 없었을 것이다.

그 마법사가 손짓하며 말했다.

"Prope venire mecum."

머혼이 앞으로 걸어가면서 말했다.

"Licuit."

그런 머혼의 뒤를 따르면서 운정이 슬쩍 로튼을 보았다. 그러자 로튼이 살짝 고개를 숙이곤 작은 목소리로 말해 주었다.

"제국 수도인 롬(Rome)에서 고대부터 살던 원주민의 언어입니다. 롬어(Rome語)를 아는 자는 많지 않지요."

"그렇군요."

그들이 중앙에 서자, 마법사는 지팡이를 높게 들었다.

[텔레포트(Teleport).]

그는 공간이동주문을 읊지도 않고 그냥 시전해 버렸다.

주변 환경이 순식간에 뒤바뀌어 역한 냄새가 올라오는 늪지대가 되었다. 그리고 그 늪지대 위, 나무로 만들어진 넓은 판 위에 그들이 안착해 있었다.

한쪽으로 나무다리가 쭉 연결되어 있었는데, 그 끝자락에 작은 오두막집 같은 것이 보였다.

마법사가 앞장서자, 셋은 그를 뒤따랐다.

부글부글.

늪지대 사방에서 기포가 올라오며 고약한 냄새를 한 번씩 터뜨렸는데, 그때마다 머혼과 고폰은 얼굴을 찌푸리며 코를 가렸다. 하지만 운정은 처음 보는 자연환경에 호기심이 가득 담긴 두 눈으로 이리저리 둘러보며 감상했다.

그들은 곧 오두막집에 도착했다.

안에 들어서니 팔십은 족히 넘었을 것 같은 노인 한 명이 앉아 있었다. 그리고 그의 뒤로는 두 명이 더 있었는데, 그중 한 명은 운정의 눈에도 익었다. 전에 머혼 저택에서 보았던 크라울이었다. 그들 모두는 크라울이 입었던 것과 같은 종류의 옷을 입고 있었다.

머혼도 그를 알아봤는지 인사했다.

“안녕하십니까, 바리스타 후작님. 그리고 크라울 후작님도 또 뵙는군요. 그런데 저 뒤에 계신 분은?”

바리스타는 그 마지막 귀족을 소개하며 말했다.

“안토니오 공작이네. 조영관장이시지.”

조영관장이라면, 제국 공화정 아홉 정무관 중 하나인 조영관의 총책임자다. 다시 말하면 히드라의 한 머리인 것이며 바리스타만큼이나 강한 권력을 지닌 자라고 할 수 있다.

머혼은 조영관에 대한 정보를 떠올렸다.

조영관은 제국 수도인 롬의 일반 행정과 시민들의 식량, 특히 유흥거리를 공급하는 정무관이다. 그것만 놓고 생각해 보면 크게 강력한 힘이 없을 것 같지만, 실상은 완전히 다르다.

모든 정무관 중 시민들과 가장 친숙하기 때문에, 시민들에게 가장 큰 영향력을 미치며, 시민 모두가 투표권을 가지는 공화정 특성상 그것은 엄청난 권력이 된다. 시민들이 모두 함께 투표할 중요한 사안이 생겼을 때, 그에 관한 선전을 독점하다시피 하며, 나라의 일을 시민들에게 설명할 때에도 조영관을 통해서 하게 되어 있다.

민심을 좌지우지할 수 있는 권력을 가진 그가 왜 지금 이곳에 나타났을까? 머혼은 그 이유를 정확히 알 수 있었다.

그가 고개를 숙이며 안토니오에게 인사했다.

"처음 뵙겠습니다, 안토니오 조영관장님. 임모탈 기사단의 일은 참으로 유감입니다."

그 말이 끝나기 무섭게 안토니오의 눈에 이채가 서렸다.

그는 뭐라 말하려고 했지만, 바리스타의 눈치를 보고는 말을 아꼈다. 머혼은 그들의 상하관계가 뚜렷한 것을 놓치지 않았다.

바리스타가 말했다.

"공식적인 자리도 아니고, 전처럼 말 돌려 가면서 할 필요는 없겠지요?"

머혼은 가슴에 있는 목걸이를 가리켰다. 그 목걸이에선 어떠한 빛도 나오지 않았다.

"하하, 이번엔 녹음도 안 하니, 편히 말씀하셔도 됩니다."

바리스타가 말했다.

"머혼 백작의, 아니, 섭정의 용무부터 들어 보도록 하지요. 만나자고 한 건 나지만, 섭정께서도 용무는 있을 것 아닙니까?"

머혼이 방긋 웃으며 말했다.

"제 용무는 형님과 직접 만나서 논할 예정입니다. 바리스타 후작님께서는 형님을 통해서 듣는 것이 어떻겠습니까?"

그 말을 듣는 순간 바리스타의 두 눈가가 살짝 떨렸다.

"황제를 알현한다고요?"

"사왕국의 대표들과 함께 만날까 생각하고 있지만, 안 된다면 혼자라도 알현할 생각을 하고 있습니다."

바리스타는 고개를 느리게 돌리며 말했다.

"델라이의 섭정께서 황제를 직접 만나는 것은 공적이지 않습니까? 그런 만남이 성사되기 위해선 우선 아래서 실무진 간의 이야기가 통해야 하지 않을까요?"

"물론 그렇지요. 공적으로는 델라이의 섭정으로서 황제께 인사를 드리러 가는 것뿐입니다. 하지만 형님과 제 관계는 특별하기 때문에 밤에 담소라도 나누지 않겠습니까? 그때 조금 언급하는 것이죠."

"허허, 황제께서는 사적인 자리에서 정치적인 이야기를 하는 것을 좋아하지 않으십니다."

"제가 보기엔 바리스타 후작께서 더 좋아하지 않으시는 듯합니다."

"그럴 리가요?"

"그럼 빠르게 용무를 이야기하시지요."

바리스타는 잠시 말을 하지 않고 머혼을 보다가 툭하니 말했다.

"자신감이 과하군요."

"델라이를 먹으니, 어깨가 올라가는 걸 막기가 버겁군요, 하하하."

"자고로 사람은 소화할 만큼만 먹어야 합니다, 머혼 섭정. 너무 욕심내다가는 큰일을 당하지요."

머혼의 웃음이 깊어짐과 동시에 어두워졌다. 그는 조금 몸을 앞으로 말했다.

"바리스타 후작님, 전 살아남기 위해서 제 일가친척을 모두 몰살하고, 제 가문이 수백 년간 지배하던 영지를 토해 냈습니다. 그런 제가 살아남기 위해서 한낱 델라이를 아까워하시리라 믿으십니까?"

그 말을 듣자 바리스타뿐 아니라 크라울과 안토니오까지 긴장한 표정을 했다. 바리스타는 가만히 있었지만, 크라울은 헛기침을 했고, 안토니오는 마른침을 삼켰다.

바리스타가 말했다.

"아까워하지 않으시겠지요. 제가 아는 머혼 섭정이라면 델라이가 불바다가 되고, 모든 국민들이 불타 죽는 것조차 눈 하나 깜짝하지 않고 바라보실 겁니다."

머혼은 방긋 웃었다.

"제국에서 델라이를 침공하는 건 사실 나와 크게 상관이 없습니다. 만약 침공해서 델라이가 무너지게 생겼다? 그럼 전 황제한테 바칠 겁니다. 그 대가로 제국의 작위를 복구할 수도 있겠지요. 바리스타 후작님이 약속하신 것보다 더욱 확실하게요."

"……."

"그러니, 후작님의 입장에서는 제국의 델라이 침공을 필사적으로 막으셔야 할 것입니다. 그렇게 될 경우 후작께서 아무것도 얻으실 수 없을 테니까요."

바리스타의 표정이 살짝 굳었다.

그는 느린 말투로 말했다.

"그게 내 힘으로 되겠습니까? 집정관은 전쟁의 기회만 있으면 어떻게든 전쟁을 일으키려는 전쟁광들의 소굴이지요. 이번에 미티어 스트라이크를 시전한 행위도 집정관의 단독행위였습니다. 때문에 오늘 아침 집정관장을 포함한 다수의 사람들이 책임을 지고 물러났어요. 그런 희생을 불사하고서라도 전쟁을 일으키려 하는 그들의 의지를 우리 외무관에서 어떻게 막습니까?"

머혼은 양손을 펼쳐 크라울과 안토니오를 동시에 가리키고는 그 두 손을 다시 중간에서 모아 바리스타를 가리켰다.

"자원관과 조영관 그리고 외무관의 뜻은 하나로 보입니다. 아홉 정무관 중 적어도 셋은 같이 움직이는 것, 맞습니까?"

바리스타는 답답하다는 듯 오른손으로 상을 약하게 쳤다.

"그럼요. 그러니까 이 자리에 함께 나온 것이지요, 머혼 섭정."

"그렇다면 정무회의 때 우선 세 곳에서는 전쟁에 반대 의사를 표해 주시면 될 듯합니다. 전쟁을 막을 순 없어도 지연은 시키실 수 있겠지요."

"그건 불가능합니다. 이미 분위기가 전쟁을 하는 쪽으로 가고 있어요. 집정관장과 다수가 자리에서 물러나면서까지 추진했어요. 그쪽에서도 필사적이란 말입니다. 그들을 그렇게 만든 머혼 섭정 본인께서 그런 요구를 하실 수야 없으시죠."

"제가 그랬다고요?"

"차원이동으로 다른 차원의 신무력을 끌어오지 않았습니까? 집정관에선 무슨 수를 쓰더라도 전쟁을 일으켜 신무력이 싹트기 전에 제압하거나 흡수하겠다는 생각입니다. 알톤 평야의 전투 과정은 실시간으로 공회에 중계되었습니다. 그렇기에 다들 암묵적으로 전쟁을 지지하고 있습니다. 곧 전쟁의 찬반을 두고 민회가 열릴 텐데 우리 셋만 다른 자세를 취할 순 없지요."

머혼은 갑자기 자리에서 일어났다. 셋은 그런 그를 멍하니 볼 수밖에 없었다. 그런 그들을 향해서 그가 나지막하게 말했다.

"형님이 도와준다면 명분이 생길 겁니다. 형님과 독대해서 전쟁 반대 의사를 주장하실 수 있게 환경을 만들어 드리지요. 그동안 외무관에선 외교를 근거로, 자원관에선 인적 물자를 근거로, 특히 조영관에선 선전물을 이용해서 민회를 늦춰 주시길 바랍니다."

"……."

"……."

"……."

머혼은 몸을 돌리면서 말했다.

"델라이의 상황은 다들 잘 아시리라 믿습니다. 아쉽게도 섭정으로서 할 일이 너무 많아 더 시간을 낼 수 없음을 양해해 주십시오. 다시 말씀드립니다만, 전쟁이 일어나면 그냥 황제에게 바칠 테니, 여러분들이 전쟁의 여파로 얻어 가실 건 없을 겁니다. 대신 전쟁이 일어나지 않게끔 힘써 주신다면, 적어도 소론 왕국에서는 얻으실 것이 많을 겁니다. 선택은 원하시는 대로 하십시오."

바리스타는 다급한 표정을 지었다.

"자, 잠깐, 머혼 섭정! 조금만 더 시간을 내주시오. 머혼 섭정!"

머혼은 바리스타의 말을 더 듣지도 않고 오두막집에서 나와 버렸다. 그는 품에서 금화 하나를 꺼내더니 옆에 서 있던 마법사에게 건네주며 말했다.

"Ad delos."

마법사는 고개를 끄덕이고는 앞장섰다. 그가 걸어가는데, 바리스타 후작이 문을 벌컥 열었다.

"머혼! 그럼 하나만! 하나만 알려 주시요! 내가 보낸 마법사들은 어떻게 됐지요?"

그 마법사는 지팡이를 그쪽으로 뻗더니 말했다.

"Ne quidem cogitare circa questus sicco."

마법사의 경고에 바리스타는 자기도 모르게 반걸음 뒤로 물러섰다.

머혼은 자리에 우두커니 서더니 은은한 노기를 담아 대답했다.

"그들이요? 내가 만나기도 전에 스페라 백작에게 발각되었습니다. 도대체 일 처리를 어떻게 하면 그리도 허술하게 마법사들을 보내실 수 있습니까? 자칫 잘못했으면 저와 제 가족들은 한 줌의 재가 되었을 겁니다. 제가 지금 델라이에 남아 있는 것도 다 바리스타 후작의 탓입니다!"

딱 잘라 말한 그는 거침없이 걸음을 옮기기 시작했다. 바리스타는 입을 살짝 벌리더니 큰 소리로 말했다.

"그, 그래서 남아 있었던 것입니까? 머, 머혼 섭정! 마, 마음을 푸세요! 그, 그 부분에 대해선 사과드리겠습니다, 머, 머혼 섭정!"

목소리가 너무나 처절해서 로튼과 운정은 몇 번이고 바리스타를 돌아봤다. 하지만 머혼은 마치 아무런 소리도 듣지 못했다는 듯 걸음을 옮겼다.

답 없이 멀어지는 머혼을 본 바리스타는 결국 문을 닫을 수밖에 없었다. 문이 닫히는 소리가 들리자 머혼은 방금 전과는 확연히 다른 목소리로 말했다.

"전투는 어떻습니까? 내가 적보다 강한 것이 확실할 땐 어떻게 하는 것이 가장 좋습니까?"

뜬금없는 질문이었지만 운정은 일단 생각나는 대로 대답했다.

"방금 머혼 백작께서 하신 것처럼 속전속결이 맞습니다. 농락하고 싶거나, 가르침을 주고 싶은 경우가 아니라면 말입니다."

"역시 비슷하군요. 그럼 제가 이번 만남에서 가르침을 드릴 건 없는 것 같습니다."

"궁금한 건 있습니다."

머혼의 얼굴이 작은 기쁨이 떠올랐다.

"얼마든지 물어보십시오."

운정은 잠시 생각을 정리한 뒤에 말했다.

"본인이 바리스타 후작보다 강하다는 것을 언제 확신하신 것입니까?"

"그거야 들어가자마자 알았지요."

"어떻게요?"

"자신감을 내비치기 위해선 최소한의 인원으로 움직이라고 충고했던 본인이, 저런 액세서리를 두 개나 들고 나왔다는 것 자체가 과시 아니겠습니까? 그리고 그런 과시는 실속이 없으니 하는 것이겠거니 했습니다."

"흐음."

"솔직히 아까 로튼이 그에 관해서 농담하지 않았더라면, 몰랐을 겁니다."

"심리전일 수도 있지 않습니까?"

"그래서 처음부터 조금 강하게 나가 봤습니다. 눈빛도 표정도. 그런데 바리스타 후작이 의외로 약하게 나오더군요. 자신의 패가 약하다는 것을 너무 잘 알고 있던 것이 그의 잘못이었습니다. 애초에 가진 패가 제가 더 많으니, 그쪽에서 할 건 블러핑밖에 없긴 했습니다. 그게 처음부터 들통나니 무력해진 것이지요. 설마 왕과 왕세자가 죽고 제가 섭정이 될 줄을 짐작했겠습니까? 그건 저도 마찬가지지만."

운정은 고개를 돌려 보글보글 끓고 있는 늪지대에게 시선을 두었다.

"그들이 무엇 때문에 만나려고 한 것인지는 예상하신 겁니까?"

"별로 알려고도 안 했습니다. 보신 것처럼 제 요구 사항만 던져 주고 나온 것이지요. 그 자리에 더 있어 봤자, 바리스타 후작의 혓바닥에 밀려서 오히려 머리가 복잡해졌을 겁니다."

운정은 뭔가 깨달았다는 듯 고개를 느리게 깨달았다.

"아하, 본래 나보다 강한 사람이 나보다 약해졌을 때 상대하는 방법이로군요."

"뭐, 아주 예상하지 못한 건 아닙니다. 크라울 후작은 멜라시움 제작법을 가지고 딴죽을 걸려고 했을 것이고, 안토니오 공작은 임모탈 기사단에 대해서 시시비비를 가리려고 했겠지요. 하지만 실제 용무가 있는 것이 아니라 제 주의를 흩뜨려 놓으려는 방해 공작을 위한 것이라 생각합니다. 이후 바리스타 후작이 칼날을 찌르려고 했겠지요."

"흐음, 그렇군요. 그 칼날이 무엇이라 생각하셨습니까?"

"모릅니다. 몰라요. 그냥 당해 주기 싫어서 금방 나왔습니다. 게다가 델라이를 황제에게 바치겠다는 건 진심이기도 했고요."

"……."

"그리고 그편이 운정 도사에게도 옳은 것 아닙니까? 이렇든 저렇든 전쟁이 일어나는 것을 막으면 운정 도사께서는 만족하시지요. 물론 델라이 귀족들이야 제국에 나라를 파는 걸 용납하지 않겠지만, 운정 도사 입장에서는 무고한 사람이 피를 흘리지 않는 게 더 중요하지 않습니까? 그러니 제 생각에 찬성하시리라 믿습니다."

"우선은… 그렇습니다."

그들은 그렇게 마법사를 통해서 다시 델로스로 돌아왔다.

왕궁 서문에선 르아뷔가 기다리고 있었는데, 그들은 쉴 틈도 없이 응접실로 가야 했다.

빠른 걸음으로 앞장서며 르아뷔가 말했다.

"첩보로 온 소식입니다. 섭정 노릇을 하던 소론 왕의 어머니가 죽었다고 합니다. 알톤 평야 전투 전에요."

"뭐?"

"범인은 오리무중인데, 한 가지 특이한 점은 소론 왕이 범인을 찾는 데 그리 적극적이지 않다는 점입니다. 겉으로는 알시루스 백작이 죽고 정사를 직접 돌보느라 너무 정신이 없어서 그렇다는데, 속은 모르지요. 아직 장례식도 치르지 않았답니다."

"설마 소론 왕이 자신의 어머니를 죽였다는 말을 하고 싶은 건가?"

"만약 그런 경우라면, 지금까지 어머니를 앞에 두고 뒤에서 조용히 있었던 겁니다."

"대체 왜?"

"모릅니다. 더 조사하고 있지만 일단 알시루스 백작이 죽고 정세가 혼란할 때, 모두가 방황하리라 예상했던 소론 왕이 모든 것을 휘어잡아 안정화시켰답니다."

"그걸 다 꾸몄다고? 그 소년 왕이?"

"그런 건 아닐 겁니다. 그가 꾸몄다면, 알시루스 백작이 죽는 순간 어머니를 죽였어야 하지요. 그의 어머니가 먼저 죽었고, 이후 알시루스 백작이 항복 조건으로 죽게 되었습니다. 그러니 그것이 계획적으로 일어난 일은 아닐 겁니다. 그 정도로 소년 왕은 똑똑하지도 악하지도 않습니다."

"르아뷔, 그래서 더 골치 아픈 거야. 그 나이에 어머니의 죽음을 순식간에 딛고 일어나서 어지러운 정세를 휘어잡는다? 차라리 원래부터 계획한 놈인 게 낫지 않겠어? 똑똑하고 악한 건 쉽게 예상할 수 있지."

"……."

"일단은 만나서 대화해 보자고. 만나기 전에 내가 놓치면 안 되는 거 다시 상기시켜 줘."

르아뷔는 생각을 정리해 말했다.

"항복 조건을 이행하지 않아도 된다는 식의 관용을 베풀어서 관계 개선 후 더 이상 소론에 대해서 신경 쓰지 않는 것이 베스트. 그 와중에 행여나 우리가 항복 조건을 강요할 수 없는 상황임을 들켜서는 안 됩니다. 예를 들어 미티어 스트라이크 마법을 쓰지 못하거나 기사단을 운용할 수 없다는 점 말입니다."

"흐음. 알겠다."

그 뒤 머혼은 턱을 괴곤 깊은 생각에 잠겼다.

그렇게 그들은 순식간에 응접실에 도착했다.

*　　*　　*

델라이 왕궁의 응접실 중 타국의 왕을 응대하는 응접실은 그 크기에 있어 왕궁에 있는 모든 방 중에 가장 컸다. 마치 거대한 동공을 떠올리게 만드는 그곳은 수없이 많은 샹들리에가 빛을 발하고 있었고 고풍스러운 대리석과 세련된 제국 형식의 기둥들로 그 웅장함을 더했다. 그 중앙에는 팔각형으로 된 넓은 상이 있었는데, 각각의 변의 길이가 15m가 넘었다.

한 변의 중심에 소론의 소년 왕이 앉아 있었다. 그의 양옆으로는 열댓 명이 넘어가는 소론의 귀족들이 줄줄이 앉아 있었으며, 그 뒤로는 또 열댓 명이 넘어가는 기사들과 하인들이 쭉 서 있었다.

그들은 고작 넷에 불과한 머혼, 운정, 로튼 그리고 르아뷔가 한쪽에서 나타난 것을 보며 눈살을 찌푸렸다. 예우에 전혀 걸맞지 않을뿐더러, 이 정도면 대놓고 무시한다고 봐도 과언이 아니었다.

머혼은 소년 왕이 앉아 있는 곳 맞은편으로 걸어가서 그 중앙에 앉았다. 운정과 로튼은 그 뒤에 섰고, 르아뷔는 그의 오른편 자리에 앉았다.

서로를 바라보며 신경전이 오가는데, 머혼이 먼저 소년 왕을 바라보며 말했다.

"왕이 된 지 얼마 되지 않아 경험이 없으신 것 같아서 말씀드립니다만, 이렇게 나라의 대표끼리 만나려면 실무진을 통해서 먼저 모든 합의을 이끌어낸 뒤에 하셔야 합니다. 각자 왕실의 위엄이 있으니, 노골적인 이야기를 하며 얼굴 붉힐 일은 신하들이 하는 것이지요, 소론 왕."

인사도 없이, 거의 모욕에 가까운 말에 소론 귀족들의 얼굴에 불쾌감이 떠올랐다. 하지만 당사자는 표정에 어떠한 변화도 없었다.

소년 왕이 말했다.

"먼저 단도직입적으로 말씀하셨으니, 저 또한 본론을 말하겠습니다. 독대를 청하겠습니다."

"예?"

"독대하고 싶습니다, 머혼 섭정."

거의 모든 이가 입을 살짝 벌리고 아무런 말도 하지 못했다. 소론과 델라이의 사람들이 모두 소년 왕을 바라볼 뿐이었다.

잠깐의 침묵이 흐르고 머혼이 말했다.

"좋습니다만, 최소한의 인원을 두고 싶습니다. 왕도 아니고 이제 막 섭정이 되었을 뿐이라… 더 자세한 건 말하지 않아도 되겠지요?"

왕과 왕 사이의 독대는 왕가의 무게 아래 이루어지는 것이다. 이제 막 섭정이 되었을 뿐인 머혼의 말은 왕가의 무게가 없다. 그러니 제삼자가 독대 내용을 듣고 그 신빙성을 뒷받침해 주어야 한다.

소년 왕은 고개를 끄덕였다.

"예, 알겠습니다. 그들이 대화에 참여하지 않고, 또한 머혼 섭정과도 어떠한 종류의 의사소통도 하지 않겠다는 약조를 해 주신다면, 그럼 괜찮습니다."

머혼은 소년 왕의 얼굴을 찬찬히 지켜보았다.

과연 의미를 알고 하는 말인가 아니면 모르면서 그냥 긍정한 것인가.

총명하게 빛나는 소년 왕의 두 눈에는 조금도 불안함이 없었다.

분명히 그 말을 알아듣고, 이해하고, 긍정한 것이다.

머혼은 고개를 끄덕이더니, 르아뷔와 로튼을 보았다.

"나가 있어."

"백작님!"

"나가 있어. 괜찮으니까. 운정 도사, 운정 도사는 나와 함께 있되, 일절 의사소통을 해서는 안 됩니다."

운정은 포권을 취해 보였다.

소론의 귀족과 르아뷔, 그리고 로튼은 서로의 눈치를 보다가, 곧 하나둘씩 자리에서 일어났다. 그리고 머혼과 소년 왕에게 한마디씩 건넨 뒤, 대기하던 하녀를 따라 응접실 밖으로 사라졌다. 그들을 따르던 하인들과 기사들도 모두 빠져나갔다.

넓디넓은 응접실에는 머혼과 소년 왕, 그리고 운정만이 남았다.

머혼이 말했다.

"어머니의 일은 유감입니다, 소론 자치령의 왕이시여."

"델라이의 일어난 참사 또한 유감입니다. 앞으론 편하게 소론 왕이라고 해 주십시오, 머혼 섭정."

소년 왕, 아니, 소론의 시선이 잠시 머혼에게 머물다가 운정에게 향했다. 그 눈빛에 기이한 빛이 떠오르는 것을 본 머혼이 재빨리 말했다.

"이렇게 델라이에 찾아온 이유가 궁금합니다. 듣자 하니, 항복 조건을 이행하기 위해서 필요한 마법사와 마나스톤의 분량을 알고자 한다던데… 사실 그런 이유에서 왕께서 친히 이곳에 오실 필요는 없지 않습니까? 혹 다른 용무가 있으십니까?"

운정은 자신을 바라보는 소론을 마주 보았다. 이제 겨우 십 대 초중반의 어린아이였지만, 그 눈빛에선 제왕의 그릇이 엿보였다.

소론은 시선을 옮겨 머혼에게 가져갔다.

"델라이 왕과 왕세자께서 서거하셨다는 말을 들었습니다.

자세한 내막은 모르지만, 저희에게 항복 조건을 제시했던 포트리아 백작이 반란을 일으켰다가 실패했다고요. 그래서 왕가의 핏줄이 끊겨 머혼 백작께서 섭정이 되신 걸로 알고 있습니다."

"예, 그렇습니다."

"때문에 제가 이곳에 온 이유는 항복 조건에 대해서 다시금 논해 보기 위함입니다. 델라이의 왕가가 무너지고 왕국이 정체성을 잃을 판이니, 조금 유한 조건으로 바꾸어 주신다면, 소론에서는 머혼 섭정께 힘을 보태겠습니다."

"흐음, 구체적으로 어떤 도움을 주실 수 있겠습니까?"

"머혼가를 왕가로 선포하실 때에 소론은 그 당위성을 인정할 것입니다. 또한 전 델라이에 속한 많은 자치령의 주인들과 친분이 있습니다. 그들과도 이야기하여, 섭정께서 왕이 되시는 것에 찬성하게끔 하는 거래를 종용할 수 있습니다."

왕이 될 때 명분을 더해 주겠다. 그것은 소론이 생각했을 때, 머혼이 가장 매력적으로 생각할 만한 조건이었다. 하지만 머혼의 표정은 일절 변화도 없었다. 때문에 소론의 얼굴에 불안감이 엄습하기 시작했다.

머혼은 무표정한 채로 손을 턱으로 가져갔다.

"전 거래를 할 때 조건보다 더 중요하게 생각하는 게 있습니다."

"무엇입니까?"

"거래하는 사람이지요. 제 성에 차지 않는 사람이라면 거래하고 싶지 않습니다."

"……."

"다소 실례가 될 수 있지만, 어차피 독대하는 김에 당신을 가늠해도 되겠습니까?"

"원하시는 대로."

"당신의 어머니를 누가 죽였습니까?"

이번엔 소론의 얼굴이 무표정하게 변했다. 또한 작은 모욕감과 분노가 그의 두 눈빛에 담기기 시작했다. 하지만 그는 눈을 한 번 감았다가 뜨는 것으로 그 감정들을 모조리 삭혀 냈다.

"알시루스 백작입니다."

머혼은 여러 차례 고개를 끄덕였다.

"오호, 뜻밖이군요. 왜 그가 당신의 어머니를 죽인 겁니까?"

"어머니께서는 델라이 귀족 가문 출신이십니다. 표정을 보아하니 모르셨나 보군요. 그는 제국을 섬겼으니 섭정을 하던 어머니가 싫었던 것이겠지요."

"아 그렇습니까? 어느 가문이지요?"

"욘토르가입니다."

"……."

"아시는 곳이군요."

"알다마다요. 흐음, 그래서 그리 적대적으로 나왔던 거군."

머혼의 시선이 잠깐 흐트러졌다. 소론은 운정으로 시선을 옮기며 나지막하게 말했다.

"미리 용서하시지요. 생김새를 보아하니 그는 제가 모르는 타국의 인물인 듯합니다."

잠시 생각에 빠져 있던 머혼은 그 말을 순간적으로 이해하지 못했다. 그러다가 소론의 눈길이 운정을 향하고 있다는 것을 보곤 그가 운정에 대해서 말했다는 것을 깨달았다.

머혼이 말했다.

"아, 예, 예. 중원의 손님이시지요."

그리고 그 말을 하는 즉시 머혼은 자신이 말실수했다는 것을 느꼈다.

소론은 그것을 놓치지 않고 말했다.

"섭정으로서 불안하기 때문에 독대에 참석시키겠다는 인물치고는 델라이와 너무 상관없는 사람 아닙니까? 저자의 말로 인해서 이번 독대 내용의 신빙성이 제대로 실리겠습니까? 아니면, 애초에 그럴 필요가 없었던 것은 아닙니까?"

머혼은 어깨를 한 번 들썩이더니 퉁명스럽게 말했다.

"뭐, 그렇지요."

"……."

순순한 인정에 소론은 할 말을 잃어버렸다.

'그래서 어떻게 하자는 거냐', 혹은 '그럼 독대를 그만하든가'라고 말하는 머혼의 표정. 그것을 보면서 소론은 다시금 절대적인 힘의 차이를 느꼈다.

곧 머혼의 얼굴이 작은 웃음이 그려졌다.

"사람은 잘 본 것 같습니다. 이제 보니 어머니 뒤에 있었던 것도 다 몸을 사리기 위해서 그러신 것 같은데 아닙니까?"

소론은 마른침을 한 번 삼키더니 말했다.

"알시루스 백작의 힘이 너무 강했지요."

머혼은 팔짱을 끼면서 말했다.

"솔직히 말하면, 전 소론 왕께서 어머니를 죽이고 실권을 장악한 줄 알았습니다. 아니면 어머니의 죽음을 통해 어떤 극적인 변화를 겪은 것이 아닌가 했지요. 이제 보니 둘 다 틀렸군요."

소론은 순간 화를 참기 어려운지, 거친 숨을 몇 차례 토해냈다. 그는 주먹이 부서지도록 꽉 쥐면서 말했다.

"그럼. 이제 말씀해 주세요. 당신의 시험을 통과한 것입니까?"

"통과하다마다요. 당신은 제가 충분히 거래를 할 만한 사람입니다. 정확히 원하는 것이 무엇입니까?"

소론은 분노를 담아 말했다.

"우선 항복 조건은 완전히 파기해 주십시오. 어차피 현 델라이의 상황도 항복 조건을 강요할 순 없지 않습니까? 저희가 지키지 않겠다고 배짱을 부린다 해도 델라이에서 할 수 있는 건 없습니다. 당장 본인들의 존망을 걱정해야 하니까요."

머혼의 웃음이 더욱 깊어졌다.

"이미 다 알고 계셨군요. 어디서 정보를 얻으셨습니까?"

소론은 질문에 대답하지 않고 거침없이 자신의 말을 이었다.

"제가 원하는 건 더 있습니다. 그뿐만 아니라, 소론에 뻗어진 제국의 손길로부터 우리를 지켜 주십시오. 제국 황제와 의형제를 맺었을 뿐 아니라, 제국의 수많은 귀족들과도 교류하신 머혼 섭정이시라면, 충분히 가능할 듯합니다. 이는 종주국인 델라이의 의무이기도 합니다."

"제국의 끄나풀인 알시루스 백작이 죽었는데도 여전히 그렇습니까?"

"이젠 아예 대놓고 소론의 귀족들을 회유하고 있습니다. 서둘러 손을 쓰시지 않으신다면 의회의 결정을 통해서 소론은 제국의 자치령이 되고 말 겁니다."

"제가 왜 그걸 막아야 합니까, 굳이?"

"제국은 이후 자치령 보호 명목으로 소론에 제국의 기사들을 파견할 겁니다. 델라이의 눈앞에서 전쟁 준비를 해도 델라이가 뭐라 할 순 없을 테니까요."

"그리고 당신은 당신의 나라가 전쟁터가 되는 것을 원치 않으시군요."

"그러니 머혼 섭정, 제 제안을 받아 주십시오. 소론을 방치해 두면 제국의 전초기지가 될 것입니다."

머혼은 팔짱을 풀었다.

"일단 알겠습니다. 힘을 써 보지요. 대신 저도 새로운 조건이 있습니다."

"당장 소론이 할 수 있는 것은 적지만, 향후 이행할 수 있는 조건이라면 얼마든지 말씀하십시오."

머혼은 포근한 미소를 지었다.

"걱정 마십시오, 당장 이행할 수 있는 것이니까."

소론은 그 포근함이 이상하게 불안했다.

그가 물었다.

"조건이 무엇입니까?"

머혼은 즉각 대답하지 않고 묘한 눈길로 그를 바라보다가 나지막하게 말했다.

"델라이의 귀족이 되십시오, 소론 왕."

"예?"

"좀 더 자세히 다시 말씀드리지요. 왕가의 직위를 내려놓고, 델라이의 백작이 되십시오. 소론 왕이 아니라 소론 백작으로, 소론 자치령이 아니라 소론 백작령을 다스리게 되는 겁니다. 물론 소론에 속한 모든 귀족들도 델라이의 귀족이 되는 것입니다."

"……."

"그렇게 해 준다면 당신이 말한 고민은 자동적으로 해결됩니다. 소론 자치령이 아니라 델라이의 한 부분이 되니 제국도 손쓸 수 없지요."

소론은 어이없다는 듯 말했다.

"소론의 귀족들은 이에 절대로 동의하지 않을 겁니다."

"그게 무슨 상관입니까? 왕가가 스스로 직위를 내려놓는데 신하 귀족들의 동의가 필요하답니까? 그것은 당신이 그저 선언하기만 하면 되는 것입니다. 지금 당장에라도 말이지요. 그렇게만 하면 그 순간부터 소론 자치령은 델라이의 백작령이 됩니다. 귀족들의 동의도 필요 없지요."

소론은 얼굴을 팍 찡그리더니 말했다.

"당연히 수많은 귀족들이 반발할 것이고 그 반발로 인해서 소론 자치령엔 내전이 일어날 겁니다. 전쟁터가 되는 것을 피하고자 내전을 일으키라는 말입니까? 또한 소론의 귀족들은 어느 나라보다 충성심만큼은 뒤지지 않는 고귀한 사람들입니다. 절대로 소론을 포기하지 않을 겁니다."

"고귀요? 하하하, 고귀라… 하하하."

"……."

낮은 웃음을 흘린 머혼은 곧 사악하게 웃으며 말을 이었다.

"애초에 내전할 힘이 없습니다, 소론은. 알톤 평야 전투로 인해서 기사들을 거의 다 잃으셨지요. 귀족들이 싸우고 싶어도 싸울 수가 없습니다. 그리고 백작령이 되는 것을 귀족들이 반대한다고요? 아마 환영할 걸요? 소론이라는 작은 부속 국가의 귀족이었다가 사왕국의 귀족이 되는 것이니 이건 돈 주고도 살 수 없는 절호의 신분 상승 기회입니다. 그뿐입니까? 델라이는 지금 왕이 없습니다. 왕가가 없어요. 잘만 하면 델라이에 잠깐 속해 있다가 독립할 수도 있지요. 델라이가 멸망해도 상관없습니다. 그때 가서는 또 다른 곳에 기생하면 그만이니까."

"……."

"소론 왕께서는 분명 나이에 비해서 매우 지혜로우시지만 아직 경험이 부족하신 듯합니다. 사람에게서 선한 마음을 기대하시다니요. 조금 더 나이를 먹게 되면 분명 한 나라의 왕으로 손색이 없으실 듯합니다. 하지만 지금 잘못하면 나라가 사라져 버릴 수 있습니다. 선택을 잘하셔야 해요."

"……."

"델라이의 백작이 되어 주시지요. 그렇게 제게 힘을 실어 주십시오. 그러면 모든 항복 조건을 철회하고, 제국의 전초기지가 되는 것을 제가 온 힘을 다해 막겠습니다. 곧 형님을 직접 찾아뵐 겁니다. 형님을 뵙게 되면, 소론의 상황에 대해서 꼭 언급하고 확답을 받아 오지요. 어떻습니까?"

소론 왕의 시선이 상 중앙을 향했다.

그리고 꽤 오랜 침묵이 흘렀을 때, 그가 입을 열었다.

"신하들과 상의하여 짧은 시일 내에 답을 드리겠습니다."

"3일이면 됩니까?"

"하루면 됩니다."

그는 자리에서 일어났다. 그리고 몸을 돌려 신하들이 나갔던 그 문을 향해서 걸어가기 시작했다. 운정은 그의 처량한 뒷모습을 바라보면서 자신의 과거가 생각났다.

중간쯤에서부터 소론의 어깨가 살짝 떨리기 시작했다. 그는 결국 우두커니 서서 양손을 얼굴에 가져갔다.

그렇게 몇 번이고 얼굴을 쓸어내리는 그에게, 머혼이 조금 큰 소리로 말했다.

"신하들의 반응에 너무 실망하지 마시기를 바랍니다. 미리 마음속으로 준비하세요. 그러면 부끄러운 꼴을 보이지 않을 수 있을 겁니다."

얼굴을 쓸어내리는 양손이 빨라졌다. 소론은 고개를 들어 하늘을 보고는, 코를 몇 번 마시고는 말했다.

"조언에 감사합니다. 그럼, 머혼 백작."

머혼은 뒤돌아선 어린 왕을 향해 고개를 살짝 끄덕였다.

"소론 왕."

소론은 자신의 가슴을 강하게 내려쳤다.

쿵.

그리고 곧 빠른 걸음으로 응접실에서 나갔다.

운정이 말했다.

"마지막 논리는 상당히 허술했군요."

머혼은 어깨를 한 번 들썩였다.

"솔직히 되는 대로 지껄였습니다. 하지만 이미 의지와 마음이 꺾인 상대에겐 그것조차 분간할 능력이 없습니다. 지혜롭고 강단 있지만, 그도 잠깐. 나이가 너무 어렸지요. 아마 의논해 보면 신하들은 말도 안 된다고 할 것이고, 힘을 얻은 소년 왕은 내게 강하게 나올 겁니다. 그때 한발 뒷걸음질 치며 양보하면 될 겁니다."

"……."

"외교에서 말입니다. 내가 원하는 게 3이라면 처음엔 10을 불러 버리는 것도 좋은 방법입니다. 그리고 5로 깎은 뒤에, 어쩔 수 없다는 듯이 3을 이야기하면 상대방은 오히려 고마워하지요. 참 묘해요, 사람 마음이란 게."

"어떻게 보면 허세군요."

"다 그걸로 하는 겁니다, 말싸움은. 자, 갑시다. 아직도 일이 한참 남았습니다."

머혼은 관자놀이를 부여잡더니 자리에서 일어났다.

*　　　*　　　*

델로스 대성당은 왕궁과 꽤 가까운 거리에 위치해 있었다. 머혼과 운정 그리고 로튼과 슬롯은 황실 마차를 차고 대성당으로 향했다. 그곳은 델로스에 사는 모든 사랑교 교인들을 수용할 수 있을 만큼 거대했는데, 그 크기만 놓고 보면 왕궁에 뒤지지 않을 정도였다.

운정은 그 웅장하고 화려한 대성당을 보며 다시금 파인랜드에 대해서 감탄할 수밖에 없었다. 중원의 어느 건축물도 이에 비할 수 없었기 때문이다. 마법은 무공에 비해서 그 활용도가 너무나 월등한 것을 다시금 느꼈다.

그들은 대성당 안쪽에 위치한 알현실로 갔다. 델로스 대주교이자, 델라이 대교구의 교구장인 프란시스를 만나는 일은 델로스 왕을 만나는 일만큼 쉽지 않은 일이기 때문에, 알현실은 그에 걸맞은 품위가 있었다.

그들을 안내한 중년의 사제가 머혼에게 공손히 말했다.

"곧 기도를 마치시고 나오실 겁니다. 잠시만 기다려 주시면 감사하겠습니다."

머혼은 고개를 살짝 끄덕이고는 소파에 앉았다. 알현실에는 프란시스가 앉는 소파와 그것을 마주 본 의자 하나밖에 없었기 때문에, 운정과 슬롯, 그리고 로튼은 머혼 뒤에 서 있어야 했다.

그렇게 얼마나 지났을까, 한쪽에서 프란시스가 나타났다. 그는 평소 왕궁에서 보던 모습과는 완전히 다른 수수한 차림을 하고 있었는데, 잡티 하나 없이 깨끗한 것은 똑같았다.

그는 머혼에게 인사하면서, 자신의 자리에 가서 앉았다.

"섭정이 되신 것을 축하합니다. 아침에 찾아뵈려고 왕궁에 갔었는데, 자리를 비우셨더군요."

"갑자기 섭정이 돼서 잠도 못 자고 일이 너무 바쁩니다. 시종장에게 들으니, 절 찾으셨다고요?"

프란시스는 고개를 여러 차례 끄덕였다.

"예, 예. 곧 진행될 장례식에 대해서 논해야 하지 않겠습니까?"

머혼이 얼굴을 살짝 갸우뚱하며 되물었다.

"장례식이요?"

"……."

프란시스가 아무 말 하지 않고 머혼을 바라보자, 머혼은 곧 깨달았다는 듯 말했다.

"아아, 전하 말이군요. 저하도 포함해서."

프란시스는 조금 언짢은 표정을 짓더니 나지막하게 말했다.

"평화로운 시기에 왕과 왕세자가 함께 승하하는 불상사가 일어나 너무나 안타깝습니다. 설마 포트리아 백작에게 그런 악독한 야심이 있었을 줄이야 꿈에도 몰랐지요."

"그러게나, 말입니다. 전하께 자식을 늘리라고 그렇게 말했건만, 귓등으로도 안 듣더니 결국 이렇게 됐네요."

"그럴 줄 이미 아셨던 건 아닙니까?"

"……."

"……."

프란시스의 입에서 가시 돋힌 말이 튀어나오자 머혼은 잠시 자신의 말에 대해서 생각해 봤고, 곧 프란시스가 기분이

나쁠 만하게 여길 것이 무엇인지 금세 눈치챌 수 있었다.

머혼이 작게 웃으며 말했다.

"아, 실례했습니다. 사랑교에선 첩을 들이는 것도, 이혼도 금기시하지요."

"전하께서는 믿음의 사람이셨습니다. 또한 사랑의 사람이셨지요. 나라의 존망이 흔들리는 한이 있어도 믿음을 포기하지 않으셨습니다. 애들레이드 왕비께서 더 이상 아이를 낳지 못해도 여전히 동일하게 사랑하셨지요."

머혼의 웃음이 증발했다. 그는 중얼거리듯 말했다.

"아아, 그래요. 그 믿음과 사랑 때문에 나라가 이 지경이 되긴 했죠."

"……."

"갑자기 궁금한 건데, 아내와 이혼하고 다른 여인과 재혼하면, 정확히 어떻게 되는 겁니까? 파문이라도 시킵니까?"

"혹 머혼 섭정께선 이혼을 생각하고 계십니까? 부인을 사랑하는 마음이 식으셨다면, 우선 그 이유를 제게……."

머혼은 얼굴을 찌푸리며 프란시스의 말을 잘랐다.

"그건 아니고, 나도 전에 이혼한 몸이니까요. 혹시 사랑교에서 그걸 트집 잡아서 날 파문할까 해서 말입니다."

프란시스는 어이없다는 표정으로 머혼을 바라보았다. 하지만 머혼의 표정은 진지하기 이를 데 없었다.

나 섭정된 거 반대할 거냐?

프란시스는 한숨을 푹 내쉬면서 말했다.

"사별했다면, 재혼은 인정됩니다."

"순서에 관계없이?"

"교리적으로 그렇게 자세히 정해져 있진 않습니다."

"그럼 파문을 못 시키겠군요."

"해석에 따라 다르겠지요."

"……."

"……."

프란시스는 미소를 지었고, 머혼은 그 미소를 따라 했다.

머혼이 먼저 말했다.

"왜 날 보자고 한 겁니까, 프란시스 대주교."

"말씀드렸다시피, 앞으로 거행될 장례식에 대해서 논하고자 한 겁니다. 왕이 죽었을 때나 왕세자가 죽었을 때에는 둘 다 교칙이 있습니다만, 둘 다 죽어서 왕가가 멸망했을 때를 위한 교칙은 없습니다. 둘 중 하나로 해야 할지, 아니면 연달아 해야 할지, 아니면 그 둘을 합치는 방향으로 해야 할지, 우선 왕가의 대리인인 섭정과 논해야 하는 게 수순 아니겠습니까? 이런 걸 제 마음대로 정할 수도 없고."

"그런 건 알아서 하십시오."

"아무리 그래도 그렇지……."

머혼은 그의 말을 또 잘랐다.

"더 용무 없으면 일어나겠습니다, 대주교. 워낙 바빠서."

"……."

머혼의 양손이 소파를 잡고, 그의 몸이 살짝 들리며, 그의 무릎이 펴지고, 그의 옷가지가 정리되며, 그의 몸이 완전히 서기까지, 프란시스는 아무런 말도 하지 않고 그를 바라보았다.

머혼은 지독한 놈이라 생각하며 결국 먼저 말을 꺼낼 수밖에 없었다.

"나 안 잡습니까?"

"제가 머혼 섭정을 왜 잡습니까?"

"하고 싶은 말이 있잖습니까?"

"다 했습니다만."

머혼은 눈을 반쯤 감더니, 자리에 털썩 주저앉았다.

"좋습니다. 내가 먼저 말하지요. 제가 나중에……."

프란시스는 머혼의 말을 잘랐다.

"머혼가가 왕가가 되는 일은 없을 겁니다, 머혼 섭정."

"……."

말문이 막힌 머혼은 가만히 프란시스를 보았다.

프란시스는 단호한 목소리로 다시 말했다.

"델라이의 개국공신으로, 그 역사와 유서가 델라이 어느 가문보다 깊고, 현 애들레이드 왕비를 포함한 무수히 많은 왕비를 배출했으며, 그 무엇보다도 신을 향한 믿음이 굳건히 뿌리내린 렉크가가 다음 왕가가 될 겁니다. 머혼가가 아무리 위대한 마법사와 위대한 기사들을 이끌고, 모든 델라이 귀족들의 충성 맹약을 그들의 피로 적어 받는다 할지라도 사랑교에선 그 왕권을 인정하지 않을 것입니다. 당신은 군주(Monarch)가 될지언정 왕(King)이 될 수는 없습니다."

머혼은 소파에 자신의 몸을 던지듯 앉았다.

"그러니까, 원하는 게 뭡니까? 자꾸 점잔 빼지 말고 말씀하세요, 프란시스 대주교. 전에 신용을 빌려 주셨을 때 드린 헌금이 액수가 너무 작았습니까? 그래서 이렇게 말씀하시는 겁니까? 아니면, 교황 성하와 친분을 쌓을 수 있게끔 사적인 자리를 마련할까요? 말씀만 해 보세요. 답답하게 이러지 말고."

프란시스는 부드러운 목소리로 말했다.

"저번 헌금은 잘 받았습니다. 참으로 귀한 곳에 잘 썼지요. 하지만 조금 모자라긴 하더군요."

"그래요? 얼마나 더 드리며……."

프란시스는 머혼의 말을 또다시 잘랐다.

"소론의 안토니오 대주교께서 말씀하시길, 그보다 열두 배 정도는 필요한 가 봅니다. 매년 고아원의 아이들을 후원하시던 알시루스 백작께서 피치 못할 변고를 당하셔서 말입니다. 요즘 대부분의 헌금은 그쪽으로 많이 쓰이고 있습니다. 물론 백작께서 내신 것도 한 푼도 빠지지 않고 그곳으로 갔지요."

"……."

"다시 말씀드리지만, 매년입니다, 매년."

머혼은 고요히 고개를 숙이며 양 팔꿈치를 무릎 위에 가져갔다. 그리고 팔을 들어서 자신의 앞머리를 몇 번이고 위로 쓸어 올렸다.

숨 막힐 듯한 침묵 속에서 머혼이 나지막하게 말을 꺼냈다.

"그냥 내가 싫죠?"

"당신이 왕이 되는 게 싫습니다."

"왜요? 내가 델라이 왕이 되면, 델라이가 망할 거 같습니까?"

"아니요. 지금보다 훨씬 더 번창하고 훨씬 더 발전하여 제국의 위세까지도 도달하리라 믿습니다."

"근데요? 왜 내가 싫은데요?"

"믿음이 전혀 없는 자가 제가 사랑하는 조국의 왕이 되는 것을 그냥 두고 볼 순 없습니다."

머혼은 비웃음을 숨기지 않았다.

"믿음? 하, 믿음이라고요? 하늘 위에 사는 투명 인간을 믿는 게, 당신이 말하는 믿음입니까?"

"그 투명 인간이 전지(Omniscient)하고 전능(Omnipotent)하고 전선(Omnibenevolence)하다면 뭐, 어느 정도 비슷은 합니다."

머혼은 기가 찬다는 듯 고개를 흔들었다.

"참 나, 어이가 없어서. 이봐요, 나도 어릴 때는 믿어 보려고도 했고, 그랬습니다. 근데 안 믿어지는 걸 어떻게 합니까? 예? 내가 볼 땐 말입니다. 당신들도 다 합리화하는 겁니다. 그저 신이 있다 합리화하는 거라고요."

프란시스는 알 수 없는 미소를 지었다.

"말씀을 들은 지 오래되셨군요. 예배에 참석하신 지 얼마나 되었습니까?"

"거기서 같이 합리화하고 싶지 않아서 안 갑니다."

"그러니 믿음을 오해하고 계시군요."

"무슨 오해요?"

프란시스는 눈을 살짝 감고는 나지막하게 말했다.

"사람이 왜 합리화를 한다고 생각하십니까?"

"예?"

"합리화의 목적이 뭐라고 생각합니까? 머혼 백작께서는 인간을 자주 상대하시니 누구보다도 날카로운 답이 있으리라 기대됩니다."

"……."

"사람은 왜 합리화를 합니까, 머혼 백작?"

머혼은 프란시스를 노려보았다. 그의 거친 호흡이 점차 잦아지기 시작했다.

그는 답을 내놓았다.

"방어하기 위함이지요."

프란시스가 눈을 떴다. 그의 두 눈에는 이채가 서려 있었다.

"무엇으로부터?"

"현실로부터."

"현실로부터 자신을 방어하기 위해서 합리화를 한다는 겁니까?"

머혼은 고개를 끄덕였다.

"합리화는 자기 마음에 들지 않는 현실을 왜곡해서 그것을 현실로 생각하는 겁니다. 당신도 마찬가지지요, 프란시스 대주교. 신이 없는 현실을 신이 있다는 현실로 왜곡해서 생각하지 않습니까?"

프란시스는 전과 다를 바 없는 목소리로 말했다.

"사람이 합리화를 해서 무엇을 얻는 겁니까?"

"뭐 다양하지요. 사람이 다르니까요. 마음의 평화를 얻기도 하고, 자존감을 회복하기도 하고, 또 마음의 상처를 치유하기도 하고… 또 이처럼 거대한 건물 속에 살기도 하지 않습니까?"

양손을 활짝 펼쳐 보인 머혼은 프란시스의 눈길을 회피하지 않았다.

프란시스는 어떠한 감정의 동요도 없이 또박또박 말했다.

"다양하지만, 그 안에는 공통점이 있습니다."

"공통점?"

머혼의 되물음에 프란시스는 오른손을 들었다. 그리고 주먹을 쥐었다가, 검지 하나만 펴 보였다.

모두의 시선이 그 검지를 향했다. 검지가 움직이자, 모든 시선이 그 검지를 따라갔다.

그 검지는 프란시스의 가슴에 꽂혔다.

"'나'입니다. 나의 마음의 평화를 얻는 것이고, 나의 자존감을 회복하는 것이고, 또 나의 마음의 상처를 치유하는 것이지요. 다시 말하면, 합리화란 그 이유와 목적이 무엇이든 간 자기 자신을 위해서 하는 겁니다. 그렇지 않습니까?"

"그야, 그렇지요."

"하지만 자기 자신을 위해서 신을 믿으면 그것은 참된 믿음이 아닙니다. 신을 믿는다고 할 수도 없습니다. 신은 속지 않습니다. 자기 자신을 위해서 믿을 수 있는 신을 애초에 신이라고도 할 수 없지요. 그것은 그저 우상에 불과합니다. 만약 제가 합리화로 신을 믿었다면, 애초에 전 신을 믿은 게 아니라 우상을 믿은 겁니다. 사랑교 교리상, 그런 믿음을 거짓 믿음이라 하지요."

"……."

"합리화는 자기 자신을 위해서 하는 겁니다. 하지만 진정으로 신을 믿는 행위는 자신을 위해선 결코 할 수 없는 것입니다. 따라서 자신을 위해서 행할 수 없는 '신을 믿는다는 행위'를, 자기 자신을 위해서 행하는 합리화를 통해서 이룬다? 이는 논리적 모순이지요. 한마디로 말하면, 신을 향한 믿음은 합리화할 수 없는 것이고, 합리화했다면 애초에 신을 향한 믿음이 아닌 겁니다."

"……."

"간단합니다. 내가 백작께 돈을 빌려야 한다고 합시다. 여기서 누가 누구를 믿습니까? 돈을 빌리는 제가 백작님을 믿습니까? 아니지요. 돈을 빌려주는 백작님이 나를 믿는 것이지요. 나한테 돈을 빌려줌으로써 당장 손해가 나더라도 이후에 제가 갚으리라는 것을 믿는다고 하지 않습니까? 이게 믿음의 본질입니다. 신을 믿는다는 것도 같습니다. 내 유익을 위해서 신을 믿는다? 그건 말이 애초에 성립되지 않습니다. 내 유익을 위해선 무언가를 믿을 필요가 없습니다. 믿음은 손해가 나는 쪽에서 하는 겁니다. 유익을 위해서 하는 건 믿음이 아니라 합리화이지요."

머혼은 미간을 살짝 긁적이더니 말했다.

"그럼 프란시스 대주교 당신은 자신이 진짜 믿음을 가진지, 아니면 합리화된 가짜 믿음을 가진지 어떻게 압니까?"

"고난을 통해 알지요. 제 처지가 나아지지 않고 제 상황이 나아지지 않는다면 합리화를 통해서 얻은 믿음은 금세 닳아 없어지게 마련입니다. 결국 등지고 떠나게 마련이지요. 말했다시피 믿음은 손해가 나야 하는 겁니다. 신을 믿기에 찾아오는 손해는 곧 고난이지요. 그것이 진정한 믿음과 합리화된 가짜 믿음을 가릅니다. 쌀과 보리는 함께 키웁니다. 하지만 추수 때가 되면 갈라지지요. 양과 염소는 같이 기릅니다. 하지만 양은 양이고 염소는 염소이지요."

"……"

"그러니 난 당신처럼 델라이 왕을 멍청하게 생각하지 않습니다. 그는 델라이 전체가 위기에 빠질 수 있어도 끝까지 믿음을 지켰지요. 전 그런 그가 부럽군요. 이 거대하고 웅장한 곳에 살다 보면, 내가 양인지 염소인지 모를 때가 많아서 말입니다. 그는 저보다 더 크고 화려한 곳에서 살면서도 끝까지 양처럼 살았지요. 대단한 사람입니다."

"……"

프란시스는 방긋 웃으며 말했다.

"열두 배입니다, 머혼 섭정. 왕가로서 사랑교의 인정을 받고 싶으시다면, 그 정도 헌금을 매년 드리면 됩니다."

머혼은 깊은숨을 한 번 들이마셨다가 내뱉으며 말했다.

"당신은 내가 왕이 되는 게 싫은 거 아니었습니까?"

프란시스는 다시금 포근한 미소를 지었다.

"아이들이 굶는 게 더 싫습니다."

*　　　*　　　*

머혼은 마차를 향해서 거칠게 걸어가며 퉁명스럽게 물었다.

"참 나, 그럼 애초에 고아는 왜 있는 건데? 전쟁은? 응? 전쟁은 왜 있어? 웃기는군. 신이 어디 있다고."

슬롯이나 로튼 그리고 운정은 머혼의 질문을 들었지만, 셋 모두 답하지 않았다. 슬롯은 같은 생각이었고, 로튼은 관심이 없었으며, 운정은 그 답을 몰랐기 때문이다.

세상에 고아와 전쟁이 왜 있나?

이 질문에 답을 내려는 시도를 하다 보면 결국 세상의 시작과 끝, 그리고 선과 악을 넘어서 신의 존재까지도 답해야 할 것이다.

왕실 마차를 타고 움직이면서도 머혼의 표정은 펴질 줄 몰랐다. 그는 인상을 쓴 채로 턱을 괴고 마차 밖을 보고 있었는데, 이를 보던 로튼이 한마디 건넸다.

"그래도 원하는 것을 얻으시지 않았습니까?"

머혼은 그 말을 듣고는 입맛을 한 번 다셨다.

"그렇긴 하지. 설마 왕권을 그저 돈 몇 푼 주고 살 수 있었을 줄은 몰랐어. 사랑교를 델라이의 국교로 삼아 달라는 부탁까지 들어 줄 생각으로 왔는데 말이야… 뭐, 사랑교에서 내 왕권을 인정해 준다면야, 델라이의 왕이 되는 건 발로도 할 수 있지. 그 이후에는 계속 왕으로 있든 팔아 버리든 마음대로 하면 되니까."

운정은 그런 그를 물끄러미 보다가 말했다.

"그런데 왜 패배하셨다고 생각하십니까?"

머혼은 멍한 표정으로 운정을 돌아봤다.

"패배요?"

"예, 예상보다 훨씬 작은 것을 치르고 원하는 것을 얻으셨는데, 마음은 패배하셨다고 여기시는 것 같습니다."

"전혀요. 패배라니."

"……."

운정이 아무런 말도 하지 않았다.

머혼은 곧 손을 휙 하고 던지더니, 고개를 마구 흔들었다.

"전 수없이 많은 사람들을 상대해 봤습니다. 권력자들, 정치인들, 그리고 장사치들. 웬만큼 잘나간다는 사람들은 다 만나 봤지요. 하지만 그중에 혓바닥이 제일로 부드러운 건 다름 아닌 성직자들입니다. 예? 이기기도 너무 힘들지만, 이겨도 이긴 것 같지가 않아요. 희한하지, 진짜."

"도사의 혀가 가장 매끄러운 건 이계에서도 마찬가지로군요."

그 말을 듣자 머혼은 아차 싶었다. 중원에서 도사는 파인랜드의 사제와 비슷한 것이다. 그는 고개를 숙여 사과했다.

"아, 죄송합니다. 순간 깜박해서."

"괜찮습니다. 개의치 않습니다."

그 말을 듣자 머혼은 눈을 게슴츠레 뜨더니 말했다.

"하기야, 운정 도사도 젊어서 그렇지 그 나이대에 비하면 참으로 말을 잘하는 편입니다."

"제가요?"

머혼은 손을 자신의 입으로 가져가서 손가락을 마구 흔들었다.

"예, 그럼요. 제 경험으로 말하는데, 운정 도사만큼 말발이 좋은 사람은 손에 꼽습니다."

"전 아직 배울 것이 많습니다. 그래서 머혼 섭정님을 따라다니는 것 아닙니까?"

"말을 배우려는 게 아니지 않습니다. 인간의 악의를 배우려는 것이지. 스스로도 이미 말에 있어서는 배울 게 없다고 생각하는 것 아닙니까? 하하하."

"아닙니다."

"농입니다, 농. 하하하."

머혼은 그렇게 창밖을 다시 보며 패배감을 털어 버렸다.

왕궁에 도착하자, 르아뷔가 대문 앞에서 그를 기다리고 있었다. 머혼은 한숨을 푹 쉬더니 나지막하게 말했다.

"저 얼굴 보는 게 왜 이렇게 싫은지 모르겠습니다."

머혼이 마차 밖으로 나가자, 르아뷔는 그에게 빠른 걸음으로 다가와서 말했다.

"다른 사왕국의 사절이 왔습니다. 그들 모두 표면적으로는 델라이 왕의 승하에 대해서 유감을 표하기 위함이라고 하지만, 그 속내는 아마 간밤에 일어난 미티어 스트라이크에 대한 정보를 얻기 위함일 것입니다. 그들끼리는 이미 이야기가 됐는지, 한방에서 같이 보기를 요구하고 있습니다."

"그래? 대충 둘러대고 보내면 안 되나?"

"그랬다가 저들이… 크, 크흠, 슬롯 경?"

가만히 서 있던 슬롯은 르아뷔의 말을 듣고는 불쾌한 듯 표정을 일그러뜨렸다.

"제가 여기 있는 게 불편하신가 보군요, 시종장님. 그럼 자리를 비켜 드리지요."

슬롯은 그렇게 말한 뒤에, 왕궁 안으로 들어가 버렸다. 그가 사라진 것을 확인한 르아뷔가 머혼에게 말했다.

"일단은 집무실로 가시지요. 그들은 머혼 백작께서 돌아오실 때까지 기다린다고 했으니, 조금 상의할 시간은 있을 겁니다."

"좋아, 가자. 로튼, 아마 이제 밖에 나갈 일은 없을 거니까 자유롭게 행동해."

로튼은 고개를 살짝 숙인 후에, 몸을 돌려서 거리로 향했다.

머혼은 르아뷔, 그리고 운정과 함께 왕의 집무실로 들어왔다.

그곳에는 스페라가 있었다.

그녀는 머혼이 들어오는 것을 확인하자마자, 자리에서 벌떡 일어나더니 그에게 바짝 다가와서 따지듯 물었다.

"소론, 지원, 왜 막았어요?"

"무, 뭡니까, 스페라 백작?"

"소론에서 마법사하고 마나스톤 지원해 준다고 했잖아요. 그거 왜 철회했냐고요? 아니, 지금 마법부 상황이 어떤 줄이나 알아요? NSMC 고치려면 얼마나 인원이 필요한데! 지금 과

로로 쓰러진 사람만 해도 한둘이 아니에요. 운정 도사 덕분에 모은 마나도 거의 써 버렸고. 그런데 그걸 끊어 버리면 어떻게 하자는 거예요? 지금 전쟁이라도 나면요? 진짜 그럼 NSMC는 커녕 마법에 관한 어떠한 지원도 없을 줄 알아요."

머혼은 한숨을 푹 내쉬더니 말했다.

"이, 일단은 내일 다시 말해 보기로 했습니다. 소론 왕과 잘 말해서 지원을 받을 수 있는 방향으로 논의해 볼 테니, 내일 다시 이야기하시지요."

"흥! 진작 그럴 것이지."

스페라는 그렇게 말한 뒤에, 운정을 슬쩍 보았다. 눈이 마주치자, 운정이 물었다.

"그럼 NSMC는 언제 복구할 수 있을지 모르는 건가요?"

스페라는 살짝 윙크하고는 그를 지나쳐 나가며 말했다.

"아직은 확답이 어려워요. 나오는 대로 알려 드릴게요."

쿵.

문이 닫히자, 머혼은 이마를 부여잡고는 눈을 힘겹게 뜨며 집무실의 의자 하나에 가서 앉았다.

"돌아 버리겠네."

르아뷔는 손가락을 살짝 튕겼다. 그러자 하녀 한 명이 나타났는데, 그가 그녀에게 이런저런 손짓을 하자, 그걸 알아들은 하녀가 금세 젖은 수건을 가져왔다.

르아뷔는 그것을 머혼에게 건네더니 말했다.

"사왕국의 사절과 군부만 해결하면 일단 오늘 일과는 끝납니다. 나머지는 제가 알아서 하겠습니다."

머혼은 젖은 수건을 받아 들면서 이마에 확 얹으며 몸을 편안하게 뒤로 기댔다. 그러곤 조금 신경질적으로 말했다.

"장례식, 그것도 알아서 해. 알았지? 별것도 아닌 걸로 내 선까지 올라오게 하지 말라고."

"예, 백작님."

"차가운 수건을 얹고 있으니까 좀 낫네. 그래서 다음 할 일이 뭐라고?"

"사왕국의 사절들이……."

머혼은 손을 살짝 들며 르아뷔의 말을 막았다.

"아아, 알겠어. 좋아. 그거 결국 두 개 중 하나 선택하는 거잖아. 제국에서 유성 날렸는데, 우리가 겨우 막았다. 다 같이 제국에 따지러 가자. 이거 하나. 다른 거 하나는, 아 그거? 그냥 자연적인 유성이었어. 아무 일도 아니야. 이거 하나."

르아뷔는 고개를 끄덕였다.

"크게 보면 그렇지요."

"둘 중 뭐가 좋을까?"

"결론부터 말씀드리면 모르겠습니다."

"왜 몰라?"

"그것도 모릅니다."

"오, 그래? 넌 몰라도 왜 모르는지는 알았잖아. 오랜만이네, 네가 아예 모르는 건?"

"솔직히 어디서부터 계산을 해야 할지 잘 모르겠습니다. 변수도 너무 많고, 정세도 읽기가 어렵습니다. 단순히 정보의 부재 때문이냐 하면, 그것도 아닙니다. 정보는 있을 만큼 있습니다. 하지만 그래도 판단이 안 됩니다."

"흐음… 그래?"

"이건 백작님의 감을 믿을 수밖에 없을 듯합니다."

머혼은 수건을 잡았다. 그리고 그것을 집어 던지듯 옆으로 버리고는 자리에서 일어나며 말했다.

"그럼 부딪쳐 보지, 뭐. 가자."

"지금 바로요?"

"어차피 더 논해 봤자 답 나오는 거 아니잖아? 그럼 부딪쳐야 뭐가 나오지. 걔네들 어디 있어?"

"일단 귀빈실에 있습니다만, 응접실로 부를까요?"

"아니, 그쪽으로 직접 가지. 그나저나 배 엄청 고픈데 지금 몇 시냐?"

"오후 2시 정도 되었습니다."

"벌써? 참 나, 밥 한 끼도 못 먹고 뭔 고생이야, 이게."

머혼은 불만을 작게 토로한 뒤, 그길로 귀빈실로 향했다.

사왕국의 사절들이 모여 있는 귀빈실은 천마신교 인물들이 기거하는 곳 맞은편에 있었는데, 때문에 운정은 자기도 모르게 그쪽 방문을 바라보았다.

그는 어떠한 특이한 점도 발견하지 못했다.

“머혼 섭정께서 뵙기를 청하십니다.”

하녀의 기별이 있고 나서 조금 뒤에 문이 열렸다. 그 문을 연 사람은 빼빼 마른 귀족으로, 그 뒤로 두 명이 더 서 있었다. 그들은 델라이를 제외한 사왕국의 사절들이었다.

문을 연 귀족이 말했다.

“이곳까지 직접 찾아오시다니, 불러 주셨으면 저희가 찾아갔을 겁니다.”

머혼은 아무렇지도 않게 안으로 들어서며 말했다.

“괜찮습니다. 지금 일이 너무 바빠서 여유롭게 만날 시간이 없습니다. 다들 앉으시지요.”

머혼을 따라서 르아뷔와 운정이 차례로 들어왔다. 세 사절들은 그들을 찬찬히 보면서 속으로 이것저것을 판가름하기 시작했다.

쿵.

문이 닫히고, 세 사절과 머혼이 각각 동서남북으로 앉게 되었다. 그중 머혼의 뒤에는 르아뷔와 운정이 서 있었다. 세 사절의 눈동자는 수시로 움직이며 사태를 파악하려 애썼는데,

특히 운정에게 향할 때가 많이 있었다.

머혼이 말했다.

"비공식적인 만남이니, 외교적인 사설은 제외하도록 합시다. 잠도 많이 못 자서 그런 거 다 일일이 생각할 게 못 돼서 말입니다. 델라이를 방문해 주신 여러분들에게 너무나 감사드리지만, 아시다시피 델라이는 절체절명의 위기에 봉착해 있습니다. 그러니 외교적 결례를 범할 수밖에 없음을 양해 부탁드립니다."

그는 인사말과 동시에 고개를 살짝 숙여 보였다. 그러자 세 사설은 그를 따라 하더니, 서로 눈치를 보기 시작했다.

그들 중 먼저 말을 꺼낸 것은 문고리를 잡았던 빼빼 마른 귀족이었다.

"안녕하십니까, 머혼 섭정. 저는 라마시에스의 장 바티스트 브리타니 백작입니다. 우선 델라이에 일어난 참사에 대해서 심심한 위로를 드립니다. 현 상황에서 섭정의 어깨가 매우 무거울 듯합니다. 바쁘실 테니 시간 빼앗지 않고 바로 용무를 말씀드리겠습니다. 어젯밤 델로스에 미티어 스트라이크 마법이 시전되었다는 것이 세 왕국 모두의 견해입니다. 그리고 그 마나의 근원지를 파악할 때, 명백히 제국에서 시전된 것이란 것도 기정사실입니다."

"크음……."

머혼이 목을 가다듬고는 더 말하지 않자, 브리타니는 다른 사절들을 한 번 본 뒤에, 다시 말을 이었다.

"반역의 참사에 대해서 델라이 왕궁에서 정식으로 공표한 내용을 잘 압니다만, 세 왕국 모두 혹시라도 그조차 제국이 개입한 것이 아닌가 하는 의심이 들었습니다. 포트리아 백작이 일으킨 반역에 제국의 영향이 있다고 가정하면, 제국은 델라이의 왕가와 수도를 동시에 멸하려고 한 것입니다. 물론 델라이에서 미티어 스트라이크에 대한 방비가 되어 있었던 것이 놀라울 따름이지요. 만약 그런 방어 체계가 없었다면야, 제국은 벌써 다른 사왕국에도 손을 썼을지 모릅니다. 지금 아무런 반응도 하지 않는 것을 보면, 당황한 것이겠지요. 미티어 스트라이크 마법이 무효화되었다는 사실에."

"흐음……."

머혼은 다시금 소리를 내었지만, 말을 하진 않았다.

브리타니는 잠시 그의 눈치를 살피더니 말을 이었다.

"오늘 아침 델로스에 도착하고 나서 이 아름다운 델로스를 보며 또다시 느꼈습니다. 제국의 횡포에 의해서 이 아름다운 도시가 파괴되었더라면 파인랜드에 그만한 참사는 없었을 것입니다. 도저히 어떻게 한 것인지는 모르지만, 절대적이라 알려진 미티어 스트라이크에 대한 방어 수단을 갖춘 것은 참으로 다행입니다. 이에 저희가 제안을 드리고자 합니다. 만약 이 신기술을 다른 세 왕국과 함께 나누신다면, 저희는 델라이와 함께 동맹을 맺을 것이며 그와 동시에 제국을 향하여 전쟁을 선포할 것입니다. 제국은 그들이 행한 행포에 대해서 마땅히 죗값을 치러야 합니다."

"하암."

"……."

머혼은 이제 하품까지 했다. 이 모습을 보던 사절들은 할 말을 잃어버렸는데, 머혼은 그 자리에서 일어나며 따분하다는 듯 말했다.

"지난밤에 떨어진 유성이 미티어 스트라이크 마법이라고 알고 계신 것 같은데, 그건 사실 자연적인 겁니다. 제국에서 미티어 스트라이크 마법을 시전한 건 알고 있습니다만, 그건 아마 그들이 가끔씩 하는 훈련일 겁니다. 우연치 않게 델로스에 유성 하나가 떨어진 것이지요. 그리고 다들 아시다시피, 미티어 스트라이크 마법을 시전하면 유성이 도달하는 데 적어도 보름은 걸립니다. 그런데 그들이 시전한 것과 델로스에 유성이 떨어진 시간 차이는 하루나 될까요? 말이 되지 않지요."

"……."

"제국과 전쟁이라니요, 하하하. 제가 황제를 형님으로 모시고 있다는 것은 이미 아는 사실이지요. 이번에 형님을 찾아뵐 생각입니다. 찾아뵙고, 서로 간의 오해를 푸는 시간을 가질 겁니다. 그때 저와 함께 가시지요. 다 같이 가서 같은 자리에서 서로가 가진 의문들을 해결해 봅시다. 아무리 사왕국을 대표하는 사절이시라고 해도 평생 황제를 만나기는 거의 불가능합니다.

저와 함께 시간을 내주시면 꼭 대면할 수 있게끔 하겠습니다."

"……."

"그럼 다들 푹 쉬시지요. 아 참, 장례식까진 델로스에 있으시겠지요?"

사절들은 얼떨결에 대답했다.

"무, 물론입니다."

"그렇습니다."

"예, 백작."

머혼은 만족한 미소를 얼굴에 띠우며 말했다.

"그럼 전 이만 다른 일들을 보러 가겠습니다. 장례식이 끝나는 대로, 같이 황제를 알현합시다. 하하하."

통쾌하게 웃으며 머혼은 귀빈실을 나섰다. 사절들은 이렇다 말을 하지 못하고 그런 그의 뒷모습만을 바라볼 수밖에 없었다.

쿵.

문이 닫히고, 밖으로 나온 머혼의 얼굴에 머물던 웃음기가 한순간 사라졌다.

르아뷔가 말했다.

"좋은 선택일까요?"

머혼은 어깨를 들썩였다.

"몰라. 일단 나중에 더 생각해 보자. 다음은 군부였지?"

"예."

"얼른 해치워 버리자고. 나 너무 졸려. 어제 한 시간밖에 못 잤다고."

머혼은 세상을 삼켜 버릴 듯, 입을 크게 벌리며 하품했다. 르아뷔는 그 모습을 보면서 고개를 절레절레 흔들었지만, 눈가와 입가에 살짝 웃음을 머금었다.

운정은 그 하품을 보며 이상하리만큼 안도감을 느낄 수 있었다. 분명 르아뷔도 같은 것을 느꼈음이 분명하다. 하지만 운정은 르아뷔보다 한 발자국 더 나아가 그것에서부터 배움을 얻었다.

그 하품이 의도된 것이든 아니든.

第六十四章

그들을 복도를 걷고 있었다. 르아뷔는 자신이 홀로 처리한 일과 처리해야 할 일을 간략하게 추려서 머혼에게 보고했는데, 그 하나하나가 각각 다른 한 사람씩 맡아 처리할 법한 큰 일들이었다. 머혼은 연신 하품을 하며 고개를 끄덕끄덕거렸다. 알았다는 것인지 아니면 졸려서 그런 건지, 아니면 다른 이유가 있는 건지는 알 수 없었다.

그런데 갑자기 그의 목걸이에서 노란빛이 흘러나왔다.

"……."

"……."

머혼도 르아뷔도 그 자리에 우두커니 서서 서로를 바라보았다. 그러더니 동시에 말했다.

"로튼?"

머혼은 완전히 졸음이 달아난 표정이었고, 르아뷔는 한참 말하던 주제를 잊은 듯했다. 머혼은 콧바람을 크게 내쉬면서 눈을 감아 버렸다. 르아뷔는 눈을 크게 뜨면서 놀라더니, 곧 말을 이었다.

"로튼이 맞겠지요."

"참 나, 내 생명을 지켜야 할 놈이 어디서 뭘 하고 자빠져서… 어떻게 한다… 당장 손쓸 사람이… 흐음."

운정은 머혼의 시선이 자신에게서 멈추자, 그 목걸이를 바라보며 말했다.

"로튼 경에게 무슨 일이 생긴 겁니까?"

머혼은 고개를 끄덕였다.

"제가 측근으로 생각하는 사람들의 상태가 비정상적이라면 아티팩트에서 빛이 흘러나오게 되어 있습니다. 노란빛은 속박이나 기절 혹은 고문 등등, 죽지는 않았지만 위험한 상황이라는 것이지요. 방금 거리로 나간 로튼에게 무슨 일이 있나 봅니다."

"그렇군요. 제가 찾아봐 주시길 바랍니까?"

머혼은 힘없이 말했다.

"다른 손이 없습니다. 다들 너무 바빠서."

"……."

"제 부탁을 들어 주실 수 있겠습니까?"

운정은 가만히 머혼을 보다가 말했다.

"서로가 거래로 묶여 있습니다만, 어느 정도의 유연성을 가진다고 생각하면 되겠습니까?"

머혼은 고개를 끄덕였다.

"유연성은 서로의 합의 아래에서 정의합시다."

"좋습니다. 제가 한번 로튼 경의 신변을 확인해 보겠습니다. 혹시 그가 어디로 향했는지 알 수 있습니까?"

머혼은 목걸이를 벗어 한쪽 버튼을 눌렀다. 노란빛이 사라지자, 그것을 운정에게 내주었다. 그걸 본 르아뷔가 말했다.

"배, 백작님!"

머혼은 르아뷔의 말을 무시하곤 자신의 손을 운정의 손에 포개면서 말했다.

"살아만 있다면, 그가 있는 곳으로 가속하실 때 목걸이가 진동할 겁니다. 다시 말씀드리지만, 단순히 그가 있는 방향도 아니고, 당신이 움직이는 방향도 아니고, 가속하는 방향… 그러니까 속도가 빨라지고 있는 방향과 로튼이 있는 곳이 일치할수록 진동하는 겁니다."

"복잡하군요."

"몇 번 해 보시면 감이 오실 겁니다. 항상 진동하게 둘 순 없지 않습니까? 하여튼, 그만큼 제게 충성하는 이도 드뭅니다. 실력 좋은 사람도 드물지요. 잘 부탁드리겠습니다."

"알겠습니다. 혹시 제가 나간 사이에 친우들이 도착하면 알려 주십시오."

"예."

운정은 포권을 취한 뒤에, 몸을 돌렸다. 그리고 제운종을 펼쳐 그대로 바람과 함께 사라졌다.

휘이잉—!

"……."

"……."

순간적으로 일어난 바람은 머혼과 르아뷔의 옷매무새를 완전히 흩뜨려 놓았다.

운정은 복도를 지나 왕궁을 나섰다. 마차 길 위를 쏜살같이 달려 한 번에 훌쩍 뛰어 대문의 꼭대기에 섰다. 대문을 지키던 경비병들은 그의 존재를 전혀 알아차리지 못했다.

"가속하는 방향이라."

운정은 손을 들어 햇빛을 막고, 델로스 거리를 이리저리 보았다. 언제나 왕궁 안에서만 있었던 터라 이렇게 거리로 홀로 나오는 것은 처음이었다. 하늘 높은 줄 모르고 어지럽게 지어진 건물들과 그 사이사이로 다니는 마차와 행인들, 그리고 그들 아래로 흐르는 더러운 하수구까지. 델로스는 조금의 공간도 낭비하지 않고 있었다.

운정은 우선 앞에 보이는 건물 꼭대기로 몸을 날렸다. 그러면서 로튼을 구해야 한다는 생각을 머릿속에서 끊임없이 되새겼다. 그러자 마기로 펼치는 제운종임에도 불구하고 마치 선기로 펼치는 것처럼 완벽하게 펼쳐졌다.

구름으로 된 사다리 위를 걷는 발자취처럼, 그의 몸은 은밀히 공중 위를 걸었다. 그러면서도 그는 자신에 목에서 느껴지는 진동을 느꼈다. 처음 몸이 가속될 때는 은은한 진동이 오더니, 속도가 줄자 진동은 사라졌다.

앞으로 가는 것은 일단 맞지만 다른 방향일 수도 있다.

그는 멀찍이 보이는 종탑을 보았다. 그는 역시 제운종을 펼쳐 그 종탑 위로 올라갔다.

탁.

대종 옆에 서자, 마침 중앙에 사다리를 펼쳐 놓고 그 안에서 대종 안을 청소하던 사람과 눈이 마주쳤다. 노인으로 보이는 그 남자는 운정을 보고는 화들짝 놀라, 대걸레를 놓쳐 버렸다. 그리고 덩달아 균형까지 잃어 사다리에서 떨어지려 하고 있었다.

운정은 잽싸게 그 노인을 받아 들고는, 웃어 보였다. 그 노인이 비명을 지르려는데, 운정의 왼손이 슬쩍 움직이더니 그 노인의 후계혈에 내력을 살짝 흘려 넣었다.

"아아아……."

그 노인은 비명을 지르려다가 말고 기절해 버렸다. 운정은 그 노인을 내려놓고는, 그 종을 중심으로 두고 제운종을 펼쳐 빠르게 돌기 시작했다.

휘잉. 휘잉. 휘잉.

세 바퀴쯤 되었을까? 운정은 원 안에서 특정 부분을 지나갈 때, 목걸이가 가장 크게 진동했다가 다시 차츰 줄어드는 것을 느낄 수 있었다. 그는 그 부분에 서서, 종을 바라보고는 중얼거렸다.

"회전운동의 가속은 중심을 향한다 했던가?"

그는 자세를 한껏 낮췄다. 그러곤 제운종의 구결을 다시금 되새기며, 다리에 마기를 불어넣었다. 그러자 그의 몸은 종 아래로 일자를 그리며 앞으로 쏘아졌다.

그는 그의 몸 위로 흐르는 공기를 방해하여, 일정한 감속이 이뤄지게 했다. 그러자 어느 순간부터 진동이 다시 시작되었다. 로튼이 있는 곳을 지나 버린 것이다.

운정은 양손을 펼쳐 앞으로 뻗으면서 유운장력(流雲掌力)을 뿜어냈다. 그러자 그의 몸이 공중에서 우두커니 서더니, 곧 중력에 의해 아래로 떨어지기 시작했다.

탁.

바닥은 평범한 돌바닥으로, 높은 건물들 사이에 있는 골목길이었다. 땅에 안착하는 직전까지, 목걸이의 진동은 멈추지 않은 것을 보면 로튼은 땅 아래 있는 것이다.

운정은 주변을 살폈다. 과연 이 건물들 중 길 아래까지 지하가 나 있는 것이 어디에 있을까? 하나씩 확인하는 것밖에는 답이 없어 보였다.

그런데 그때 한 건물 입구에 서 있던 두 남자가 그를 보며 단도를 꺼내 들었다. 주변을 살핀 그들은 살기를 머금은 눈빛으로 운정을 바라보더니 말했다.

"어디서 나타난 놈이지?"

"여기가 어디라고… 델라이 사람 같지는 않은데?"

운정은 현천보를 펼쳤다. 빠르게 그들 뒤로 다가가, 손날로 한 명의 뒷목을 내려쳤다.

털썩.

귀신같은 움직임에, 다른 한 명이 지레 놀라 칼을 놓쳐 버렸다.

운정은 그를 보며 눈빛에 마기를 담았다.

"뭐, 뭐야… 너, 넌. 히이익!"

그의 다리 사이가 젖기 시작했다. 운정은 그에게 조용히 말했다.

"지하로 가야 합니다. 그쪽으로 길이 나 있는 곳이 어딜까요?"

"그, 그게 무슨 소, 소리야."

운정은 천천히 걸어갔다. 그 남자는 털썩 주저앉더니 팔로 얼굴을 가리곤 공포에 떨었는데, 운정은 그런 그를 그곳에 두고는 아까 그가 착지했던 길바닥까지 걸어가서 말했다.

"이 아래 말입니다. 이 아래."

남자는 겨우 손을 치우고 운정을 보았다. 운정이 손가락으로 길 아래를 가리키는 것을 확인한 뒤에, 떨리는 목소리로 말했다.

"거, 거기는……."

"아시는군요."

"아, 아 그러니까."

"어디로 가면 됩니까?"

공포에 새하얗게 질렸으면서 그 남자는 끝끝내 말하지 않았다. 때문에 운정은 그 남자 둘이 입구에 서 있었던 그 건물 쪽을 바라보았다. 그러자 그 남자는 어쩔 줄 몰라 하다가, 곧 결심했는지 자신의 단검을 자신의 허벅지에 찔러 넣었다.

"으으윽."

그 남자는 자신의 허벅지를 부여잡고는 침음을 흘렸다. 운정은 고개를 갸웃했지만, 곧 깨닫는 것이 있었다.

"흠. 무슨 의미에서 그렇게 하셨는지 알 것 같습니다. 그럼

이 건물이 맞겠군요."

고통에 몸부림치던 그 남자가 겨우 말을 내뱉었다.

"크흑. 내, 내가 알려 준 거 아, 아니다."

운정은 그 말에 대답하지 않고 그 건물 안으로 들어갔다.

대문은 무거웠다.

벌컥.

문이 열리자, 또 다른 문 하나가 나왔다. 이중문인 것이다. 때마침 무거운 외문이 닫히자, 외문과 내문 사이의 공기가 밀폐되면서 내문으로부터 빠져나온 소음이 문 사이에 갇혀 웅웅거렸다.

시끌벅적한 소리를 물속에서 듣는 느낌.

운정은 내문을 열었다.

그러자 마치 물 밖으로 빠져나온 것처럼, 그 안의 모든 소음이 생생하게 들리기 시작했다.

고함을 지르는 소리. 악기를 연주하는 소리. 비명을 지르는 소리. 노래하는 소리. 쾌락에 물든 소리. 잔이 부딪치는 소리. 허벅지를 때리는 소리. 의자가 엎어지는 소리. 칩이 던져지는 소리. 주사위가 굴러가는 소리. 언쟁하는 소리. 카드가 쓸리는 소리. 박수를 치는 소리. 테이블을 치는 소리. 주먹이 얼굴을 때리는 소리. 가루를 코로 흡입하는 소리. 옷을 찢는 소리. 애걸복걸하는 소리. 술을 따르는 소리. 추파를 던지는 소리. 계단을 쿵쿵거리며 내려오는 소리. 술통이 굴러가는 소리. 빰을 때리는 소리. 다트가 벽에 꽂히는 소리. 기쁨에 환호하는 소리. 욕설을 내뱉는 소리. 신음을 흘리는 소리. 머리를 쥐어뜯는 소리. 칼로 칼을 튕기는 소리. 토악질을 하는 소리.

그리고 한 명이 다른 한 명에게 조용히 속삭이는 소리.

'로튼은 30분 정도면 깨어날 거야. 좀 쉬어. 그때 다시 시작하자고.'

그 둘은 지하로 향하는 작은 계단의 양옆을 지키고 있었다.

운정은 왼 손가락을 튕기며 단전에서부터 선기를 끌어올렸다. 그러자 그의 왼손에서부터 투명한 기류가 흘러나와 그의 몸을 덮었고 그의 몸은 완전히 사라져 버렸다.

무당파의 술법 중 하나인 은형술(隱形術)로, 단순히 시각을 차단하는 것을 넘어서 존재 자체를 지우기에, 발자국조차 남지 않는 고위 술법이다. 이는 은형술의 기본이 되는 술법으로, 중원에 있는 모든 은형술의 원형이라 할 수 있었다.

운정은 천천히 그 혼돈 사이를 걸어갔다. 마치 순백의 학이 진흙탕 위를 도도하게 걸어가는 것처럼, 도박장에 있는 그 어떠한 더러움도 감히 그를 침범하지 못했다.

모든 사람을 뚫고 간 운정은 지하 계단 안에 들어섰다. 계단을 지키던 두 사람조차 운정의 존재를 알지 못했는데, 운정이 막 계단 안으로 들어갔을 때, 누군가 큰 소리로 말했다.

"정문에서 애들이 당했다! 다들 모여!"

그 외침은 꽤 컸지만, 도박장에 펼쳐지는 혼돈에 완전히 삼켜져 버렸다. 다만 비슷한 복장을 한 몇몇만이 용케 알아듣고는 몸을 움직여 대문으로 향했다. 그중에는 두 계단을 지키던 두 인물들도 있었다.

운정은 손가락을 다시 튕겼다. 그러니 은형술이 깨어지면서 그의 모습이 드러났다.

"후우, 술법이라 그런지 순수하게 선기를 사용하는구나. 다시 회복하기 어려우니 남용할 것이 못 되는군."

그는 그렇게 중얼거리며 계단을 통해 지하로 들어갔다. 그 계단은 일자로 되어 있는 것처럼 보였다가, 이리저리 꼬불꼬불나 있더니, 종국에 가서는 어느 지점까지 내려왔는지 전혀 알 수 없게끔 설계되어 있었다. 다만 운정은 아티팩트를 차고 있었기 때문에, 가속과 감속을 의도적으로 반복하며 로튼의 위치와 가까워져 간다는 것을 확신할 수 있었다.

도박장에서부터 흘러들어 오는 빛이 거의 사라지고 오로지 칠흑 같은 어둠이 대신했다. 운정은 눈에 내력을 불어넣어 계단이 어디로 향하는지 볼 수 있었다. 범인이라면 그 안의 구도를 전부 알아야지만 제대로 움직일 수 있을 듯했다.

그렇게 그는 결국 계단의 끝에 도착했다. 그곳은 가로 3장, 세로 4장 정도의 작은 방이었는데, 계단이 있는 곳을 제외한 세 면의 중앙 부근에 쇠문이 있었다. 그리고 그 방 중앙에는 한 남자가 의자에 묶인 채로 기절해 있었다.

로튼이었다.

운정은 그의 상태를 확인하기 위해서 앞으로 한 걸음을 내디뎠다. 그런데 발이 바닥을 밟는 순간 미묘하지만 분명하게 눌러지는 느낌을 받았다.

그는 기감과 더불어 오감을 확장했고, 한없이 예민해진 그의 귀에 탈칵거리는 작은 소리가 들렸다. 그는 허리에 찬 미스릴 검을 그대로 뽑아 그 소리가 들린 쪽을 향해서 검면을 들이밀었다.

탕—!

맑은 소리와 함께 무언가가 미스릴 검에 튕겨져 나갔다. 운정이 안광을 돋워 튕겨진 것을 보니, 사람의 손가락보다 수배는 얇은 긴 쇠막대기였다. 날아 온 속도는 무림인의 감각으로도 포착하기 어려울 정도였다. 내공의 도움을 받은 것을 제외하고, 그가 아는 그 어떠한 것보다 빨랐다.

깊은 어둠 속에서 빠르게 날아드는 그 함정은, 무공을 모르는 입장에선 속수무책으로 당할 수밖에 없을 것이다.

운정은 다시금 기감과 오감을 일으키며 다른 한 발자국을 내디뎠다. 하지만 아무런 일도 일어나지 않았다. 그렇게 그가 로튼에게 다가갈 때까지 다른 함정은 없었는데, 그만큼 그 함정을 설치한 사람은 자신이 있었던 것 같다.

"로튼 경, 괜찮습니까?"

운정은 그의 백회혈에 손을 올리고 내력을 불어넣어 주었다. 술법에 소비한 선기를 더 쓸 수 없어서 마기로 대신했는데, 때문에 그 내력을 그의 몸에 남길 수 없어 기혈을 일깨울 뿐, 힘을 나누어 주는 것은 불가능했다.

막힌 기혈이 뚫리고, 피가 순환하자, 로튼은 힘겹게 눈을 떴다.

"누, 누구……."

"운정 도사입니다."

"우, 운정 도사……."

"어찌 된 일입니까?"

로튼은 여러 번 입을 달싹거렸지만, 더 이상 말을 하지 못했다. 운정은 미스릴 검을 휘둘러 로튼을 포박하고 있는 밧줄을 모조리 끊어 버렸다. 그리고 그의 어깨를 잡고 일으켜 세우려는데, 그의 뒤쪽에 있던 쇠문이 열리기 시작했다.

끼이익.

무거운 쇠문은 천천히 열렸지만, 그 안에서 아무도 나오지 않았다. 오로지 칠흑 같은 어둠이 계속 이어질 뿐이었다. 다만 저벅저벅하는 발소리가 점차 가까워졌다.

이윽고 한 명, 두 명, 세 명, 네 명, 비슷한 행색에 동일한 눈빛을 한 네 사람이 걸어 나와 그 방의 네 구석에 섰다. 그리고 마지막으로 한 노파가 지팡이를 짚으며 나타났다.

환갑은 족히 넘을 듯해 보이는 그 노파는, 온 머리가 눈처럼 희었다. 회색빛의 눈썹은 길게 이어져 귀까지 닿았고, 엄지 손톱만 한 작은 렌즈를 가진 안경을 길고 높은 코끝에 살짝 걸쳤다. 옷은 깔끔한 편이었는데, 남자가 입는 신사복이었다.

그 노파가 조금 안으로 들어서자, 철문이 저절로 닫히기 시작했다. 그 노파가 지팡이를 들었다가 땅을 내려쳤는데, 그와 동시에 천장을 이루는 네 개의 변에서 빛이 뿜어졌다. 이후 마치 물이 새는 것처럼 벽을 타고 질질 흘러내렸는데, 그 은은한 빛은 서로의 얼굴을 확인하기에 충분했다.

"그 함정을 피하다니, 과연 무림인이로군."

"……."

무림인이란 소리에 운정의 눈썹이 살짝 꿈틀거렸다. 그것을 본 노파가 눈을 가늘게 떴다. 그러자 그녀의 눈썹 끝이 쭉 내려와 어깨까지 닿았다. 그녀의 시선은 칼처럼 날카로웠는데 그 끝은 운정, 정확하게는 운정의 가슴을 향하고 있었다.

노파가 말을 이었다.

"이곳의 위치를 안 건 그 아티팩트 때문인가? 그냥 한눈에 봐도 알겠어. 유니크(Unique)야. 조사할 때 어떠한 추적마법의 흔적도 찾을 수 없었는데 말이야. 생명과 직접 연결되어 있는 건가? 과연 유니크는 유니크네."

운정은 그녀의 말에도 아랑곳하지 않고 로튼을 왼쪽 어깨에 짊어졌다. 그러면서 나지막하게 말했다.

"전 마법을 잘 모릅니다. 그러니 시전하려는 조금의 낌새라도 보인다면, 절 죽이려 한다 판단하고 방어할 것입니다."

"마법을 모르기는. 내 주력마법을 이미 꿰뚫어 본 것 같은데?"

"……."

운정은 더 말하지 않았다. 로튼을 어깨에 짊어진 채로 몸을 돌려 밖으로 나가려 했다. 하지만 그가 왔던 쪽을 보니 계단이 없었다. 그저 딱딱한 벽면으로 이뤄져 있었다. 그는 미스릴 검을 잡은 손에 힘을 주면서 뒤를 돌아봤는데, 다른 세 벽면에 있었던 쇠문들도 사라진 것을 볼 수 있었다. 완전히 밀폐된 공간이 된 것이다.

또한 노파의 뒤에는 어느새 나무 의자가 있었다. 노파는 자연스레 그곳에 앉으면서 말을 이었다.

"대답해 봐. 내가 무슨 주력마법을 쓸 것 같으냐? 맞추면 로튼과 함께 돌려보내 주겠다."

운정은 다시 몸을 돌렸다. 그리고 그 노파를 바라보며 말했다.

"환상 아닙니까?"

"하! 환상이라? 눈빛을 보아하니 모든 것을 이해한 듯하여 물었는데 내가 잘못 보았군. 그렇다면 로튼은 데려갈 수 없어."

그 노파는 지팡이를 들었다가, 다시 바닥을 쳤다.

그러자 운정의 어깨에 매달려 있던 로튼이 수십 수백 마리의 노란 나비가 되어 사방으로 날아갔다. 그 나비들은 천장에서부터 흘러내린 빛에 다닥다닥 붙었는데, 거기에 입을 박고는 그 빛을 빨아먹기 시작했다.

때문에 빛이 서서히 사그라지기 시작했다.

운정이 말했다.

"환각(Hallucination)일 수는 없습니다. 꼬불꼬불한 계단과 한 줌의 빛도 없는 암흑 따위로 제 심력을 깎으실 순 없었을 테니까요."

"확실히. 눈빛에 전혀 흔들림이 없긴 했어."

"환상은 제 감각을 밖에서 속이는 것이고, 환각은 제 감각을 안에서 속이는 것인데, 이 둘 다 아니라 하시면 무엇이겠습니까?"

"속이지 않는 것이지. 실제로 이런 일이 벌어진다고 생각하면 간단하지 않느냐?"

운정은 그 노파의 주력마법이 무엇인지 알 것 같았다. 로스부룩이 한 번 정도 언급만 하고 넘어간 것이라 이제야 생각이

난 것이다.

"조작마법."

조작마법 혹은 워핑(Warping)은 현실을 마법사의 뜻대로 조작하는 것으로, 기초 중에 기초인 사이코키네시스(Psychokinesis)를 포함한 모든 마법은 엄밀히 말하면 워핑이라 할 수 있다. 다만 마법은 원하는 사건을 발생시키기 위해서 현실의 원리를 바꾸는 것이지만, 워핑은 현실의 원리를 바꾸는 그 자체에 집중되었다고 보면 된다.

노파는 고개를 끄덕였다.

"맞아. 지금이라도 맞췄으니, 로튼은 돌아가도 좋아. 하지만 자네는 계속 여기 있어야 할 거야."

로튼은 포박되었던 그 의자에 그대로 앉아 있었다. 운정이 베어 냈던 밧줄들 또한 그대로 그의 몸을 칭칭 감고 있었다.

덜컹.

운정의 뒤에서 갑자기 무언가 열리는 소리가 들렸다.

그는 뒤를 돌아보지도 않고 말했다.

"한 가지 궁금한 점이 있습니다. 과거 제게 마법을 가르쳐 주셨던 스승이 말씀하시길, 조작마법은 극도로 밀폐된 공간이 아니라면 어렵다고 들었습니다. 왜 그런 것입니까?"

노파는 지팡이 끝을 양손으로 잡고 앞으로 무게를 실으면서 말했다.

"조작할 현실의 양이 내 힘을 넘어서면 조작할 수 있을 리 만무하니까."

"현실에도 양이 있습니까?"

"마법은 수학 없이 불가능해. 수가 정의되기 위해선 모든 것의 양을 부여해야 하지."

"그럼 무엇을 기준으로 합니까?"

노파는 피식 웃었다. 그러자 구석에 서 있었던 네 명의 사람들도 덩달아 웃기 시작했다. 그 웃음 속에서 노파가 말했다.

"내 제자가 되면 알려 주지. 하지만 내 제자가 되려면 블러드팩(Bloodpack)을 해야 할 거야."

"어떤 조건입니까?"

"평생 내 노예가 된다는 것이지."

"흐음, 그렇군요. 그런 경우라면 가르침을 포기하겠습니다."

"클클클, 재밌는 친구네. 자신감이 가득한 것도 그렇고. 내 한 가지 말해 주지, 중원인."

"……."

중원인이란 말에 운정의 눈썹이 다시금 꿈틀거렸다. 그 노파는 그것을 즐기듯 보더니 말을 이었다.

"본인의 무공을 과신하는 것 같은데, 조작마법만큼 무공에 강력한 게 또 없어. 조작마법은 모든 마법 중 중원의 진법(JinFa)에 가장 가까운 것이지. 무공이 넘쳐나는 세상에서 살아남은 진법에 가깝다는 말은 그만큼 무공에 강하다는 말이고."

운정이 말했다.

"아까부터 중원에 대해서 많이 아시는 것처럼 말씀하십니다. 와 보셨습니까?"

"설마. 개척은 위험하지. 충분히 안전하다는 검증이 이뤄지면, 그때 다녀와 볼 생각이야."

"그럼 중원에 대해서는 어떻게 아십니까?"

"그야 이곳으로 넘어온 중원인을 우연치 않게 사로잡았었거든. 지금 이곳에서 포박당한 채, 온갖 고문을 당하며 아는 것을 모조리 토해 놓고 죽었지 아마?"

"……."

"그자는 그리 강하지 않았어. 그 함정에 속아서 어깨가 뚫렸었거든."

운정은 과거 무림맹에서 고수들을 파인랜드로 보냈었다는 사실을 기억했다. 그로 인해서 델라이 왕궁과도 연이 생겼었다. 그런데 이제 보니 델라이의 왕궁뿐 아니라 그 음지와도 연이 생긴 듯하다.

좋은 연으로 보이지는 않지만.

운정이 말했다.

"중원이 관계되었다면, 이대로 두고 볼 수는 없겠군요."

"하! 언제는? 두고 보려고 했었나?"

"예. 방금 전까지만 해도 로튼 경만 데리고 나가면 그만이었습니다. 하지만 이제는 아닙니다. 사람을 사로잡아 고문하고 죽이는 악인이라면, 로튼 경을 속박하신 사정을 들어야겠습니다."

운정은 마선공의 마기를 끌어올렸다. 그러자 그의 몸에서 진득한 마기가 뿜어지기 시작했다.

그 노파는 그 모습을 물끄러미 보더니 말했다.

"스승이 제대로 안 알려 줬구먼. 조작마법을 물리적으로 상대해 보았자 아무런 의미가 없지. 정 원한다면, 나를 한번 베어 봐. 그 검기나 검강이라는 것으로 말이야. 클클클."

운정은 전신에서 끌어올린 마기의 일부를 미스릴 검에 주입했다. 그리고 앞으로 휘둘러 그 노파에게 쏘아 보냈다. 노파는 그 모습을 보며 지팡이를 살짝 들어 올렸다가 내렸다.

쿵.

그러자 그녀의 목을 완전히 베어 버릴 기세로 날아가던 유풍검기가 그 노파에 닿기 직전에 수증기로 변해 버렸다. 노파는 얼굴을 찌푸리더니 손을 이리저리 내저으며 말했다.

"지하라 습하면 안 되는데. 쯧쯧쯧."

운정은 노파의 지팡이, 정확히 말하면 그 바닥을 지그시 보았다. 그러다가 이내 또다시 유풍검기를 날렸다. 노파는 피식 웃더니, 이번엔 그 검기가 미처 다 생성되기도 전에 지팡이를 들었다가 바닥을 찍었다.

쿵.

막 생성된 검기는 푸르른 나비가 되어 방 안을 어지럽게 했다. 하지만 그 나비 속에서 운정의 모습은 없었다.

그는 한쪽 구석에 있던 남자에게 미스릴 검을 찔러 넣고 있었다.

"흥!"

노파는 다시금 지팡이를 들었다가 땅을 찍었다.

쿵.

그러자 운정의 검이 박히기 직전, 그가 공격한 남자의 몸이 초록 불꽃이 되어 타올랐다. 운정이 느끼기에 실제로 뜨겁지는 않은 듯했다.

허무하게 허공을 지나간 미스릴 검을 내려다본 운정이 나지막하게 말했다.

"과연 진법과도 같군요."

그 노파가 말했다.

"내가 말하지 않았느냐? 무림인을 통해서 무공에 대한 웬만한 것은 다 배웠다. 다만 그자가 익힌 수준이 그리 깊지 않아서 아쉬울 따름이지. 이제 보니 네 공부의 깊이가 훨씬 깊은 것 같구나. 다행이다, 다행이야. 슬슬 본격적인 교류가 이뤄질 듯한데, 미리 알아 두는 편이 좋지."

운정은 미스릴 검을 다시금 앞으로 뻗어 그 노파를 겨누더니 말했다.

"지팡이로 땅을 때려야 조작이 가능하시군요."

"오호? 그걸 간파하다니, 대단하군. 왜? 내가 지팡이를 땅에 꽂기 전에 와서 날 죽여 보려고? 클클클, 그런 무식한 방법이 통할지는 한번 몸소 체험해 봐야 알겠지? 해 봐. 어디."

운정은 마선공의 마기를 극성으로 끌어올렸다. 그리고 그중 일부를 미스릴 검에 담아 노파를 향해서 휘둘렀다. 역시 유풍 검기가 출수되었다.

노파는 지팡이를 땅에 내리꽂았다. 그러자 운정의 검기가 수증기로 바뀌었는데, 그 뒤를 바짝 쫓아온 운정은 미스릴 검을 들어서 노파의 지팡이를 베어 버렸다.

서걱—!

지팡이가 잘리자, 멀찌감치에서 노파의 목소리가 들렸다.

"이곳이야. 이상한 곳을 공격하는군."

운정은 고개를 갸웃하더니, 아래를 보았다. 그곳엔 그의 검에 의해서 잘려진 쇠몽둥이가 있었다.

분명이 노파가 있었는데, 어느새 움직인 것이다.

운정은 깊이 숨을 들이마시더니 말했다.

"이렇게 된 이상 어쩔 수 없군요."

"그래, 그래. 이제 내 말을 듣……."

운정은 다짜고짜 검기를 날렸다. 노파는 짜증 난다는 듯한 표정을 짓고는 지팡이를 땅에 꽂았다.

쿵.

그의 검기가 다시금 수증기가 되었을 때, 노파는 순간 전신이 서늘해지는 것을 느꼈다.

"무, 무슨 마나가……."

운정은 검지와 중지에 모든 마기를 집중하고는 천장을 향해서 높게 뻗었다. 그러자 그의 손가락에서 지강(指罡)이 뿜어져 두 줄기의 구멍을 냈다.

콰—!

무당의 기본지공(基本指功)인 유운지(流雲指)였다.

"……."

"……."

"……."

모두들 말이 없었다. 그 지하 방에서부터 지표면까지 거리는 적어도 10m 이상. 운정은 지강을 통해 그 안에 가득 차 있는 흙과 돌을 뚫어 버린 것이다.

두루륵.

두 구멍을 통해서 햇빛과 함께 흙이 떨어졌다. 정작 그 놀라운 일을 해낸 운정은 만족스럽지 못한 표정을 지었다. 상승 무공인 태극신지(太極神指)를 펼쳤다면 기의 효율이 더 좋아 몇 번이고 연달아 구멍을 냈을 것이기 때문이다. 그는 혜쌍검마의 심득을 익혀야 할 필요성을 다시금 느꼈다.

문제는 그뿐만이 아니었다. 유운지로 뚫어 낸 구멍이라고 하기엔 너무 거칠고 또 삐뚤빼뚤했다. 삼합사령마신공은 오로지 마기만 사용하여 무당파의 무공을 온전히 펼칠 수 있게 해주지만, 그 대신 그 마성을 억누를 수 있는 선성을 요구한다. 선성이 없다면 무당파의 무공이 마성의 영향을 받아 온전히 펼쳐지지 않는다.

다시 말하자면, 로튼을 풀어 주겠다는 노파의 말을 들은 이상, 그를 구하기 위해서 무공을 펼친다는 명분이 그만큼 불투명해진 것이다.

운정은 뜻밖의 약점을 깨달았다. 마공과 선공의 융합이 어렵다고 말한 악존의 말을 실감했다.

"그따위 작은 구멍으로 새는 현실을 내가 감당하지 못하리라 생각한다면, 큰 오산이다."

그 노파는 지팡이를 다시 한번 꾲았다. 그러자 작은 구멍에서 쏟아진 흙들이 수십 마리의 풍뎅이로 변하더니, 그 구멍 속으로 날아올랐다. 먼저 빛에 닿은 풍뎅이들은 순식간에 다시 흙으로 변했지만, 그 그림자 아래 있던 풍뎅이들은 기어코 구멍에 파고들어 자신의 몸으로 구멍을 막아 냈다.

다시금 빛이 차단되자, 천장의 벽면에서 흘러내리던 빛이 다시금 지하를 은은하게 밝혔다.

운정은 미스릴 검을 앞으로 뻗고, 왼손으로 검결지를 취하며 마음속에 끓어오르는 마기를 다스리려고 안간힘을 썼다. 명분이 부족할 때부터 이미 말썽이었지만, 그 사실을 자각하니 더욱 미친 듯 끓는 것이다. 마치 누군가를 사랑한다는 사실을 자각하는 순간, 그 사랑이 더욱 깊어지는 것과 같은 이치였다.

자각하는 것만으로도 이토록 힘들어지나?

운정은 심호흡으로 찬찬히 마기를 억눌렀다.

노파는 그런 그를 보면서 뭔가 심상치 않다는 것을 눈치챘다. 그녀는 눈을 가늘게 뜨더니 구석에 서 있던 세 명에게 명령을 내렸다.

"뭔가 이상하다. 공격해라. 안전은 내가 책임지마."

그 세 명은 명령을 듣자마자, 오른손으로 짧은 단검을 꺼냈다. 그리고 왼손을 가슴에 넣었다가 흰 가루를 꺼내 그 단검 위에 뿌렸다. 그것이 무엇이든 몸에 좋지 않은 것이 확실하다.

그 세 명은 동시에 운정에게 달려들었다. 아무리 마성이 올라오고 있지만, 무공을 모르는 파락호 셋에 속수무책으로 당할 리는 없었다. 운정은 그 세 명 중 서로의 거리가 먼 쪽으로 보폭을 한 번 짧게 밟은 후에, 몸을 빙글 돌리며 미스릴 검을 출수했다.

미스릴 검에선 유풍검기가 살짝 맺히는가 싶더니, 이내 화염으로 둔갑하여 사방으로 쏘아졌다.

화르륵—!

세 남자는 눈앞이 밝아지는 것과 동시에 너무나 뜨거워지는 것을 느꼈다. 그들이 눈을 감으며 손으로 얼굴을 가릴 쯤에, 노파가 지팡이를 땅에 꽂았다.

쿵.

그러자 화염은 붉은 나비로 변해 버렸다.

불에 타 버릴 줄 알았던 세 남자는 얼른 정신을 차리고, 다시 운정을 향해서 칼날을 들이밀었다.

쉭—! 쉭—! 쉭—!

짧고 간결한 움직임은 한두 번 단검을 찔러 본 솜씨가 아니었다. 하지만 무림인인 운정의 눈에는 지극히 뻔하고 또 동시에 매우 느린 움직임에 불과했다. 운정은 몸을 살짝살짝 트는 최소한의 움직임으로 그들의 공격을 모조리 피해 버리고는, 왼손의 검결지로 그들의 손목을 공격했다.

탁, 탁, 탁.

운정이 한 번 공격할 때마다, 단검이 땅에 떨어졌다. 그들은 손목을 부여잡고는 더 공격하지 못하고 물러났다. 그런데 그

때 지팡이가 또다시 땅에 꽂혔다.

쿵.

땅에 떨어진 단검이 갑자기 세 마리의 뱀으로 변했다. 운정은 미스릴 검을 이용해서 단검이 뱀으로 미처 다 변하기도 전에, 그 뱀의 머리를 잘라 버렸다.

스륵—!

깔끔하게 잘려 나간 뱀의 몸통과 뱀의 머리는 각자 다른 생물체인 것처럼 꿈틀거렸다.

쿵.

또 한 번 소리가 나자, 세 머리와 세 몸통이 각기 다른 여섯 개의 작은 뱀으로 변했다. 하지만 운정도 그저 보고만 있지 않았다. 마기가 어느 정도 수그러들어 다시금 지공을 펼칠 수 있었기 때문이다.

쾅—!

폭음이 들리면서 운정의 머리로 두 줄기의 구멍이 또다시 뚫렸다. 그리고 그 구멍을 통해서 햇빛이 스며들었다. 운정을 막 공격하던 여섯 뱀은 그 햇빛에 닿자마자 몸을 배배 꼬더니, 원래의 모습인 단검으로 돌아가 버렸다.

두근. 두근.

강력한 심장의 울림에 운정은 최대한 내색하지 않으면서, 다시금 몸속의 마기를 다스렸다. 만약 그가 마기에 신경 쓰지 않고 그냥 유운지를 펼친다면, 유운지의 형태를 띠다가도 금세 화염으로 변해 버릴 것이다. 그러면 흙을 뚫어 내는 건 묘연한 일이다.

노파는 손을 들어 자신의 눈썹을 만지작하더니 나지막하게 말했다.

"재밌군, 재밌어. 보아하니 네 몸에도 무리가 가는 것 같은데, 얼마나 더 할 수 있는지 한번 보지."

쿵!

그녀가 지팡이를 굴리자, 여섯 조각 난 단검이 여섯 손이 되었다. 그 손들은 손가락으로 땅을 짚더니, 몇 번 꿈틀거리며 반동을 받아 그대로 뛰어올랐다. 역시 햇빛에 닿자마자 본래의 형태인 단검으로 변해 버렸지만, 뒤를 따라가던 손은 거의 손의 형태를 유지했다.

스릉—!

미스릴 검은 손들을 잘라 버렸고, 때문에 구멍을 겨우 막을 뻔했던 손들은 조각난 채로 땅에 떨어졌다. 땅에 도달했을 땐, 손은 온데간데없고 모조리 단검의 조각들로 변해 있었다.

노파의 눈썹이 꿈틀거리자, 운정이 말했다.

"확실히 조작하는 솜씨도 줄어들었군요. 몇 번 더 구멍을 내면 더 이상 조작하는 것이 불가능할 듯합니다. 그게 지금일 수도 있겠어요."

운정은 그 말이 끝나기 무섭게 앞으로 화살처럼 날아갔다. 그리고 그의 미스릴 검이 노파의 목을 뚫고 그 뒤로 나와 버렸다.

스르륵.

노파의 몸이 모래가 되어 허물어졌다. 운정이 뒤를 돌아보니, 저만치 멀리서 자신의 목을 쓰다듬는 노파가 있었다.

운정은 그 순간 손가락에 다시금 마기를 집중하여 천장으로 유운지를 쏘았다. 그러자 또 다른 구멍이 천장에 생겼다.

쿵—!

얼굴을 일그러뜨린 노파가 큰소리로 외쳤다.

"모두 공격해!"

세 명은 서로 잠깐 눈치를 보다가, 등 뒤에서 다른 단검을 꺼내 들었다. 전과는 다른 형태로 동물의 이빨처럼 날이 서 있는 형태였다.

그들은 긴장한 표정으로 운정을 향해 달려들었다. 운정은 더욱 치밀어 오르는 마성을 억누르느라 심력의 여유가 없었지만, 본능적인 움직임만으로 그들을 단숨에 제압해 버렸다.

쿵—!

쇠문이 닫히는 소리가 들렸다. 운정이 고개를 들어 보니 노파는 온데간데없었다. 그뿐만 아니라 그가 뚫어놓은 다른 두 구멍에서 햇빛이 스며들어 방 안을 환하게 밝혔다.

도망친 것이다.

로튼은 그대로 중앙에 있었다.

각 벽에 하나씩 세 개였던 쇠문은 노파가 나간 그곳 단 하나밖에 없었다. 운정은 혹시나 하여 몸을 돌려 뒤를 보았는데, 그곳에는 위로 향하는 계단이 처음처럼 나 있었다.

운정은 아무렇게나 바닥에 넘어진 세 명을 지나쳐 로튼에게로 다가갔다. 그는 정신을 잃은 채 의자에 반쯤 눕다시피 앉아 있었다. 그를 포박한 밧줄들은 그의 몸에 칭칭 감겨는 있었으나, 수없이 잘린 선들이 보였다.

운정이 로튼의 어깨를 잡았다. 그 작은 흔들림만으로 밧줄들이 수십 조각으로 변하며 땅에 떨어졌다.

"로튼 경."

로튼은 힘겹게 눈을 뜨더니 운정을 보았다. 그러곤 다시 힘없이 눈을 감아 버렸다.

운정은 그를 어깨에 짊어졌다. 그리고 계단을 통해서 위로 올라갔다.

위로 올라가면 올라갈수록 도박장의 소음이 점차 들리기 시작했다. 그는 미스릴 검을 손에서 놓지 않은 채, 꾸준히 걸어 도박장에 도착했다.

도박방에 있는 사람들은 다들 자기들의 일에 정신이 팔려 있었다. 가끔씩 로튼을 어깨에 짊어진 운정을 보면서 의문을 품는 표정들이 있었지만, 그보다 훨씬 이상한 일도 많이 일어나는 터라 다들 신경을 꺼 버렸다. 그러나 그중엔 운정에게 고정된 몇몇 시선들이 있었다.

운정은 눈빛에 마기를 담아 그 시선들 하나하나와 눈을 마주쳤다. 그러자 그들은 몸을 살짝 떨거나, 고개를 돌리는 등 모르는 척하는 반응들을 보였다.

운정은 천천히 걸음을 걸어 도박장 한복판을 가로질렀다. 그의 손에는 여전히 미스릴 검이 쥐어져 있었다. 하지만 그 누구도 그를 제지하지 못했다.

그는 이중문을 통해서 밖으로 나왔다. 밖에는 서너 명의 사람이 문 한쪽에 모여 있었는데, 그중 하나는 벽에 기대앉아서 고통에 신음하고 있었다. 그의 허벅지에는 붉게 물든 붕대가 감겨져 있었는데, 다들 그를 걱정하고 있는 듯 했다.

그들은 운정과 눈이 마주치자, 고개를 확 돌리며 모른 척했다. 운정이 그들에게 걸어가자, 더는 모른 척할 수 없었던 그 남자가 말했다.

"가, 갈 길 가십시오. 방해하지 않을 테니까."

운정은 가만히 그를 보다가 로튼을 옆에 살짝 내려놓았다. 그리고 몸을 숙였다. 그 남자가 잔뜩 긴장한 표정으로 그를 보았는데, 운정의 시선은 그 남자의 허벅지에 고정되어 있었다.

"잘못 찌르셨군요. 동맥을 건드렸어요. 겉으로 보기에는 출혈이 멈춘 것 같지만 안쪽에선 미세한 출혈이 계속되고 있어요. 이대로 두면 오늘 밤 영문도 모른 채 죽을 겁니다."

"……."

"도와드릴 테니 가만히 계십시오."

운정은 손가락을 세우더니, 그 허벅지 주변의 혈맥을 빠르게 짚었다. 그 남자는 고통에 신음했지만, 감히 그에게 뭐라 하지 못했다.

점혈을 마친 운정은 별다른 말을 더하지 않고 옆에 놓았던 로튼을 다시 짊어졌다. 그리고 심호흡을 하며 마음을 한결 가라앉힌 뒤에 중얼거렸다.

"로튼을 구하겠다는 마음이면 되겠지."

그는 제운종을 펼쳐 일순간 하늘 위로 날아올랐다. 그 남자와 그 남자 주변에 있던 사람들은 그런 그를 보며 멍한 표정을 지을 수밖에 없었다.

"크흑."

세찬 바람을 맞자, 정신을 차린 로튼이 작은 신음을 내뱉었다. 운정은 아까 잠시 들렀던 종탑에 가서 로튼을 눕혀 주었다.

"히이익!"

막 잠에서 깨어난 노인은 운정을 보고는 다시 놀라 뒤로 꼬

꾸라지려고 했다. 운정이 양손을 펼쳐 보이면서 웃자 그 노인은 다행히 중심을 잡을 수 있었다.

“괘, 괜찮습니다. 바로 섰습니다.”

노인은 심장이 떨어진 듯, 가슴을 부여잡으며 말했다.

“다, 당신은 누, 누굽니까? 처, 천사입니까?”

운정은 고개를 젓더니 말했다.

“실례지만, 잠깐 있겠습니다. 로튼 경, 로튼 경, 정신이 드십니까?”

로튼은 눈을 껌벅거리더니 갑자기 자리에서 벌떡 일어났다. 그는 경계심을 담은 눈빛으로 운정과 노인을 번갈아 보더니, 곧 굳은 표정을 풀면서 말했다.

“어, 어딥니까?”

운정이 대답했다.

“델로스의 종탑입니다. 로튼 경께서 사로잡히셔서 구해 내고 왕궁으로 돌아가는 길입니다.”

“사로잡혀… 아, 그랬었지.”

로튼은 순간 큰 고통을 느꼈는지 자신의 머리를 양손으로 부여잡고 이를 악물었다.

“괜찮으십니까?”

운정의 질문에 로튼은 이를 악문 채, 숨을 훅 하고 내쉬며 말했다.

"후우, 괜찮습니다. 오랜만에 당하니 정신을 못 차리겠군요. 너무 놀랐습니다."

"예?"

"아닙니다. 아니에요."

"……."

"후우, 후우, 그, 운정 도사."

"예."

로튼은 몇 번이고 한숨을 쉬고 고개를 돌리며 뜸을 들이다가 이내 힘겹게 말했다.

"혹시 말입니다. 그, 조련사에게 선물을 받지 않으셨습니까? 그, 로얄조이의 씨앗이요."

운정은 고개를 갸웃했다.

"예, 받았습니다만."

로튼은 고통 때문인지 아니면 다른 이유에선지 몇 번 침음을 삼키고는 물었다.

"흐음, 아직 가지고 계십니까?"

"예, 있습니다."

그 말을 듣자 로튼은 잠시 눈길을 피했다. 그러다가 이내 눈을 딱 감고는 말했다.

"너무 염치없지만 혹시 제게 그것을 넘겨주실 수 있겠습니까? 대가는 꼭 치르겠습니다."

그는 어색하게 양손을 들어 포권을 따라 하며 고개를 푹 숙였다.

납치당해 기절했다가 깨어나자마자 묻는 것을 보면 꽤 필요한 듯싶었다. 그러고 보니, 오늘 아침 정원에서 로튼을 만났을 때, 의미 모를 눈빛으로 운정 자신을 바라보던 것이 기억났다.

운정이 말했다.

"일단은 회복하셔야 할 듯합니다. 이야기는 그 후에 하지요."

로튼은 포권을 내리더니, 나지막한 목소리로 말했다.

"예, 물론입니다."

"독에 당한 것이 맞습니까?"

로튼은 고개를 끄덕였다.

"제가 보기엔, 급성 마취독에 당한 것 같습니다. 아니면, 강력한 수면제일 수도 있겠습니다. 체력은 그대로니, 조금 시간이 지나면 괜찮아질 겁니다."

"흐음, 그렇다면, 제가 쉽게 회복시켜 드릴 수 있습니다. 잠시 배를 내어 주세요."

단전을 가리키는 운정을 보면서 로튼은 고개를 갸웃했지만, 일단 그가 시키는 대로 했다. 운정은 그의 단전에 두 손가락을 올리고, 내력을 넣어 그의 몸에 남아 있는 독기를 찾아보았다.

하지만 역시 아무것도 찾을 수 없었다. 사실 독기가 있었다면 애초에 알았을 것이다. 기혈을 훑는 과정에서 몸과 독이 싸우며 생기는 염증을 느끼지 못할 리 없다. 그렇다면 그가 당한 것은 몸에 염증 반응이 없는 수면제가 맞다.

운정은 장기들, 특히 간에 집중했다. 내력으로 살피니, 쉴 틈 없이 일을 하고 있는 것이 보였다. 평상시보다 훨씬 뜨거웠고, 수배는 많은 피가 들어갔다 씻겨 나오고 있었다. 그는 그 간으로 흐르는 피와 나오는 피, 이 두 가지를 비교하여 그 차이점을 확인했다. 그리고 그 차이점을 만드는 물질을 내력을 통해 끌어당겼다.

몇 초 지나지 않아 로튼의 몸속에 있던 수면제 성분들이 모두 운정의 몸으로 넘어왔다. 그것들은 운정의 몸에도 퍼지려 했지만, 강력한 마기를 내포한 그의 혈액은 자신이 모르는 낯선 것을 모조리 태워 버렸다. 때문에 운정은 전혀 영향을 받지 않았다.

갑자기 감각이 돌아오자 로튼은 순간 적응할 수 없었다. 생동감이 오히려 비현실적으로 느껴져, 눈을 깜박거리며 자신의 손을 내려다보았다. 그는 손을 몇 번이나 쥐었다 폈다 하다가 곧 한숨을 툭하니 쉬고는 자리에서 일어났다.

높은 종탑. 그곳에 흐르는 바람은 도시 안의 그것과 질적으로 달랐다. 차갑고 매서웠지만, 동시에 정신을 일깨우는 청명함을 가지고 있었다. 오감이 예민해지고 머리가 맑아진 로튼이 처음 느낀 것은 갈증이었다.

그는 자기도 모르게 말했다.

"목이 타는군……."

운정이 뭐라 하기 전에, 종탑을 청소하던 노인이 금세 한쪽에 놓인 물병 하나를 들고는 말했다.

"이, 있긴 있습니다. 여, 여기."

로튼은 말실수했다고 느끼면서 고개를 숙이며 사과했다.

"아, 말이 샜군요. 이상한 일에 휘말리게 해서 죄송합니다. 물은 괜찮습니다. 제가 알아서 먹겠습니다. 운정 도사님, 실례지만 저를 왕궁에 데려다줄 수 있겠습니까? 그 목걸이를 착용하신 것을 보면 백작님께서 염려가 많으실 듯합니다."

운정은 고개를 끄덕이며 말했다.

"좋습니다. 다만 그 로얄조이의 씨앗은 무슨 일에 필요하신 겁니까?"

그 말을 듣자 로튼은 운정의 시선을 피하며 말했다.

"정신이 없어서 무례한 요구를 했군요. 아닙니다. 잊으셔도 됩니다."

"……."

로튼은 헛기침을 하더니 말했다.

"그, 왕궁으로 가는 것도 제가 알아서 하겠습니다. 회복시켜 주신 것에 대해서는 감사합니다. 그럼."

로튼은 그렇게 말해 버리더니, 종탑 밖에 나 있는 계단을 타고 내려가기 시작했다. 그것은 계단이라고 하기 민망한 수준으로, 난간조차 없어서 조금만 발을 헛디뎌도 바로 추락으로 이어질 듯했다.

운정은 종탑의 노인에게 포권을 취했다.

"잠시 실례했습니다."

"아, 아닙니다."

운정은 로튼을 따라서 계단을 통해 내려갔다.

종탑의 외부 벽을 타고 쭉 이어진 계단은, 한 건물의 지붕 위에서 끝났다. 운정은 멀찌감치 걷고 있는 로튼을 향해서 말했다.

"로튼 경, 그쪽이 아니라 이쪽인 듯합니다."

지붕 위를 걷던 로튼이 고개를 돌렸다. 운정이 한쪽을 손바닥으로 가리키자, 그쪽 방향 아래에 사다리가 있었다.

로튼은 민망한 표정을 숨기지 못하며 다시 운정 쪽으로 걸어왔다.

"그, 그렇군요."

그는 어색한 표정으로 살짝 웃더니, 그쪽 사다리를 타고 먼저 내려가기 시작했다. 지붕 위에 선 운정이 보니, 땅까지 거리가 크게 멀지 않았다. 그는 훌쩍 뛰어 내렸다.

탁.

사다리 중간쯤에서 열심히 내려가던 로튼은 순식간에 내려가 버린 운정을 보고는 입을 살짝 벌렸다. 그러곤 그도 결심했는지, 사다리에서 훌쩍 뛰어 내렸다.

쿵.

발바닥이 조금 아파 왔지만 로튼은 내색하지 않았다.

"왕궁까지 같이 가죠."

운정이 방긋 웃으며 말하자, 로튼은 또다시 민망한 미소를 작게 짓더니 고개를 끄덕였다.

"좋습니다."

천천히 걸어가던 그들은 한 무리의 여인들과 마주쳤다. 그 여인들은 운정과 로튼을 보더니, 갑자기 입을 가리면서 수군수군거리더니 빠른 걸음으로 자리를 떴다. 그런 일이 몇 번 반복되자 이상함을 느낀 로튼은 주변을 훑어보았고, 곧 이유를 알 수 있었다.

"아, 빨리 나가야겠습니다. 저희가 있을 곳이 못 되는군요."

"예?"

"보아하니, 여긴 수녀들이 기거하는 곳 같습니다. 말하자면, 남자가 오면 안 되는 곳입니다."

"아, 그렇습니까?"

때마침, 또 다른 무리의 여인들이 한쪽에서 나타났는데, 그들은 모두 수녀복을 입고 있었다. 그 옷을 보자 운정은 프란시스를 만나러 대성당에서 만난 여인들이 그와 똑같은 옷을 입었다는 걸 기억했다.

수녀들이 운정과 로튼을 발견하자, 역시 놀라면서 얼른 걸음을 빨리했다. 운정은 그들을 향해서 말했다.

"수녀님, 저희가 길을 잃었습니다. 혹시 어디로 가야 하는지 아십니까?"

그 질문을 듣고도 모두 모르는 척하는데, 그중 한 명만 살짝 고개를 돌리더니 용기를 내서 말했다.

"저희가 나왔던 문을 통해서 쭉 직진하시면 예배당이 나올 겁니다."

"아, 알겠습니다."

운정이 포권을 취하다, 그 수녀는 잠시 얼굴을 붉히더니 곧 자기 무리들과 함께 자리를 벗어났다.

로튼은 그런 운정을 보면서 피식 웃었다.

"아하, 이제 보니 그들이 왜 그리 빨리 도망갔는지 알겠습니다."

"예?"

"아닙니다. 하하하."

그들은 수녀가 말한 대로 그 문을 통해서 직진했다. 그러자 전에 운정이 보았던 그 큰 대성당의 예배실이 나왔다. 웅장했고 또 고요했다.

그런데 한쪽에 한 남자가 앉아 있었다. 눈을 감고 손을 모아 기도를 올리고 있었다. 프란시스 대주교였다.

"기도하고 계시는군요. 아쉽지만 인사는 생략하도록 하지요."

"……."

운정은 로튼의 말대로 프란시스에게 말을 걸지 않고 그대로 예배당을 가로질러 걸었다. 그동안 운정은 왠지 모르게 프란시스에게서 눈을 뗄 수 없었다.

예배당에서 나가자, 곧 그들은 델로스의 거리와 마주할 수 있었다. 그 거리를 가득 채우고 있는 사람 냄새는 중원이나 파인랜드나 크게 다를 게 없었다.

로튼은 대성당 앞에 줄지어 서 있는 마차 중 하나를 잡았다. 그리고 운정과 함께 좌석에 앉았다.

마차가 출발하고, 로튼과 운정은 묵묵히 앉아 있었다. 운정이 보니, 로튼은 계속해서 고민하는 듯했다.

운정이 먼저 말했다.

"편하게 말씀하시지요. 괜찮습니다."

로튼은 잠시 헛기침을 한 뒤 말했다.

"사정을 말씀드리고 싶지 않은 건 아닙니다. 직접 와서 절 구해 주신 은인이시니, 알고 싶은 만큼 다 말씀드리는 것이 백번 맞지요. 다만 제가 섬기는 머혼 백작님께서 제가 말하는 것을 원치 않으실까 봐 그렇습니다. 당신과 머혼 백작님 간의 거래에 대해서는 이미 들었지만, 이것과 그것은 또 다른 문제로 생각됩니다."

이야기를 다 들은 운정이 말했다.

"전 다만 제게 요구하셨기에, 그 사정을 물은 것입니다. 말씀하기 어렵다면 괜찮습니다."

로튼은 잠시 생각하더니 말했다.

"백작님께서 괜찮다고 하시면 말씀드리겠습니다. 한 가지만 알려 주십시오. 로얄조이의 씨앗은 정말로 가지고 계신 것이겠지요?"

운정은 고개를 끄덕였다.

"여러 차례 확인하시는 것을 보니, 상당히 필요하신가 봅니다. 제가 지금 당장 그것을 쓸 일은 없습니다. 그러니 충분히 생각하신 후에, 말씀해 주시지요."

로튼은 고개를 끄덕였다.

"죄송합니다. 마음이 급하다 보니."

이후 어색한 침묵이 찾아왔다.

운정은 방긋 웃더니 말했다.

"그보다 전에 하시던 말씀에 대해서 더 궁금한 게 생겨서 묻고 싶은 것이 있습니다."

"전에 하던 말이요?"

로튼이 영문을 모르겠다는 듯 되묻자, 운정이 말했다.

"예. 퍼슨(Person)과 몬스터(Monster)의 관계 말입니다."

"아, 그것이요?"

"좀 더 자세히 알려 주십시오."

운정의 눈빛이 맑게 빛나자, 로튼은 대답하지 않을 수 없었다. 그는 다리를 꼬더니, 마차의 작은 창을 열었다. 그리고 지나가는 거리를 바라보며 조용히 말하기 시작했다.

"파인랜드에 지성체(Intelligent Being)는 다섯 종류가 있다 합니다. 인간(Human). 엘프(Elf). 드래곤(Dragon). 데빌(Devil). 그리고 몬스터(Monster)입니다. 앞선 넷을 퍼슨(Person)이라 구분하기도 하고 셋을 퍼슨이라 구분하기도 합니다. 뭐, 데빌이야 세상에 거의 출몰하지 않으니, 학자들도 분류하기 어려울 겁니다."

"인간과 엘프는 압니다만 드래곤과 데빌, 그리고 몬스터는 잘 모르겠습니다."

"어떤 책에서 읽었는지 기억은 나지 않습니다만, 꽤 이해하기 편한 예가 있습니다. 인간은 메뚜기, 엘프는 개미, 드래곤은 거미, 데빌은 나비, 그리고 몬스터는 나방이라는 것이지요."

"……."

"간단합니다. 인간은 무리에서 살고, 엘프는 군락에서 살고, 드래곤은 단독으로 살지요. 데빌은 그 존재가 변태하며 몬스터는 밤에만 존재를 드러냅니다."

"흐음, 그렇군요."

운정이 턱을 괴자, 이번엔 로튼이 궁금한 것이 생겼다.

"듣자 하니, 중원에는 인간밖에 없다고 하던데 맞습니까?"

운정은 고개를 끄덕였다.

"예, 그렇습니다만… 설화나 기록에 의하면 인간이 아닌 것도 있긴 합니다."

"예를 들면?"

"중원의 말로는 이매망량(ChiMeiWangLiang)이라고 하지요."

고폰은 눈초리를 모았다.

"독특한 이름이군요."

"인간이 아니지만 지성을 갖춘… 어떤 네 가지 종류를 말합니다."

"오? 인간을 포함한다면, 다섯의 지성체가 있는 건 파인랜드와 비슷하군요. 그 넷은 정확히 어떤 차이가 있습니까?"

운정은 고개를 저었다.

"잃어버렸습니다."

"예?"

"그들 간의 차이는 분명이 있겠지요. 글자가 다르니까요. 하지만 작금에 와서 그 뜻은 그저 인간이 아닌 것을 뜻하는 것으로 통용되어집니다. 그나마 각 글자를 있는 부수(Radical)를 보고 유추하는 것이 전부입니다."

"……."

"이(魑)는 산과 연관이 있다고 합니다. 지금도 그렇게 쓰입니다. 하지만 부수의 본뜻은 '떠나다' 혹은 '갈라지다'이지요. 매(魅)는 '아니다'라는 것 혹은 '나무가 무성한 것'을 말하는 것과 관련이 있습니다. 하지만 지금은 어떤 비현실적인 것을 표현할 때 쓰지요. 심지어 이것과 함께 힘이란 글자를 쓰면, 매력(Charm)이 됩니다. 재밌지요? 그리고 망(魍)과 량(魎)은 거의 아는 게 없습니다. 망은 '엉키고 얽힌 것'과 연관이 있고, 량은 '짝', 혹은 '무게'와 연관이 있습니다. 여러 문헌에서 망은 '돌에 얽힌 것'이고 량은 '죽은 사람에서 비롯된 것'이라고 하는데, 이도 신빙성은 극히 낮습니다. 결론만 말하면, 인간이 아닌 것이 네 종류로 나뉜다는 것만 알 뿐, 그들 간의 차이는 거의 잊혀졌습니다."

"그래서 설화와 기록에만 있다는 것이로군요."

"아마도 파인랜드의 다섯 지성체와도 연관이 있을 듯합니다. 파인랜드의 엘리멘탈과 중원의 건곤감리도 연관이 있었으니 말입니다."

"흐음. 재밌군요. 차원이 다른데도, 비슷한 게 많다니."

"……"

운정이 아무런 말도 하지 않자, 로튼은 슬쩍 눈을 돌려 그를 보았다.

그는 시선을 땅으로 둔 채, 깊은 생각에 빠진 듯했다.

로튼도 딱히 더 이야기할 것이 없었기 때문에, 시선을 다시 창밖으로 두었다.

그들은 그렇게 갑자기 찾아온 침묵 속에서 왕궁에 도착했다.

*　　　*　　　*

뜻밖에도 왕궁 앞에는 머혼이 있었다. 그는 한 손에 사람 팔뚝만 한 빵을 들고 씹어 먹으면서 대문 중앙에 서 있었는데, 그런 그의 뒤로 르아뷔와 슬롯 그리고 흑기사들이 쭉 서 있었다.

머혼은 한 입 더 베어 물려다가, 운정과 로튼이 마차에서 내리는 것을 보곤 소리쳤다.

"야! 너 괜찮냐?"

로튼은 고개를 한 번 끄덕이더니 말했다.

"예, 괜찮습니다."

"누군데?"

"길드(Guild)였습니다. 거기서도 절 죽이려고 하진 않았을 겁니다."

"……."

"혹시 따로 말씀드려도 되겠습니까?"

"마차에 타. 지금 출궁하는 길이니까."

"아, 오늘 일은 다 보셨군요."

"지난밤에 잠을 못 자서. 좀 일찍 들어가려고. 아, 운정 도사님, 먼저 인사를 드렸어야 하는데. 정말로 감사합니다. 로튼은 정말로 대체가 불가능한 놈이거든요. 말씀하셨던 유연성으로 저도 보답하겠습니다."

머혼이 고개를 살짝 숙이자, 운정이 포권을 취했다.

"아닙니다."

로튼은 그런 그들을 번갈아 보다가, 머혼에게 말했다.

"백작님, 혹시 제 일에 대해서 운정 도사께서 알아도 되겠습니까?"

"응? 어차피 다 아는 거 아니야? 너 구해 줬잖아?"

"그뿐만 아니라, 그, 레이디에 관한 부분도 말입니다."

"……."

"단언컨대 레이디를 위해선 운정 도사께서도 아시는 게 좋을 듯합니다."

머혼은 잠시 얼굴을 찌푸렸다가, 곧 자신을 바라보는 운정의 시선을 느끼곤 말했다.

"그 부분은 운정 도사께서 저와 약속했던 부분과는 전혀 다른 부분입니다. 그래서 말씀드리기 곤란한 게 있습니다."

운정은 이해했다는 듯 고개를 끄덕였다.

"가정사로군요. 알겠습니다. 알려 주시지 않으셔도 괜찮습니다."

운정은 그렇게 말하곤 포권을 취했다.

그러자 로튼이 머리를 한 번 긁적이더니 말했다.

"백작님."

머혼은 로튼을 보았고, 로튼도 머혼을 보았다. 서로 얼마나 많은 위기를 함께 겪었는가? 머혼은 로튼의 눈빛만 봐도 그가 무슨 말을 하고 싶어 하는지 알았다.

머혼이 곧 운정에게 말했다.

"잠시 마차에 타시겠습니까, 운정 도사님. 왕궁 정원에서 엘프를 만나시려는 것은 압니다만, 잠깐만 시간을 내주시지요. 아직 엘프는 오지 않은 것 같으니, 오늘은 일단 제 저택에서 쉬시는 건 어떻습니까?"

카이랄과 시르퀸은 언제 올까?

기약이 없는 터라 운정은 일단 고개를 끄덕였다.

"알겠습니다."

운정이 말하자, 머혼은 하인에게 고갯짓했다. 마차의 문이 열리자. 머혼과 로튼 그리고 운정이 차례로 들어갔다.

셋이 자리를 잡자, 마차가 출발했다.

움직이는 마차에서 로튼은 그 둘을 번갈아 보며 말했다.

"우선은 제 출신부터 설명을 해야겠지요. 방금 운정 도사께서 절 빼내신 곳은 사실 제가 어렸을 때부터 자랐던 길드입니다. 거기 있었던 자들은 다 제가 얼굴을 아는 자들이지요. 그 중 몇몇은 제가 어릴 때 직접 길드에 데려오기도 했습니다."

운정은 한슨에게서 길드라는 단어를 들은 것이 기억났다.

"길드라면 마법사의 학교와도 같다고 들었습니다만, 어떤 길드였습니까?"

대답은 머혼이 했다. 그는 팔짱을 끼며 심드렁하게 말했다.

"통칭은 도둑 길드. 매우 질이 나쁜 길드지요. 델로스의 뒷골목을 평정하고 온갖 일에 손을 대니까. 당시에 여기 로튼 경께서 도둑 길드에 통합시킨 길드만 아마 다섯 개는 넘을 겁니다."

로튼은 언짢은 표정을 하고는 말했다.

"다 과거 아닙니까. 과거."

머혼은 피식 웃었다.

"과거 자랑하려고 바쁜 사람들 시간 뺏지 말고 본론으로나 들어가."

"전 자랑한 적 없습니다. 백작님이 말해 놓고는 무슨."

"빨리빨리."

머혼이 손을 내젓자, 로튼은 고개를 젓더니 운정에게 말했다.

"길드를 떠나고 머혼 백작님을 섬기면서도, 음지에서 일할 때면 어김없이 도둑 길드와 같이하곤 했습니다. 이번에도 그런 쪽으로 구할 것이 있어서 찾아갔는데, 상황이 좀 좋지 않았나 봅니다. 미티어 스트라이크도 그렇고, 왕이 죽은 것도 그렇고. 너무 갑작스러운 일들이 많이 벌어져서 길드도 민감했는지, 시기가 좋지 못하다며 절 일단 포박한 겁니다. 아마 그래도 죽일 생각은 없었을 겁니다."

"흐음, 그렇군요. 그런데 그것이 로얄조이와 무슨 상관이 있습니까?"

로얄조이라는 말을 듣자, 머혼의 표정에서 웃음기가 사라졌다. 그는 눈동자만 움직여 로튼을 보았는데, 로튼은 고개를 살짝 숙이곤 나지막하게 말했다.

"제가 구하려던 것이 그것과 비슷한 것이기 때문입니다. 엄밀히 말하자면… 로얄조이의 씨앗으로 만든 마약이지요."

"마약?"

"로얄조이의 씨앗을 먹으면 일시적으로 강렬한 쾌감과 함께 오감을 확장시켜서 황홀경에 빠져들게 만듭니다. 몸의 감각을 일순간 일깨우고 또 그 강렬한 자극을 남기기 때문에, 한 번

섭취하면 온몸의 신경 하나하나가 어디 있는지, 근육 하나하나가 어디 있는지 알게 되지요. 그런고로 저도 어릴 때 무술을 수련하다가 몇 번 먹었었습니다. 뒷골목에서 인재를 키울 때 흔히 쓰는 방법입니다. 정신력이 강하다면 한두 번쯤은 괜찮으니까요."

"……."

"그런데 그것에 다른 마약을 섞어서 쾌감만을 극도로 높인 합성 마약이 있습니다. 로얄조이로 몸의 감각을 최고도로 끌어올린 뒤, 그 감각들을 모조리 쾌락을 느끼는 데만 쓰는… 한 번만 섭취해도 감각기능이 반영구적으로 손상되고, 중독에서 절대로 헤어 나올 수 없는 것으로, 이름은 로얄헤븐(Loyal Heaven)이라고 합니다."

"흐음."

"로얄헤븐 제조에 필요한 다른 마약은 저도 쉽게 따로 구할 수 있지요. 하지만 로얄조이의 씨앗은 정말로 구하기 어렵습니다. 때문에 어쩔 수 없이 도둑 길드를 통해서 구하려고 했다가 봉변을 당한 것입니다."

"그래서 제 로얄조이의 씨앗이 필요했군요."

"예, 그렇습니다. 그것만 있다면 로얄헤븐을 제조하는 건 얼마든지 가능하니까요."

가만히 듣던 머혼이 말했다.

"나한테 말을 하지 그랬어. 내가 얼핏 듣기로는 테이머가 로얄조이를 키우는데 이젠 왕도 죽어서 쓸데가 없을걸?"

"때문에 찾아가서 물어봤습니다만, 이미 여기 계신 운정 도사께 드렸다고 했습니다."

"아하."

"그래서 사정을 설명하고 로얄조이의 씨앗을 얻었으면 하는 바람입니다."

운정은 잠시 생각하다가, 머혼에게 말했다.

"마약에 중독된 사람이 혹시 가족이십니까?"

머혼은 가만히 그를 보다가 이내 고개를 끄덕였다.

"제 첫째 딸인 시아스입니다."

"아, 그렇군요."

머혼은 죄책감을 떨쳐 내지 못하고 중얼거렸다.

"어떻게 하다 거기까지 가게 됐는지 모르겠습니다. 아무튼 이젠 그 로얄헤븐이 없으면 부작용으로 살 수도 없는 지경입니다."

"……."

"이렇게 또 염치없이 부탁드리게 될 줄은 몰랐군요."

머혼은 고개를 숙였다.

운정은 그런 그를 보더니 나지막하게 말했다.

"그것은 제가 앞으로 제자가 될지 모르는 이에게 선물받은 것이라 남에게 쉽게 주기가 어렵습니다. 또한 무술을 배우는 데 도움이 된다면, 이후 신무당파에서 쓰고 싶기도 합니다."

"제, 제자요?"

"……."

흔쾌히 수락할 줄 알았던 운정이 거절의 뜻을 내비치자, 머혼과 로튼은 무슨 말을 해야 할지 몰랐다. 운정은 얼굴이 어두워진 그들에게 다시 말을 이었다.

"다만, 따님의 생명과 관련된 것이니 거절하기도 어렵군요. 혹 제가 따님의 상태를 한번 봐 드려도 되겠습니까?"

"예?"

"중원의 무공, 특히 내공은 본래 불로장생을 위한 것입니다. 이것이 외공과 합쳐져 무술화 된 것이지, 그 본질은 노화를 막고 건강을 유지하는 데 있습니다. 그러니, 제가 한번 내공심법으로 따님의 몸 상태를 봐 드리고 싶습니다만."

그 말을 듣자 머혼과 로튼의 표정이 환히 밝아졌다.

머혼은 운정의 손을 덥석 잡았다.

"그, 그렇게만 해 준다면 더할 나위 없이 감사합니다!"

로튼도 한껏 올라간 목소리로 말했다.

"그러고 보니 제 몸도 순식간에 치료해 주셨지요. 한 번 봐 주기만 해 주셔도 감사합니다."

운정은 미소를 지었다.

그들은 그렇게 머혼의 저택에 도착했다. 머혼은 거의 덩실대다시피 하며 앞장섰다. 레이디가 차비를 해야 한다며 하녀들이 극구 말렸는데도 불구하고 막무가내로 운정을 안내했다. 아버지인 머혼의 또 다른 모습이었다.

운정은 의문이 들었다. 그 육중한 몸으로 두 계단씩 뛰어올라가는 머혼을 보며 운정이 물었다.

"제가 따님의 일을 알았다면 진작 도와드렸을 겁니다."

머혼은 머쓱한 표정을 지었다.

"그 아이에 대해선 저도 최대한 생각하지 않으려 해서 말입니다. 게다가 마법으로도 완치가 불가능한 일이라 무심코 무공으로 가능할 수도 있다는 생각을 못 했습니다."

그 말에 운정은 조금 조심스러워졌다.

"마법으로도 치료가 불가능하다고요?"

로튼이 옆에서 설명해 주었다.

"마법으로 치료하면 잠깐은 완치가 됩니다. 다만, 마법의 특성상 효과를 유지하기 위해선 지속적으로 갱신해야 합니다. 치료마법은 응급처치라고 할 수 있지요. 중독에서 영구적으로 벗어나게 하는 건 어렵습니다."

손에서 불을 뿜어내고, 산을 들어서 옆으로 옮기며, 홍수를 일으키는 놀라운 마법은 그런 면에선 위대해 보일지 모르지만, 지속적으로 효과를 내는 일에는 끊임없는 마나의 소비와 마법의 갱신이 필요해 매우 비효율적이다.

운정이 물었다.

“그렇다면 계속 갱신하면 되지 않습니까? 마법사나 마나스톤이 부족하신 건 아닐 텐데요.”

그 말에는 머혼이 힘없이 대답했다.

“그걸로 겨우 연명하는 겁니다. 아니었으면 진작 장례를 치렀겠지요. 하지만 중독이라는 건, 몸이 나았다고 끝나는 게 아니지 않습니까? 마법으로 몸이 괜찮아지면, 그새 또 마약에 허우적거리지요. 기운이 조금이라도 나면 그럽니다.”

“…….”

운정이 아무런 말을 하지 않자, 머혼의 발걸음도 점차 무거워졌다. 시아스의 방 앞에 도착할 때쯤엔 평소와 크게 다르지 않았다.

머혼이 나지막한 목소리로 말했다.

“운정 도사님. 한번 시도만 해 주셔도 감사하겠습니다.”

“예. 힘써 보겠습니다.”

머혼은 방문을 열었다.

어둑어둑한 방 안에선 퀴퀴한 냄새가 났다. 온갖 물건이 이리저리 어질러진 그곳의 중앙에는 역시 검은 레이스로 치장되어 있는 큰 침대가 있었다. 그 위에는 검은 머리칼에 빼빼 마른 미녀가 누워 있었는데, 몸에 걸친 옷이 아무렇게나 헝클어져 있어 그녀의 맨살이 반 이상 보였다.

지방과 근육은 아예 존재하는 것 같지 않았고, 그저 피부 껍데기만 뼈 위를 둘러싸고 있는 것 같았다. 죽은 두 눈빛은 흐린 초점으로 자신에게 다가오는 머혼과 운정, 그리고 로튼을 번갈아 보았다.

시아스가 말했다.

"들어오지… 마."

머혼은 인상을 확 쓰더니, 곧 고개를 돌려 버렸다. 그러곤 거친 숨을 쉬면서 눈을 감아 버렸다. 운정은 가만히 그녀를 내려다보았다. 그의 청명한 눈빛은 시아스의 두 눈을 뚫고 들어가 그 내부를 관찰하는 듯했다. 로튼은 따뜻한 미소와 함께 그녀에게 다가왔다. 옆에 걸터앉은 채로, 땀에 젖은 머리카락을 얼굴에서 떼 주었다.

로튼이 부드러운 목소리로 말했다.

"이분께서 도와주시려고 왔습니다. 곧 나갈 겁니다."

시아스는 몸에 전혀 힘이 없는지 눈알만 겨우 굴려서 운정을 보았다. 운정은 그녀에게 포권을 취했다.

"잠시 실례를 무릅쓰고 손목과 배에 손을 올리겠습니다."

그녀는 아예 포기했는지 눈을 감아 버렸다. 머혼은 '쯧' 하며 혀를 한 번 차더니 창가로 뚜벅뚜벅 걸어가서는 깊은 한숨을 쉬었다. 로튼은 운정을 향해 고개를 끄덕이며 뒤로 물러났다. 운정은 천천히 그녀에게로 다가가서, 그녀의 침상 옆에 한쪽 무릎을 꿇은 채로 가만히 앉았다.

그리고 오른손으로는 그녀의 왼손 손목을, 왼손으로는 그녀의 단전을 집었다.

운정은 눈을 감고 그녀의 몸속을 관찰했다. 머혼과 로튼은 초초한 눈길로 시아스를 보았다.

그때 어둠이 운정을 덮쳤다.

쿵.

"하아, 하아, 하아."

운정이 뒤로 엉덩방아를 찧자, 머혼과 로튼이 그를 돌아보았다. 운정은 자신의 양손을 펴고 내려다 보면서 짧고 깊게 숨을 쉬었다.

"어, 어떻게 되었습니까? 운정 도사? 치료하신 겁니까?"

머혼의 질문에 운정은 가만히 있다가 되물었다.

"제가 레이디 시아스의 손목을 잡은 지 얼마나 지났습니까?"

로튼이 대답했다.

"한 20분 정도?"

"……."

"차도는 좀 보입니까? 매우 열중하시던데."

운정은 손에서 꿈틀거리는 마기를 내려다보았다. 그것은 그의 마음에서부터 일어난 것이 아니라 시아스의 몸에서 떨어져 나온 것이다. 보통의 마기라면 진작 운정의 마기에 의해서 삼켜졌을 법한데도, 용케 자신의 존재를 잃지 않았다.

운정은 눈을 들어서 시아스를 보았다.

시아스는 운정을 바라보고 있었다.

그녀의 두 눈은 마치 눈알이 없는 듯했다.

운정이 말했다.

"머혼 백작님."

"말씀하사지요, 운정 도사님."

"제자를 받는 조건, 변경할 수 있겠습니까?"

"예?"

운정은 머혼을 돌아봤다.

"레이디 아시스가 아니라, 레이디 시아스를 가르치겠습니다. 그 정도의 유연성은 제게도 있을 줄 압니다."

"……."

머혼은 바로 대답하지 못했다.

第六十五章

다음 날이 되었다.

운정은 지친 기색으로 시아스의 방을 나섰다. 따스한 햇살이 창을 통해 비치자, 막 쏟아지던 졸음이 달아나는 것 같았다. 그는 눈을 감고 내력을 운용하여 몸을 다스렸는데, 단전에 있던 선기가 바닥을 드러내고 있어 일주천을 겨우 끝낼 수 있었다. 선기는 당장에라도 찢어질 듯 얇았지만, 마기 또한 마찬가지로 고갈되었기에 묘한 조화를 이루었다.

"후우, 마기가 모조리 사라질 정도라니."

"우, 운정 도사님?"

운정이 고개를 숙여 아래를 보았다. 거기엔 한쪽 벽에 기대 앉아 있다 막 잠에서 깨어난 머혼이 있었다.

"머혼 백작님, 이곳에서 기다리고 계셨군요."

다크서클이 짙게 깔려 완전히 처진 얼굴로, 그는 질질 흘린 침을 마구 닦으며 기우뚱거렸다. 결국 일어나는 데 성공한 그는 운정의 한쪽 팔을 붙잡았다.

"크흠, 흡, 흡, 어, 어떻게 되셨습니까? 잘되었습니까?"

운정은 그의 팔을 마주 잡으며 말했다.

"예. 파인랜드의 공용어로는 설명이 어렵습니다만, 그녀의 몸 안에 무공이 자리 잡게 된 것은 맞습니다."

"지, 진짜입니까? 그, 그 아이는 무술을 전혀 모르는 아이입니다."

"전에도 말씀드렸다시피, 내공심법은 본래 무술을 위한 것이 아닙니다. 불로장생을 위한 것입니다. 다만 그녀가 익히게 된 무공은 마공으로, 천마신교의 것입니다."

한어의 고유명사가 섞이다 보니 머혼은 그 말을 전혀 이해하지 못했다. 그는 말을 더듬으며 말했다.

"그, 그럼 몸이 나은 겁니까?"

"그건 아직 모릅니다."

"……."

운정은 나지막하게 말했다.

"마공이란 본래 특이한 몸이 되어야 제대로 익힐 수 있습니다. 마공은 몸 안의 혈액을 반대로 돌게 만들기 때문에, 그것을 지탱할 수 있어야 하지요. 그렇지 못하다면 결국 몸과 마음이 서서히 파괴되어 죽음에 이르게 됩니다. 하지만 제가 익힌 특별한 내공이 있습니다. 그것을 익히게 되면 역류하는 피로부터 기혈을 보호할 수 있게 됩니다."

"……."

"그녀의 마음속에 내재되어 있는 욕망은… 어느 인간에게조차 찾기 어려운 것입니다. 그녀는 마공을 익히지 않았을 뿐이지, 이미 사람의 수준을 초월하는 광기를 가지고 있었지요. 전 그녀에게 마공을 통해서 그 광기를 마기로 정제하는 법을 가르쳤고, 또 그렇게 정제된 마기를 품으면서도 혈관을 보호하는 방법을 가르쳤습니다. 지원해 주셨던 마나스톤은 물론이고 제가 가진 마기와 선기까지도 쏟아부으면서."

"……."

"앞으로는 오직 그녀에게 달렸습니다. 마공으로 마기를 다스릴 수 있게 될지, 아니면 이대로 마기에 먹혀 주화입마에 들지. 현재 그녀는 제가 보여 준, 마기를 다스리는 법을 스스로 따라할 수 있게 되었습니다. 그녀가 홀로 하는 것까지 완전히 확인하고 나온 겁니다. 그러니 더 이상 제가 할 수 있는 건 없습니다."

머혼의 얼굴이 딱딱하게 굳었다.

"그럼 앞으로 죽을 수도 있겠군요."

운정은 고개를 끄덕였다.

"그녀는 이미 죽어 있었던 사람입니다. 마법과 마약의 힘으로 살아 있는 척을 하고 있었던 것입니다."

운정의 팔을 잡은 머혼의 양손이 툭 아래로 꺼졌다.

머혼은 손으로 얼굴을 잠깐 가린 뒤에 말했다.

"좀 자야겠습니다. 혹시 제가 더 알아야 할 특이 사항 같은 것이 있겠습니까?"

운정이 대답했다.

"주화입마에 들게 되면 아마 사람이 아니게 될 겁니다. 이를 제압하기 위해서 이곳에 제가 남아 있겠습니다. 만약 소동이 일어난다면… 그녀는 죽었다 생각하시면 됩니다."

머혼은 거의 귀찮다는 듯 고개를 몇 번 끄덕였다. 그러곤 천천히 힘없이 몸을 돌렸다.

그가 점차 멀어지는 것을 보던 운정은 한숨을 쉬었다. 그리고 밤 내내 그녀의 마기와 씨름했던 것을 기억했다.

지난밤 머혼이 조건을 받아들이자마자, 운정은 모두에게 방을 나가라 했다. 그리고 시아스를 억지로 일으켜 세워 가부좌를 틀게 만들었다. 그리고 그 뒤에 똑같이 앉아서 그녀의 등에 양 손바닥을 올리고 그의 선기를 계속해서 불어넣어 그녀의 내부를 살폈다.

그녀의 내부는 완전히 망가져 있었다. 근육도 뼈도 그 어떠한 것도 성한 것이 없었다. 완전히 황폐해져서 그 어떠한 것도 자라지 않는 황무지와 같았다.

그 황무지의 공중을 떠다니는 검은 것이 있었다. 그것은 이리저리 돌아다니며, 무언가를 찾고 있었는데 때문에 황무지는 더욱 더 황폐해지고 있었다. 운정은 그 검은 것이 무엇인지 잘 알았다.

족히 하늘에 미칠 만한 광기.

그것이 무엇을 향한 광기인지는 뻔하다.

운정은 왼손으로 품속에서 로얄조이의 씨앗을 꺼냈다. 그러자마자, 시아스의 몸이 미칠 듯이 진동하기 시작했다. 운정은 그녀의 기혈을 억눌러서 움직이지 못하게 했는데, 그럼에도 불구하고 그녀의 몸속을 돌아다니는 검은 것은 그 안에서 멈출 줄을 몰랐다.

만약 보통의 인간이 그만한 욕구를 가지고 있었다면, 이미 미쳤을 것이다. 하지만 시아스는 계속 치밀어 오르는 욕구와 광기를 마법으로 억누르고 또 억누른 상태. 이에 따라 쌓이고 또 쌓인 그 광기는 운정이 만나 본 어떠한 마인보다도 더욱 극심한 상태였다.

간단하게 말하자면, 누군가 로얄조이의 씨앗 하나를 주면서 이 세상에 사는 사람 절반을 죽여야 한다 해도 두 번 생각하지 않고 승낙할 정도였다. 절반이 뭔가? 온 세상을 모두 불태워도 상관없을 정도다. 아니, 두 번이고 열 번이고 반복할 수도 있을 것이다.

친구나 가족 따위야 오래전에 팔아치울 수 있었을 것이다. 그뿐이랴. 그들을 눈앞에서 직접 고문해야지만 씨앗을 먹을 수 있다 해도 얼마든지 할 것이다. 인간이 상상할 수 있는 가장 끔찍한 일도 고민하지 않고 바로 할 것이고, 그 이상의 것도 아마 오래 생각하지 않을 것이다.

운정은 그 마기를 천천히 이끌었다. 로얄조이의 씨앗에서 기운을 조금 훔쳐서 시아스의 마기 앞에 미끼를 뿌렸다. 그러자 시아스의 마기는 가히 형용할 수 없는 광폭함으로 그 미끼를 따라왔다. 운정은 그 미끼를 가지고 마기를 이끌었다. 본래 피가 흐르는 방향과 반대로.

그러자 마기는 이상하리만큼 말을 잘 들었다. 그녀의 기혈은 이미 황폐해져서 역류에 반발할 것조차 남아 있지 않았다. 운정이 마음대로 씨앗의 기운을 움직여 마기를 역행하게 만든다 해도 아무런 제지를 하지 못했다.

그렇게 씨앗의 기운과 시아스의 마기는 오랜 시간을 숨바꼭질했다. 그 와중에 운정은 씨앗의 기운을 통해서 그 마기가 특정한 경로로 흐르도록 유도했다. 한 번, 두 번, 세 번. 그렇게 수십 차례 반복하니, 그 거친 마기가 흐르는 곳에 서서히 기가 흐르는 길이 생기기 시작했다.

울창한 숲에 사람이 다니기 시작하면 길이 생기는 법이다. 이와 마찬가지로 기혈이란 본래 인간의 몸에 없는 길을 기가 다니기 시작하면서 점차 생기는 것이다. 애초에 숲이 아닌 황무지에 가까웠던 시아스의 몸 상태. 그리고 천마급 마인에게

서조차 찾기 어려울 정도로 짙은 마기. 이 둘은 어찌 보면 몸에 기혈을 만들어 내는 데 최적의 조건이다.

그리고 그렇게 만든 기의 길이 무엇인가? 그것이 바로 내공심법이다. 특정한 방향, 속도, 주기로 내력을 움직이면, 그것이 곧 내공심법을 정의하는 것이다. 운정은 태극마심신공이 말하는 그대로 시아스의 마기를 움직였고, 그렇게 끊임없이 반복했다.

그러자 마기는 서서히 순환하기 시작했다. 아무렇게나 움직이고 방황하던 마기가 특정한 흐름을 가지고 몸 안에서 흐르기 시작한 것이다. 그러자 그녀의 몸에 산재해 있던 옅은 마기들조차 그 흐름 속으로 빨려 들어가 하나가 되기 시작했고, 그로 인해서 그녀의 몸은 오히려 깨끗해지는 묘한 조화가 일어났다.

태극마심신공의 묘리다.

다만 그 마기를 몸으로부터 보호해 줄 보호막을 생성하기 위해선 무당파의 선기가 있어야 하는데, 그것이 없어 운정의 선기가 대신해 주고 있는 것이 문제였다. 운정이 만약 선기를 가져가 버린다면, 언제라도 목표를 잃어버린 마기는 다시금 온몸을 휘젓고 다닐 것이 분명했다.

그런데 그때, 시아스의 자의식이 깨어났다. 오랫동안 광기에 노출되어 완전히 산화되었던 것인데, 마기의 영향이 사라지고, 또 운정이 선기를 계속해서 불어넣은 탓에 살아난 것이다. 시아스의 자의식은 깨어나는 그 순간부터 생존하기 위한 방법을 모색하기 시작했다. 그것은 바로 운정이 하는 것을 필사적으로 배우는 것이다.

씨앗의 기운으로 마기를 이끌고, 또 받은 선기로 마기를 감싸는 것. 이것은 보통 인간의 심력으로는 도저히 흉내 낼 수조차 없는 것이다. 하지만 시아스의 자의식은 선택의 여지가 없었다. 그것을 해내지 못한다면, 다시 마기에 삼켜져 무로 돌아갈 것임이 자명했기 때문이다. 시아스의 자의식은 운정이 하는 것을 지켜보고 배우고 그대로 따라 했다. 의식 속에 있는 무한한 시간 속에서 끈질기게 매달렸다.

그렇게 얼마나 시간이 지났을까? 마기가 흐르는 것이 일정해졌다. 지금까지는 어느 한 혈맥을 지나갈 때마다, 조금씩 그 궤적이 달랐었는데 이젠 최적화된 하나의 길로 완전히 동일하게 흘렀다. 황무지에 물이 흐르고 흘러 물길이 되고, 또 그 물길로 물이 흐르고 흘러 강이 된 것과 같다.

운정은 어느 정도 기혈이 생겼다 싶을 때, 마기를 이끌던 씨앗의 기운을 시아스의 몸에서 일순간 사라지게 만들었다. 갑자기 목표를 잃은 마기가 이곳저곳에 넘쳐흐를 만도 하건만, 다행히도 그 마기는 자신이 돌았던 그 길에서 멈추지 않았다. 조금 좁은 길이나, 혹은 급격한 경사가 있는 곳에서는 넘칠 듯 말 듯 했지만, 결국 그 길 안에서 잘 돌아가기 시작했다.

운정은 한 발자국 물러서서 시아스의 기혈을 전체적으로 관찰했다. 보아하니, 시아스의 자의식은 그 마기가 기혈에서 흘러넘치지 않게 최대한 신경을 쓰고 있었다. 어느 한 부분이라도 넘친다면 그것이 곧 죽음으로 이어지리라는 것을 잘 아는 듯했다.

하지만 역행하는 혈류는 너무나 파괴적이다. 억지로 길을 뚫어 마기를 모았지만, 그렇게 마기가 역으로 흐르다 보면 당연하리만큼 마성에 젖게 될 것이다.

운정은 자신의 선기를 끌어왔다. 그리고 시아스의 백회혈에 모았다. 인간의 신이 머무는 그곳은 마기가 올라올 수 있는 가장 높은 곳이었다. 그곳에 다다른 마기는 다시금 떨어지기 위해서 잠시 정지하는데, 운정은 그 순간을 노리려고 선기를 그곳에 모은 것이다.

과연 그녀의 마기 또한 백회혈에서 흐름이 가장 느렸다. 심장 부근에서는 폭포수처럼 쏟아지는 것이, 백회혈에서는 한 줄기 눈물만도 못했다.

운정은 그 눈물 줄기 사이에 섰다. 그리고 양손에 자신의 선기를 불어넣어 그 흐르는 마기 주변을 손으로 동그랗게 감싸, 자신의 선기로 그 마기를 감싸기 시작했다.

그러자 시아스의 마기는 얇고 투명한 막으로 감싸지기 시작했다. 백회혈에서부터 천천히 이어지는 그 막은 그녀의 온몸에 흐르는 마기의 기혈을 하나하나 감싸기 시작했다. 이는 황무지에 뚫린 그 강줄기 아래와 주변을 단단한 돌로 공사를 하는 것과 비슷했다.

그렇게 시아스의 기혈을 선기로 감싼 운정은 자신의 몸에서도 마기가 서서히 들끓는 것을 느꼈다. 회복하기 어려운 선기를 남발했으니, 아마 한동안은 정말로 무당파의 무공을 펼치기 어려울 것이다.

운정은 그 뒤 시아스의 내부에서 나왔다. 더 이상 그가 할 일은 없었기 때문이다. 이젠 시아스의 자의식이 운정이 한 것처럼 계속해서 마기를 다스리고 또 다스려서 외부까지 도달할 수 있어야 한다. 실패한다면 죽을 것이다.

하지만 성공한다면… 그땐 즉시 마선공을 수련할 수도 있을 것이다.

운정은 순간 멀찍이 느껴지는 인기척 때문에 상념에서 벗어났다.

"누굽니까?"

운정이 고개를 돌리자 한 엘프가 창문에서 살포시 내려왔다. 복도를 딛는 발에선 아무런 소리도 나지 않았다.

"저예요, 마스터."

그 엘프는 시르퀸이었다.

운정은 자신의 첫 제자를 보고는 반갑게 인사했다.

"시르퀸! 이곳까지 왔느냐?"

시르퀸은 포권을 취해 보이면서 말했다.

"안녕하세요, 마스터. 냄새가 이쪽으로 이어져서 올 수 있었지요."

포권을 따라 하는 그녀를 본 운정은 따뜻한 미소를 지었다. 그는 그녀에게 걸어와서, 그녀의 어깨를 다독여 주며 말했다.

"그래, 갔던 일은 어떻게 되었느냐?"

시르퀸은 해맑게 미소 지었다.

"카이랄은 그의 목적을 완수했어요."

"……."

순수한 그 미소를 보면서도 운정은 도저히 기뻐할 수 없었다. 시르퀸은 운정의 표정이 살짝 굳은 것을 보곤 되물었다.

"마스터? 기쁘지 않으신가요?"

"아, 아니다. 그래서 그는? 어디 있느냐?"

"카이랄이요?"

"그래, 카이랄. 같이 오지 않았느냐?"

"왜 그가 같이 오죠? 그는 자신의 목적을 완수했는데요?"

운정의 아래턱이 살짝 떨렸다. 그는 몇 번이고 말을 꺼내려고 했지만, 결국 아무런 말도 할 수 없었다.

"……."

그는 고개를 돌렸다. 그리고 그에게 쏟아지는 아침 해를 바라보았다. 햇살은 말로 형용할 수 없는 따스함을 선사했다. 마치 어머니가 안아 준 것처럼.

시르퀸이 그를 올려다보며 물었다.

"그를 보러 가시겠어요?"

"응?"

"혹시 그를 보고 싶어서 그런 말씀을 하신 것이라면, 그를 같이 보러 가요, 마스터."

운정은 멍한 표정을 지었다.

"카, 카이랄을 말하는 것이냐? 아직 요트스프림에 있는 것이냐?"

"예, 마스터."

운정은 가슴에 손을 올리더니 안도의 한숨을 내쉬며 말했다.

"하아, 난 또. 아, 물론이다. 바로 가자. 아, 잠깐만."

"네?"

"지금은 자리를 비울 수 없다."

"왜요?"

"저 안에 레이디 시아스가 있다. 그녀의 상태를 지켜봐 줘야 한다. 그녀가 잘못되면 마성에 젖은 마인이 탄생할지도 모르니. 그러고 보니, 네 사매(ShiMei)가 될 것이다."

"사매라면?"

"같은 스승을 두고 있는 여제자 중 너보다 늦게 들어온 후배를 말하느니라."

"아하, 제자로 거두셨군요."

"그런 셈이다."

"그럼 그녀를 보여 주세요. 저 방 안에 있나요?"

운정은 고개를 끄덕였다.

"뭐, 못 들어갈 건 아니니까. 그러고 보니, 차라리 방 안에서 기다리는 것이 나을 수도 있겠다. 그럼 들어가자, 시르퀸."

"네, 마스터."

둘은 시아스의 방 안으로 들어갔다. 그런데 운정은 순간 다른 방에 온 것 아닌가 하는 착각을 했다.

방 안의 모든 커튼이 걷혀 있었다. 한쪽 벽면을 이루는 수많은 창문을 통해서 햇빛이 들어오니, 방 안의 모든 것이 눈에 들어왔다. 어둡기 그지없었던 그 방에 빛이 들어오니 그것 하나만으로 전과는 다른 세상이 된 듯했다.

무엇보다 방의 주인이 달랐다. 시아스는 중앙 창문 앞에 서서, 창밖을 보고 있었다. 아무 옷도 입지 않은 그녀의 알몸이 적나라하게 드러났는데, 손가락처럼 얇은 두 다리를 보면 당장에라도 쓰러질 것 같았다. 하지만 그녀는 흔들림 없이 굳건히 서 있었다.

시아스는 문 쪽으로 고개를 돌렸다. 그녀의 두 눈은 지금까지 보지 못한 생기와 현기가 가득했다. 어떻게든 살아남고자 하는 강렬한 의지를 품은 짐승의 눈과 세상과 환경의 모든 것을 꿰뚫어 보는 지혜로운 현자의 눈이 합쳐진 듯한 눈이었다.

그녀는 양손을 들어 자신의 머리카락을 모았다. 그리고 확 펼치듯 아래로 내렸다. 그러자 무릎까지 닿는 긴 머리카락이 그 가녀린 몸을 가렸다.

"숙녀의 방에 들어올 땐, 노크하는 게 기본이에요."

시르퀸은 살짝 놀란 표정을 지었다.

"아, 깜박했어요. 당신이 제 사매인가요?"

"사매?"

시르퀸도 시아스도 운정을 돌아봤다.

운정은 나지막한 목소리로 말했다.

"머혼 백작와의 거래로 널 제 제자로 받았다. 치료를 하려면 내 무공을 전수하지 않을 수 없었기 때문이다."

시아스는 그를 보며 눈초리를 모으더니, 나지막하게 말했다.

"당신이었군요. 꿈속에서 제게 살아나는 방법을 가르친 사람이."

"넌 아마 그렇게 느꼈을 것이다."

"하지만 당신의 가르침은 완전하지 않아요. 이… 뭐랄까… 욕망이라 해야 할까… 이, 이것은……."

"그것은 마기(MoQi)라 한다."

운정의 말에 시아스는 입술에 한 번 침을 바르더니 말했다.

"마기라… 좋아요. 이 마기는 제 몸속에서 돌고 있어요. 어디든 마구 움직여야 하는데, 돌 수 있는 길을 만들어 주니 안정적으로 도는 것이겠지요. 하지만 그 방향이 잘못되었어요. 어딘지 모르게… 역한 기분이에요."

운정이 차분히 설명했다.

"그래서 마기가 안정적으로 도는 것이다. 역방향으로 된 길서가 아니면 그것은 안정적일 수 없지. 물론 그 과정에서 육신에는 상당한 무리가 간다."

"맞아요. 역한 이 기분을 뭔가가 감싸고 있어요. 맞죠?"

"그건 내가 나누어준 선기(XianQi)다. 그것이 역으로 돌고 있는 마기로부터 네 몸을 지키고 있는 것이다. 마기의 주변을 감싸서."

시아스는 턱을 괴더니 고개를 계속 끄덕였다.

"맞아요. 맞아. 딱 그런 느낌이야. 그런 그림인 것 같아요. 마치 코팅되어 있는 느낌… 하지만 당신의 가르침이 완전하지 못해요. 이 코팅된 건… 뭐랄까……."

"흐르지 않고 있지."

말로 표현하기 어려운 느낌과 기분을 딱딱 말해 주니, 운정을 바라보는 시아스의 눈빛에 확신이 들었다.

"아, 네. 정말 꿈이 아니었군요."

운정은 천천히 설명했다.

"그것 또한 흘러야 완벽하게 마기를 다스릴 수 있다. 그리고 그것을 흐르게 만드는 건, 선공을 익혀야만 가능하다. 하지만 선공은 마공과 다르게 추상적이고 복잡하기 때문에, 마공처럼 몸으로 바로 익힐 수는 없다. 그리고 마공 또한 네가 익혔다고도 할 수 없다. 당장 기혈을 돌게는 만들었지만, 그것을 활용하는 방법은 전혀 모르니까. 일단은 네 몸을 치료하기 위해서 일시적으로 그렇게 두었을 뿐, 앞으로 제대로 마공과 선공을 익혀야 네 몸을 완전히 다스릴 수 있게 될 것이다."

"흐음. 흐음."

시아스는 턱에 손을 둔 채 시계 방향으로 돌기 시작했다. 그렇게 한참을 고민한 그녀가 말했다.

"배가 고프군요. 일단 밥이라도 먹어야겠어요. 그 두 마법을 배우는 건 그 이후에 하도록 하죠."

그렇게 말한 시아스는 옷장으로 갔다. 그리고 옷을 꺼내 입는 그녀를 보며 운정이 말했다.

"밥을 먹기 전에 네가 가장 먼저 해야 할 것이 있다."

"뭐죠?"

"구배지례(JiuBaiZhiLi)."

시아스는 하얀 원피스 같은 것을 훌러덩 입더니, 운정을 돌아보았다.

"그게 뭔데요?"

대답은 시르퀸이 했다.

"마스터에게 절을 하는 겁니다."

"마스터? 절?"

"예, 마스터로 섬기겠다는 뜻이지요."

시아스는 잠깐 눈초리를 모았다가 운정에게 말했다.

"잠깐만요. 그럼 날 제자로 삼겠다는 말이 당신의 학교에 들어오라는 말이었어요?"

"난 마법사는 아니다. 다만 내가 네게 마스터와 같은 사람이 된 것은 맞다. 내가 네게 가르쳐 준 무공은 단순한 지식이 아니다. 그것은 신무당파라는 클랜(Clan) 안에서만 통용될 수 있는 가르침이다. 따라서 넌 단순히 지식을 전수받은 것이 아니라 신무당파의 클랜으로 들어온 것이다."

"클랜이라니… 그건 더 심하잖아요?"

"만약 들어오기를 원하지 않는다면 내가 강요할 수는 없다. 하지만 더 가르침을 줄 수도 없지. 지금 상태로 살아도 큰 문제는 없을 것이다."

"큰 문제가 없다니요? 이 속이 울렁거리는 기분을 평생 동안 느끼면서 살아야 하는 게 문제가 아니라는 건가요? 게다가 나는 사교계의 클럽에 들어가는 것도 싫어해요. 구성원끼리 삶을 나누는 클랜에는 절대 들어갈 일 없어요."

그 말에 운정의 얼굴이 굳었다.

그는 한참을 말하지 않다가 단조로운 목소리로 말을 시작했다.

"레이디 시아스, 당신은 원래 시체만도 못했습니다. 마기를 억누르며 사는 것이 싫다면 다시 마약을 하던 때로 돌아가면 그만입니다."

"뭐, 뭐라고요? 다, 당신!"

"그리고 저 또한 당신을 제자로 삼고 싶은 마음이 사라졌으니, 더 이상은 권하지 않겠습니다. 당신의 몸에 부어 넣은 제 선기를 되찾지는 않을 테니, 수명을 계속해서 연장하고 싶다면 선기가 사라질 법한 행동을 하지 않으시기를 바랍니다. 이를 간단하게 말하면, 당신의 양심에 어긋난 행동을 하지 않으면 됩니다. 그럼."

운정은 몸을 홱 돌려 방 밖으로 나갔다.

시아스는 기가 막히다는 표정으로 문 쪽을 보았는데, 그런 그녀에게 시르퀸이 말했다.

"사매가 생길 줄 알았는데 아쉽네요. 저도 이만."

"……."

시르퀸은 방 밖으로 나가면서 방문을 닫았다.

그녀를 기다린 운정이 걸음을 옮기기 시작하며 말했다.

"카이랄을 만나러 가고 싶다. 데려다줄 수 있겠느냐?"

"물론입니다, 마스터. 지금 가고 싶습니까?"

"그렇다."

"그럼 저를 따라오십시오. 우선은 숲으로 들어가야 할 듯합니다. 그런데 마스터."

"왜 그러느냐?"

"정말 레이디 시아스를 제자로 삼지 않으실 겁니까?"

운정은 딱딱하게 대답했다.

"본인이 원하지 않는 한 강요할 수 없다."

"그야 그렇지만, 듣자 하니 그녀는 가르침을 받지 않으면 살 수 없는 것 같았어요. 그녀를 죽이실 생각인가요?"

"죽이다니. 그녀 스스로 신무당파에 들어오는 것을 원하지 않는 것이지, 그것이 어떻게 내가 죽이는 것이 되는 것이냐? 그녀가 원치 않아 내가 도움을 주지 않은 것이 그녀를 죽게 만들었다는 것이냐?"

"왜냐하면 다른 방법이 없으니까요."

"다른 방법이 없다?"

"그녀가 다른 곳에서도 마스터의 무공을 익힐 수 있다면, 물론 죽이는 것이 아니지요. 하지만 그녀가 살아남을 수 있는 방법은 오로지 마스터의 무공뿐이에요. 그렇다면 마스터가 무공을 주지 않음으로 그녀가 죽은 것이 맞지 않나요?"

"그렇다면 죽음을 방관하는 것이 적극적으로 살인하는 것과 동일하다는 뜻이냐?"

"다른 물을 찾을 수 없는 곳에서 탈진한 동물에게 물을 주지 않는 것이 방관입니까, 살인입니까? 마스터께서는 그 동물이 물을 거부한다면 물을 주지 않으실 생각입니까?"

"……."

운정이 아무런 대답을 하지 않는데, 마침 복도 한쪽에서 퀼린이 보였다. 그녀는 머혼 백작가의 하녀장으로 그 안에서 일하는 모든 하녀를 책임지는 사람이었다.

그녀는 운정과 시르퀸을 보자마자, 그들에게 총총걸음으로 달려와서는 말했다.

"오? 아침 식사를 막 준비하고 있습니다. 식당으로 가시는 길입니까?"

운정은 고개를 돌렸다.

"아닙니다. 친구를 만날 일이 있어서 나가는 길입니다."

"그러시군요."

"머혼 백작님을 뵙거든, 오늘 안에는 돌아오겠다고 말씀드려 주십시오."

"아, 알겠습니다. 그렇게 전하겠습니다."

운정은 포권을 취하며 인사하고는 걸음을 옮겼다. 시르퀸도 포권을 따라 취하고는 운정의 뒤를 따라갔다.

그들은 곧 머혼의 저택 밖으로 나갔다. 저택 입구는 머혼 기사단이 지키고 있었지만, 운정의 얼굴을 익히 아는 터라 그들이 가는 길을 전혀 제지하지 않았다.

숲의 안으로 들어가자, 시르퀸이 운정에게 손을 내밀었다.

"이제 손을 잡아 주세요, 마스터."

운정이 그녀의 손을 잡자, 그 순간 세상의 모든 것이 선으로 변했다. 그 숲의 축복 속에서 걸으며, 운정은 선과 선 사이에 있는 무(無)를 바라보며 나지막하게 말했다.

"보이드(Void)……."

"네?"

"아무것도 아니다. 혹 요트스프림(Yottspreme)까지 얼마나 걸리느냐?"

"바르쿠으르(Barr'Kuoru)와 이어져 있으니, 곧 도착할 겁니다, 마스터."

그 말이 사실인 듯, 조금 지나지 않아 시르퀸은 손을 놓았다. 그러자 세상이 변해 숲이 되었다.

코를 찌르는 산 내음. 하늘을 대신하는 나뭇잎과 보랏빛. 땅을 대신하는 나무뿌리와 낙엽. 오로지 나무로만 이루어진 세계가 눈앞에 펼쳐졌다.

그런데 그 앞에 전에 보지 못한 것이 있었다. 지하 동굴로 통하는 입구처럼 보였는데, 사람 여러 명이 한 번에 들어갈 수 있을 정도로 컸다. 그 동굴 안에는 이곳저곳에서 버섯이 자라나고 있었는데, 그것은 전에 카이랄이 말했던 악숀테크(Axyontec)였다.

시르퀸이 말했다.

"이곳은 바르쿠으르와 요트스프림이 이어진 혈맹 간의 통로에요. 카이랄은 요트스프림에 있어요."

운정은 미스릴 검을 꺼냈다. 그러곤 천천히 동굴 안으로 들어갔다.

동굴 안은 어둡고 습한 데다 춥기까지 했다.

따로 빛을 내는 것이 하나도 없어 한 치 앞을 분간하기도 어려웠고, 공기 중에 퍼진 축축한 물기는 가만히 걸어가기만 해도 옷을 적시는 듯했으며, 가끔씩 동굴 속에서부터 불어오는 바람은 무저갱에서부터 올라온 듯 칼날 같은 차가움을 품고 있었다.

그러나 엘프인 시르퀸과 무림인인 운정에게는 그 셋 중 어느 것

하나 문제 될 것이 없었다. 종족의 특성과 무공의 효과 덕분에 어둠과 습기, 추위는 신경조차 쓰이지 않는 작은 문제에 불과했다.

한참을 내려간 그들은 곧 거대한 백색의 문을 볼 수 있었다. 운정은 그것이 사실 문이 아니라 거대한 버섯 속으로 들어가는 입구라는 것을 기억했다.

그 앞에는 한 다크엘프가 죽어 있었다. 그 다크엘프는 카이랄과 동일한 외형을 가지고 있어, 운정은 순간 마음이 철렁하는 것을 느꼈지만, 곧 복장으로 미루어 볼 때 그 입구를 지키던 문지기임을 눈치챌 수 있었다. 그의 몸은 이미 반쯤 썩었는데, 꿰뚫린 심장과 반쯤 그어진 목의 상처에서 흰색의 작은 버섯들이 피어오르고 있었다.

그 두 상흔을 보며 운정이 말했다.

"심장에는 바람의 화살, 그리고 목에는 카이랄의 단검의 흔적이 있군."

시르퀸은 고개를 끄덕였다.

"맞아요. 저희가 이곳에 와서 처음 죽인 자예요."

"예상대로 얼마 없었느냐?"

"총 열 명 안팎이었던 걸로 기억해요. 저와 그가 따로 움직였을 때도 있어서 정확히 몇을 죽였는지는 모르겠어요."

"흐음, 그렇군. 아까 전에 목적을 달성했다고 했으니, 요트스프림의 모든 다크엘프들이 죽었겠어."

시르퀸은 더 대답하지 않았다. 그녀의 시선은 다크엘프에게 고정되어 있었다. 곧 다크엘프의 시체에 가까이 다가간 그녀는 무릎을 꿇고 앉아서 그 시체를 면밀히 살폈는데, 그런 그녀의 갑작스러운 행동에 운정은 조용히 그녀를 기다렸다. 너무나 집중하는 것이 방해해선 안 될 것 같아 보였다.

한참이 지나고, 시르퀸이 자리에서 일어나며 말했다.

"너무 오래되었군요. 씨앗을 얻을 순 없겠어요."

"뭐라고?"

시르퀸은 태연한 표정으로 말했다.

"씨앗을 얻을 순 없을 것 같아요."

시르퀸이 말하는 씨앗이 무엇임을 잘 아는 운정은 당황하지 않을 수 없었다.

"아, 그에게서 씨앗을 얻으려고 했느냐?"

시르퀸은 아쉽다는 표정으로 그 시체를 내려다보며 말했다.

"요트스프림의 아버지가 라스 오브 네이쳐를 시전하면서도 마지막까지 남겨놓은 게이트키퍼(Gatekeeper)의 개체이니, 그 우수성은 더 확인해 보지 않아도 알겠죠. 이곳에서 나올 때 생각하지 못한 게 아쉽네요."

"……."

"자, 가죠."

시르퀸은 당황한 표정을 짓고 있는 운정에게 살짝 웃어 보이곤, 백색의 버섯 안으로 먼저 들어가 버렸다. 운정은 자기도 모르게 다크엘프의 시체, 그것도 그 시체의 하체를 잠깐 보고는 곧 고개를 마구 흔들었다.

"하이엘프의 목적은 번식이라 했었지… 후……."

그는 시르퀸을 따라서 안으로 들어갔다.

반투명한 휘장이 끊임없이 이어지는 듯한 세상. 버섯 안은 전과 크게 다르지 않았다.

운정은 쫙 편 양손을 포갠 채 앞으로 뻗어 세로로 결을 만들었다. 그리고 그 안에 생기는 공간으로 앞서 걸었다. 그러자 쉽사리 찢어졌는데, 운정의 몸에 밀착한 채로 미끄러지는 터라, 운정은 전신을 은은한 마기로 둘렀다. 그러자 조금 속도가 나기 시작했다.

앞에는 시르퀸의 백색 실루엣이 있었다. 운정은 조금 걸음을 빨리하여 그녀를 따라잡았다.

그녀 옆에 서게 되자, 운정이 물었다.

"방금 전에 아버지라 했느냐? 요트스프림의 아버지라고."

시르퀸은 걸음을 바삐 하며 대답했다.

"네, 맞아요."

운정이 더 물었다.

"엘프는 어머니가 있고, 다크엘프에게는 아버지가 있는 것이냐?"

"일족마다 다르죠."

"어떻게?"

시르퀸은 단조로운 목소리로 설명했다.

"각 일족은 그 족의 근원이 되는 식물이 있어요. 예를 들면 전 바르나무이고, 카이랄은 악숀테크 버섯이지요. 그 식물의 번식과 비슷한 방법을 취해요. 바르 나무는 숫나무와 암나무가 있는데, 암나무에서만 열매가 맺히니 바르 일족의 엘프들은 어머니만 존재하지요."

"나무에도 암수가 있느냐? 신기하구나."

"그럼요. 식물 중에는 암수가 나눠져 있는 게 굉장히 많아요. 마스터께서 그걸 몰랐다니 그게 더 신기하네요."

"식물에 대해선 깊게 공부하지 못했다. 그러면 악숀테크는? 아버지가 있는 이유는 숫버섯에서 번식이 이뤄져서 그러느냐?"

"아니요. 악숀테크 버섯은 하나의 성, 그러니까 숫버섯밖에 없다고 들었어요. 그리고 그 숫버섯이 무성생식을 하는 것이지요."

"무성생식?"

"남녀가 없는 생물이 번식하는 방법이에요. 자신과 똑같은 개체를 낳는 것이죠. 그래서 다크엘프들은 완전히 똑같이 생겼잖아요?"

"흐음. 그렇구나. 그러고 보니 너희 일족도 개체들이 서로 비슷하게 생긴 것 같은데?"

"저희 어머니는 거의 무성생식으로 아이들을 만드세요. 이미 너무나 오래되신 분이라, 이미 저장해 둔 씨앗을 모두 써 버리셨거든요. 그래서 그 오랜 세월 동안 어머니께서 만드신 가장 우수한 개체를 표준으로 삼아서 비슷하게 만드시죠. 원래부터 무성생식을 하시던 분은 아니세요."

"흐음……."

"엘프의 삶은 반영구적이지만, 씨앗은 언젠간 동이 나니까요. 어머니께서 제게 말씀해 주시기를 나중에 어느 정도 자리를 잡게 되면 개체의 다양성에 대해서 실험과 연구를 적극적으로 하라고 하셨어요. 혹시라도 생기는 돌연변이로 인해서 생기는 위험 요소보다는 그 의외성으로 얻어지는 수확이 더욱 생존에 도움이 된다고 하셨지요."

수명으로는 영원한 삶을 사는 엘프.

하지만 그들의 삶은 인간만큼이나 치열하다.

어찌 보면 살아 있는 모든 것의 숙명인 것인가?

운정은 나지막하게 읊조렸다.

"그렇구나. 잘은 모르겠지만, 네가 감당해야 할 하이엘프의 목적도 쉽지 않은 것 같다."

"살아 있다면, 어느 삶이든 쉽지 않죠."

"……."

"저쪽이에요, 마스터."

운정이 고개를 들어서 시르퀸이 가리킨 곳을 보니, 거대한 탑의 그림자가 보였다. 하늘 높이 뻗어 있어 그 끝을 도저히 가늠할 수가 없었다.

"저 높은 탑에 카이랄이 있다고?"

"저 탑이 카이랄이에요, 마스터."

"뭐?"

"저 탑이 카이랄이에요."

같은 말을 반복했지만, 운정은 그 말을 이해할 수 없었다. 하지만 더 묻지 않았다. 이해해 버릴까 봐 두려웠기 때문이다.

그렇게 말없이 걸어가니 결국 그 거대한 탑 아래 도착할 수 있었다. 놀랍게도 그 거대한 탑 주변에는 넓은 범위의 빈 공간이 있었다. 마치 전에 다크엘프의 장로들을 만났을 때, 그들이 운정을 위해서 만들어 준 공동 같은 느낌이었다. 다만 다른 것이 있다면, 그때는 원형의 천장이 있었는데, 지금은 그 탑을 따라서 원통형으로 하늘 높이 쭉 빈 공간이 이어진다는 점이었다.

답답한 버섯 속에서 나오자, 그 공동을 채우는 공기가 그를 반겼다. 운정은 몸을 감싼 마기를 갈무리했다. 선기가 너무나도 부족해서 그조차도 꽤 큰 심력이 소모되었다. 그는 얼굴을 조금 찡그리며 호흡을 가다듬었다. 맑은 공기 속에 내포된 대자연의 기운이 그의 폐 안에 들어와 그의 기혈을 감싸 안았다.

"이, 이건……."

공기 속에 내포된 대자연의 기운은 파인랜드에서 도저히 찾아볼 수 없을 만큼 고농도였다. 단순히 호흡하는 것만으로도 단전이 가득 차는 느낌이다. 물론 그의 선공은 너무나 정순해서 그의 날숨으로 인해 대부분 빠져나갔지만, 그래도 애초에 아무것도 들어오지 않는 파인랜드의 공기와는 질적으로 다른 느낌이 있었다.

시르퀸은 어느새 그 흰 탑에 가까이 가 있었다. 그 흰색 탑의 굵기는 성인 남성이 양팔을 벌리면 대략 반 정도 감쌀 수 있는 정도였다. 그녀는 손을 뻗어, 그 탑에 손을 얹고는 운정을 보며 맑게 미소 지었다.

"카이랄에게 인사하세요."

대자연의 기운이 가득한 공기 때문에 한껏 들뜬 운정의 마음은 누군가 찬물을 부어 버린 것처럼 차갑게 식어 버렸다.

결국 그 말을 이해해 버린 운정이 슬픔을 머금고 물었다.

"네 말은 카이랄이 흰 탑에 있다는 뜻이 아니겠지. 그 탑이야말로 카이랄이라는 것이냐?"

"네. 그는 요트스프림의 새로운 아버지가 되었어요. 중심을 잃은 요트스프림은 이제 사라질 것이고, 그 자리를 카이랄이 대신하게 될 거예요."

운정은 고개를 숙였다. 그리고 자신의 양손을 바라보았다. 그 양손은 서서히 그의 얼굴로 올라왔고, 곧 그의 얼굴을 가렸다.

쿵.

쿵.

심장이 점차 빠르게 뛰기 시작했다. 그에 맞춰서 태극마심신공이 점차 운정의 심장 속에 내재된 감기와 리기를 자극하기 시작했다. 운정은 최대한 감정을 억누르려 했으나, 가장 깊은 곳에서부터 솟아나는 감정은 그의 의지로 도저히 꺾을 수 없는 것이었다.

게다가 그의 의지를 도울 만한 선성도 선기도 없었다. 친우를 잃은 슬픔을 무엇으로 합리화할 수 있겠는가? 이미 시아스에게 쏟아부은 선기를 어떻게 되찾을 수 있을까? 운정이 할 수 있는 것은 고작 호흡을 통해서 들어오는 풍부한 대자연의 기운 속에서 티끌만큼이라도 녹아 있는 순수한 건기와 곤기를 흡수하여 기혈을 보호하는 것뿐이었다.

하지만 그의 육신 위로 마기는 스멀스멀 피어오르기 시작했다. 그의 초인적인 심력으로도 미처 다 거두지 못했다. 하늘까지 이어지는 검은 선이 아지랑이처럼 피어올랐다.

"마스터, 오해하지 마세요. 그는 죽은 것이 아니에요."

운정은 양손을 내렸다. 그 안에는 완전히 무표정해진 그의 얼굴이 있었다.

"변한 것이지. 다른 것으로."

"맞아요, 그러니까……."

"다시는 대화할 수 없는 것으로, 다시는 나와 함께할 수 없는 것으로, 다시는 마주 볼 수 없는 것으로. 그렇다면 그가 죽은 것과 무엇이 다르지?"

"마스터……."

"여기서 무슨 일이 있었는지 알려 줄 수 있느냐, 시르퀸?"

심각한 그의 표정을 본 시르퀸은 자기도 모르게 침을 한

번 삼켰다. 그녀는 조심스러운 어조로 대답했다.

"우선 이곳에 처음 도착했을 때에……."

"잠시."

운정은 그녀의 말을 자르면서 훌쩍 뛰었다. 시르퀸은 갑자기 자신의 앞에 나타난 운정을 보곤 깜짝 놀랐는데, 비명을 지를 새도 없이 운정의 품에 들려져 떠올랐다.

상황이 어떻게 돌아가는지 이해할 수 없었던 시르퀸은 운정의 뒤로 무언가 떨어지는 것을 보았다. 그것은 정확히 시르퀸이 서 있었던 곳에 주먹을 내리꽂고 있었다.

쾅—!

엄청난 폭음이 울리면서 그 지면이 폭발했다. 한쪽에 안착한 운정은 시르퀸을 내려 주며 폭음으로 인해 생긴 흙먼지를 바라보며 말했다.

"저것은 강기로 인한 폭발이 확실하다. 무림인이군. 혹 이곳에서 무림인과 조우한 적이 있었느냐?"

시르퀸은 허리에 맨 활시위에 머리카락을 걸며 말했다.

"아니요. 전혀요. 무림인이라니요?"

운정은 손을 앞으로 뻗었다. 그러자 그의 허리에 걸려 있던 미스릴 검이 그대로 그의 손에 잡혔다. 그는 흙먼지가 있는 곳을 주시하며 시르퀸에게 말했다.

"느껴지는 기운은 적어도 초절정이다. 절대로 긴장을 늦추지 말……."

운정의 고개를 갑자기 하늘을 향했다. 곧 하늘에서 시전어가 들렸다.

[파워—워드 킬(Power—word kill)]

죽음이 운정에게 임했다.

그러나 무슨 영문인지 운정은 전혀 영향을 받지 않았다.

운정은 하늘의 한 점에 초점을 모으며 중얼거렸다.

"마법사?"

그때 흙먼지 속에서 한 인형이 일자를 그리며 운정에게 날아왔다. 운정은 시르퀸을 뒤로 밀고 자세를 잡아, 왼손으로는 검결지를 펼쳤고, 오른손으로 미스릴 검을 들어 마기를 잔뜩 주입해 강기충검(罡氣充劍)을 시전했다.

콰—!

거대한 충돌음이 났지만, 운정의 몸은 조금도 밀리지 않았고 미스릴 검도 전혀 손상되지 않았다. 다만 그 상대는 날아온 속도만큼이나 빠르게 뒤로 쭉 튕겨져 나갔다.

퍽.

악촌테크 버섯은 세로로 잘 갈라지지만, 가로는 무엇보다도 단단하다. 그 사람은 버섯의 벽에 부딪쳐 그대로 그 자리에 주저앉게 되었다.

운정은 그 사람을 어디선가 본 듯했다.

"이석권? 그런데 나이가……."

이석권은 서서히 몸을 일으키고 있었다. 운정은 그 즉시 미스릴 검에 검강을 담아 쏘아 보냈다. 이석권은 이를 모르는지 그저 자리에서 일어나려고만 했다. 맞서서 강기를 발경하지 못했고, 그렇다고 신법을 펼쳐 도주하지도 못했다.

누가 보아도 꼼짝없이 당할 상황. 그런데 그때 누군가 검기와 이석권 사이에 착지했다.

탁.

그 인물은 엘프였고, 마법사였다.

그녀는 지팡이를 앞으로 살짝 뻗었는데, 그것만으로도 운정의 검강은 그 자리에서 소멸했다.

운정은 그 마법사를 보며 중얼거렸다.

"고바넨."

고바넨은 피식 웃으며 말했다.

"難怪你沒有被卽死呪文殺死."

*　　　*　　　*

"어쩐지, 즉사주문에 죽지 않더니……."

오랜만에 듣는 한어에, 눈초리를 모은 운정이 마찬가지로 한어를 사용해 물었다.

"고바넨, 당신은 언제 파인랜드로 넘어왔습니까?"

그 질문을 듣자 고바넨 역시 운정처럼 눈초리를 모았다.

"파인랜드? 잠깐, 그런데 너 발음이……."

의문과 의심. 그 둘이 담긴 시선이 오가고 곧 그들은 서로의 생각을 엿볼 수 있었다.

운정은 이곳이 파인랜드라 생각한다.

고바넨은 이곳이 중원이라 생각한다.

그리고 그것은 곧 그들에게 상당한 충격으로 다가왔다.

그들은 동시에 흰 버섯 기둥을 바라보았다.

"설마."

"아니겠지."

그들은 서로의 목소리를 듣고는 퍼뜩 정신을 차렸다. 그리고 동시에 다시 서로를 노려보기 시작했다.

고바넨의 시선이 운정을 훑었다. 그가 입고 있는 옷은 중원의 형식을 띠고 있었지만 주변 마나의 흐름이 이상한 것을 보니, 나리튬을 섞어 놓은 것이 분명했다. 게다가 그가 들고 있는 은색 검은 그냥 육안으로만 딱 봐도, 중원에 있는 것들과는 재질부터가 달랐다.

동시에 운정의 시선이 고바넨을 훑었다. 열 손가락에 끼어져 있는 월지는 각양각색으로 빛나고 있었고, 지팡이 끝에 달린 진한 보랏빛 보석은 그 안에 담긴 마나의 양을 감히 측량할 수조차 없는 수준이었다.

이번엔 고바넨의 시선이 시르퀸을 향했다. 활시위를 쥔 채 실프의 힘으로 만든 바람의 화살이 그녀의 활시위에 걸려 있었다. 본인은 오래전 뱀파이어가 되고 나서 잃어버렸던 축복들이 그녀의 머리 위로 쏟아지는 것이, 하이엘프 중에서도 어머니에게 특별히 사랑받는 하이엘프가 분명했다.

또한 운정의 시선이 이석권을 향했다. 은은한 검은빛을 머금은 두 눈은 흐리멍덩했다. 그러나 마치 이십 대로 돌아온 것처럼 그의 머리카락은 진한 검은색이었고 피부에는 작은 주름살도 보이지 않았다. 전보다 풍채도 조금 커졌으며, 특히 주먹부터 어깨까지 이어지는 그의 양팔은 웬만한 여자의 허리보다 굵었다.

고바넨이 말했다.

"우리의 마지막이 좋지 못했던 건 인정하지. 하지만 우리가 여기서 더 싸울 필요가 있는가? 일단은 대화로 풀어 보지."

운정이 차갑게 말했다.

"먼저 칼을 내민 건 그쪽입니다."

"흐음, 그렇게 말하고 그냥 지켜보는 거라면, 델라이의 미치광이는 여기 없는 거겠어?"

"……."

"왜 놀란 표정을 짓고 그래? 그녀는 제자를 죽인 날 절대로 살려 두지 않을걸? 그런데 네가 이토록 소극적으로 나온다면야, 미치광이가 없다는 뜻이겠지."

운정은 가만히 그녀를 보다가 말했다.

"이곳에 왜 오셨습니까?"

"나? 글쎄, 왜 왔을까? 그렇게 물어보는 넌? 너는 왜 왔지? 보아하니 천마신교에서 파인랜드로 보낸 그 무리 속에 너도 있었구나."

"답변해 주시지요. 어떻게 오셨습니까, 요트스프림에."

"왜에서, 어떻게로 질문이 바뀌었군. 그렇다면 너도 내가 지금 하고 있는 의심과 같은 의심을 하는 거겠지? 그리고 그 의심을 확인하고자 나에게 그런 질문을 하는 것이고?"

운정은 고개를 돌려 시르퀸에게 작게 속삭였다.

"버섯 쪽으로 몸을 숨기거라."

"마, 마스터."

"명령이다. 숨겨."

운정은 그렇게 말한 뒤에, 미스릴 검을 앞으로 뻗으며 고바넨에게 말했다.

"당신이 말한 것처럼 당신과 전 은원 관계로 얽혀 있지요. 그러니 검을 출수한다 하더라도 용서하시길 바랍니다."

그 말을 듣자, 고바넨은 뜻밖이라는 표정으로 운정을 보았다.

"그저 은원관계가 좋지 못하다고 검을 출수하겠다고? 나를 공격하려면 합당한 이유를 대라, 운정 도사."

"내가 당신을 공격하려는 건 그렇게 하고 싶기 때문입니다. 다른 이유는 없습니다. 게다가 당신은 아무 이유 없이 즉사주문을 사용했지요. 상대가 누군지도 보지 않고 즉사주문을 쓸 정도라면, 당신의 심성이 어떤지는 이미 만천하에 드러난 것이지요."

고바넨은 입꼬리 하나를 올리며 나지막하게 말했다.

"하, 운정 도사, 내가 알던 운정 도사가 맞나? 모든 일에 대의를 찾으며……."

운정은 그 말을 자르며 미스릴 검에 강기를 불어넣었다.

"문답무용입니다. 힘 조절이 어려우니, 죽지 않도록 최선을 다하시길 바랍니다."

말이 끝나기 무섭게, 운정의 몸이 점차 커지기 시작했다.

고바넨은 그것이 갑작스러운 가속으로 인한 착각임을 알고 있었기에, 뒤로 슬쩍 물러났다. 그러자 그녀의 뒤에 서 있던 이석권이 자연스레 앞으로 나와, 날아오는 운정을 향해 정권을 찔렀다.

캉―!

검과 주먹이 맞부딪쳤지만, 딱딱한 충돌음이 울렸다. 운정은 그의 미스릴 검이 이석권의 피부를 파고들어 가는 것을 확인했다. 그 검이 멈춘 이유는 피부나 살이 아닌, 이석권의 뼈였다.

그 뜻은 피부와 살이 아닌 뼈에 강기가 씌워졌다는 뜻이다.

운정은 의문이 들었다. 좋은 효과도 없을뿐더러, 일부러 그런 무공을 창안해서 익힌다고 해도 어려울 것이다. 이석권의 다른 주먹이 복부로 날아오는 것을 본 운정은 우선 그 의문을 접어두고는 태극보를 펼쳐 뒤쪽으로 한 발 물러섰다.

하지만 이상하게도 이석권의 왼 주먹은 쉽사리 운정의 몸을 따라왔다.

퍽—!

내력으로 가득 찬 주먹이 옆구리를 강타했다. 선기가 부족하여 삼합사령마신공이 제대로 펼쳐지지 않아 태극보의 묘리가 온전히 나타나지 않은 것이다. 다행히 운정은 맞을 만한 곳에 마기를 집약했는데, 역시 마기는 마기인지 주먹에 맞아도 충격은 거의 없었다.

다만 그 운동량이 어디 가는 건 아니니, 그의 몸이 옆으로 날아가는 것까지 어찌할 수는 없었다. 포물선을 그리며 날아가는 도중 겨우 자세를 잡아 가는데 그때, 운정의 시야에 고바넨의 지팡이에서 보랏빛이 강해지는 것이 포착되었다. 운정은 그 즉시 의복에 내력을 불어넣었다.

[파워 워드 할트(Power—word Halt).]

고바넨이 시동어를 외치자, 운정의 의복이 황금빛으로 빛나기 시작했다. 강렬한 그 빛을 보며 고바넨의 표정이 경악으로 물들었다.

"나리튬이 파워 워드를?"

운정은 미스릴 검을 고쳐 잡고, 혜쌍검마의 묘리를 이용하여 태극보를 펼쳐 몇 발자국만에 간신히 설 수 있었다. 다만 선기가 없이 오로지 마기만 이용하니 현묘함이 사라져 걸음들이 투박하기 이를 데 없었다.

그가 고개를 들어 앞을 보니, 이석권이 빠르게 그를 쫓고 있었다. 미스릴 검에 베어졌을 그의 손은 아무런 상처도 없는 듯했다.

운정은 칼을 고쳐 잡고 앞으로 유풍검기를 쏘아 보냈다. 유풍검기는 검의 형태로 생성되었으나, 조금 날아가서는 금세 불로 변해 버렸다.

화염 폭풍은 순식간에 이석권을 집어삼켰다. 하지만 이석권의 발은 조금도 늦추어지지 않았고, 달려오던 그 속도 그대로 불길과 함께 뛰어왔다. 그의 주먹에 강기가 담기자 그곳에서부터 화염이 걷히기 시작했는데, 그 안에서 나타난 것은 놀랍게도 앙상한 뼈뿐이었다.

쿵—!

운정이 있던 자리에 얇은 뼈 주먹이 내리꽂혔다. 그런데도 바닥은 움푹 패였다. 화염이 공기 중으로 날아가며 드러난 이석권은 더 이상 사람의 모습이 아니었다. 피부와 근육 없이 오로지 뼈로 이루어져 있는 해골이었다.

그러나 그 해골은 여느 무림인만큼이나 민첩하게 움직였다. 주먹 하나하나에 강기를 담아 내지르는데, 화산파의 무공을 그대로 펼치는지 신묘한 묘리까지 섞여 있었다.

부웅.

한 번 주먹이 훑고 지나갈 때마다 등골을 오싹하게 만드는 파공음이 울렸다. 운정은 그것을 종이 한 장 차이로 피하면서도 고바넨을 시야에서 놓치지 않았다.

고바넨은 조금 고민하는가 싶더니, 다시 주문을 읊기 시작했다. 운정은 그녀를 공격하고 싶었지만, 그 해골의 주먹을 피하면서 동시에 검기를 쏘기에는 역부족이었다. 나리튬에 내력을 불어넣는 것도 심력의 낭비가 있었지만, 무엇보다 극도로 부족한 선기를 겨우 달래 기혈을 보호하는 데 들어가는 낭비가 극심했다.

결국 고바넨은 마법을 모두 영창했다.

[핸즈 패스트(Hands Fast).]

그 순간 해골의 주먹이 길어졌다. 운정은 다행히 고바넨이 말한 시동어가 무슨 마법인지 알았기 때문에, 그 주먹이 길어진 것이 아니라 그의 시간이 빨라졌다는 것을 눈치챌 수 있었다.

고바넨은 운정에게 마법을 펼쳐 보았자 의미가 없으니 해골에게 도움을 주는 마법으로 방향을 튼 것이다.

주먹이 두 배 가까이 빨라지자, 운정은 회피하는 것을 멈췄다. 그리고 미스릴 검을 들어서, 그 주먹을 방어했다.

캉! 캉! 캉!

손목을 통해서 전해져 오는 충격이 상당했다. 뼈밖에 남지 않은 그 주먹에 얼마나 강대한 강기를 불어넣었는지, 가공할 마기가 담긴 미스릴 검에 조금도 모자라지 않았다.

다만 문제는 내구도.

미스릴이 아니라 일반 철이었다면 아마 검의 내구도가 먼저 닳았을 것이다. 하지만 미스릴은 내력과 가장 상성이 좋은 초합금속. 그것과 연속적으로 충돌하는 해골의 뼈에는 미세한 금이 가기 시작했다.

운정은 그것을 놓치지 않고, 기회를 엿보다가 일순간 정면에서 그 주먹과 검면을 충돌시켰다.

뽀각—!

손뼈가 부서지며 그 조각이 사방으로 흩날렸다. 운정은 그대로 해골의 품 안으로 파고들었고, 그의 검결지를 펼쳐 그의 하체 부근에 두었다. 그리고 위쪽으로 장풍을 쏘았다.

펑—!

그의 몸이 일자로 들리자, 운정은 그대로 양손으로 미스릴 검을 잡았다. 그리고 그대로 뒤로 훌쩍 뛰면서, 진득한 마기를 그 검에 불어넣으며 일도양단하듯 휘둘렀다. 그의 검에서부터 화염을 머금은 바람의 칼날이 해골의 머리 위로 떨어졌다.

그러자 화염은 번개가 부채꼴을 그리며 내려치듯 그 해골을 산산조각 냈다. 머리에서부터 발끝까지 잘리지 않은 뼈가 하나도 없었다.

화르륵—!

빈 공간을 가득 메운 화염은 곧 하늘 높이 솟구치기 시작했다. 운정은 미스릴 검을 몇 번씩 휘둘러 보곤, 고바넨을 향해서 검을 뻗었다. 토막이 난 해골은 고작 몇 번의 검 놀림에 일어난 작은 바람에도 밀려, 고바넨이 있는 곳까지 데굴데굴 굴러갔다.

더 이상 버틸 수 없었던 운정의 입에서 핏줄기 하나가 흘러내렸다.

하지만 그 모습을 보면서도 고바넨은 조금도 방심하지 않았다.

운정이 손을 들어 입가의 피를 닦으며 말했다.

"네크로멘서(Necromancer)의 패밀리어 중 가장 강력하다고 알려진 데스나이트(Death knight)로군요. 맞습니까?"

고바넨은 뼛조각이 된 자신의 패밀리어를 내려다보며 말했다.

"마법 공부를 한다더니, 정말로 공부를 게을리하지 않았군."

"보아하니, 이석권 장로의 몸을 재료로 사용한 것 같습니다. 하지만 그 본체가 사람의 뼈다 보니 한계가 있군요."

"앞으로 중원의 강시술과 융합하여 최고의 패밀리어를 갖게 될 거니까 크게 걱정하진 않아. 그때가 되면 살아생전의 무공을 그대로 펼칠 수 있게 되겠지."

"더 하시겠습니까?"

"아니, 파워 워드도 통하지 않는 상대에게 뭘 어떻게 하겠어. 그런데 네가 입고 있는 그 옷. 나리튬 맞겠지? 파워 워드를 어떻게 막았지?"

"제가 이겼으니, 질문은 제가 합니다."

고바넨의 눈이 반쯤 감겼다. 그녀는 독백하듯 말했다.

"확실히 달라졌어. 사람이 바뀐 듯하군."

운정이 말했다.

"묻겠습니다. 이곳에 어떻게 오게 되었습니까?"

고바넨의 시선이 운정의 미스릴 검에 머물렀다. 가만히 그렇게 보다가 곧 팔짱을 끼며 말했다.

"아마도 넌 파인랜드에서 바로 왔나 보지? 그래서 내가 중원에서 왔는지가 궁금한 걸 테고."

"다시 묻겠습니다. 세 번은 없습니다. 어떻게 오게 됐습니까?"

화르륵.

미스릴 검의 끝에서 화염 한 줄기가 나타났다. 그것은 그 검에서 하늘까지 이어진 가상의 선을 타듯 하늘 위로 피어올랐다.

고바넨의 얼굴이 살짝 굳었다. 그녀는 팔짱을 풀며 말했다.

"낙양 주변을 조사하던 도중, 다크엘프의 동굴을 발견했다. 본래라면 잘 보이지 않아야 정상인데, 이상하리만큼 떡하니 동산 한복판에 있었지. 그래서 더 조사해 보려고 들어온 것이다. 그런데 이곳은 멸망한 곳이었다. 내가 들어가자마자 공격해야 할 다크엘프 와쳐들이 전혀 보이지 않았어."

"중원 낙양에서 온 것이 확실하군요."

"넌 아니지? 파인랜드에서 온 거지?"

운정은 순간 카이랄이 했던 말이 떠올랐다.

"차원이동은 그림자를 통해서 하는 것이다. 이건 그것과는 조금 달라. 누구든 요트스프림으로 들어온 자는 들어온 문으로만 나갈 수 있다. 중원에서 들어왔다면 중원으로만 나가야 하니, 파인랜드로는 갈 수 없지. 따라서 차원이동이라는 말은 성립되지 않는다. 다만 그 안에서는 서로 간섭할 수 있으니… 차원 접촉이라 하면 괜찮겠군."

운정이 말했다.

"그렇군요. 알겠습니다. 그럼 포박하겠습니다."

"뭐라고?"

"저와 스페라 스승님은 마법에 있어 사제지간이라 할 수 있습니다. 서로 생명을 맡긴 적도 있습니다. 전처럼 스페라 스승님의 원수를 그저 두고 볼 수는 없을 것 같습니다."

"……."

"지팡이를 내려놔 주십시오. 그렇지 않으면 험한 꼴을 당할 수도 있습니다."

고바넨은 기가 찬 듯 말했다.

"아니, 정말로 지난 5일 동안 파인랜드에서 무슨 일이 있었던 거지? 영혼이 바뀌었다 해도 믿겠어."

5일?

운정은 자신이 파인랜드에 있었던 시간이 고작 5일밖에 되지 않았다는 사실을 믿기 어려웠다.

그는 속내를 숨기며 말했다.

“지팡이를 내려놓으십시오.”

“글쎄. 여기서 포박을 당해 미치광이에게 끌려가면… 아마 죽는 것보다 더 험한 꼴을 당할 텐데?”

고바넨은 끝까지 지팡이를 내려놓지 않았다.

운정은 제운종을 펼쳐 앞으로 달려 나가면서 미스릴 검에서 검기를 날려 보냈다.

화르륵.

검기는 이제 검에서부터 검기의 형태조차 띠지 못하고 화염이 되어 앞으로 뿜어졌다. 선기가 고갈되어 무당파 무공의 묘리가 전혀 나타나지 않은 것이다. 화염은 공기 중에 불타올랐고, 때문에 운정의 경공보다 느렸다. 운정은 하는 수 없이 자신의 온몸을 마기로 두르고 그가 뿜은 화염을 연막 삼아서, 고바넨에게 돌진했다.

[루밍(Rooming).]

쉭─!

미스릴 검이 고바넨의 심장 부근을 짧게 찔렀다. 하지만 고바넨의 모습이 흐릿하게 변하더니 곧 사라져 버렸다.

운정은 그 즉시 훌쩍 뛰었다. 그리고 버섯의 벽 한 곳을 짚고는 사방을 둘러보았다. 그러자 멀찍이 공간이동을 한 고바넨이 그를 노려보고 있었다.

운정은 무당파의 검공인 양의검(兩儀劍)의 형태를 빌려 고바넨을 향해 검을 앞으로 찔렀다. 그것은 무당파의 모든 검초 중 가장 빠른 찌르기로 그 형태에 검기를 담으면 송곳 같은 형태를 취했다.

그러자 불줄기가 검 끝에서부터 뿜어져 포물선을 그리며 날아갔다. 마치 불꽃을 담은 작은 화약통을 빠른 속도로 던진 것 같았다.

고바넨은 막 영창을 끝냈다. 동시에 운정은 제운종을 펼쳤다.

[루밍(Rooming).]

고바넨은 그보다 더 위의 공중에서 나타났다. 그녀는 고개를 숙여 발밑 저 아래에서 하나의 선을 그리며 불타오르는 불길을 보았다. 그리고 그 주변에 있을 운정의 모습을 서둘러 찾았다. 하지만 운정은 어디에서도 보이지 않았다.

순간 엄청난 공포가 엄습했다. 언데드가 되고 나서 거의 느껴 보지 못한 수준이다.

서걱—!

고바넨은 자신의 귀를 의심하며 앞을 보았다. 그곳에는 미스릴 검에 의해서 그 끝이 잘려 버린 지팡이가 있었다.

운정은 코앞에서 검결지를 뻗어 고바넨의 얼굴 가까이 가져갔다. 고바넨은 자신의 미간을 향해 뻗어진 그 두 손가락을 보면서도 무표정한 얼굴이었다.

퍽―!

검결지에서 발경이 이루어지기 직전, 운정의 몸이 무언가와 충돌하여 위로 날아갔다. 운정은 전신에 마기를 끌어올리며 아래를 보았는데, 그곳엔 자신의 허리를 감싸 쥐고 있는 해골이 있었다.

"부서지지 않았나?"

해골은 산산조각 나기 전의 모습 그대로였다.

운정은 왼손으로 해골의 머리를 잡았다. 그리고 미스릴 검을 역방향으로 들어서 그 머리에 꽂았다. 그러자 그의 허리를 잡은 해골의 손에서 힘이 빠졌다. 해골은 곧 운정의 몸에서 떨어져 아래로 추락하기 시작했다.

운정은 천근추의 수법을 썼다. 그러자 몸이 무거워지며 솟아오르던 몸이 공중에서 멈췄다. 그 상태에서 운정이 아래를 보니, 고바넨이 중간지점의 버섯 벽으로 몸을 숨기는 것이 보였다. 또한 추락하던 해골이 그 높이에 도착하자, 검은 무언가가 생겨나 그 해골을 삼켜 버렸다.

이젠 운정의 몸도 추락하기 시작했다. 바닥까지는 대략 20장. 운정은 몸을 날려 버섯의 벽을 차면서 둥글게 내려왔다. 그러면서도 고바넨이 사라졌던 방향을 향해 검기를 날리는 것을 잊지 않았다.

화르륵!

검에서 뿜어진 화염은 고바넨이 들어간 그 지점의 버섯을 까맣게 불태웠다. 표식이 잘 남은 것을 본 운정은 미련 없이 바닥을 향해 내려갔다.

탁.

운정은 바닥에 착지하자마자, 반쯤 쓰러져 양팔로 몸을 받쳤다.

"크학—! 크학."

붉은 피가 그의 입에서 폭포수처럼 뿜어졌다. 격한 숨에서 검붉은 마기가 스멀스멀 피어올랐다. 그렇게 한동안 피와 마기를 토해 낸 운정은 겨우 정신을 차리고 가부좌를 틀 수 있었다.

고바넨은 몰랐지만 그가 아마 조금만 더 싸웠어도 끓어오르는 마성을 어찌할 수 없었을 것이다.

걱정스러운 표정의 시르퀸이 한쪽 버섯 벽에서 나타났다. 운정은 그걸 보는 걸 마지막으로 눈을 감았다. 그리고 운기행공에 집중했다.

쿵.

쿵.

도저히 멈출 줄 모르는 심장과 역행하는 핏물은 그의 오장육부를 뒤집어 놓기 시작했다. 운정은 그의 단전 가운데 기거하는 실프와 노움을 일깨웠다. 그리고 그들의 도움을 받아서 주변에 있는 풍부한 대자연의 기운으로부터 순수한 건기와 곤기를 걸러 내기 시작했다. 미약하기 짝이 없었으나, 아쉬운 대로 그것이라도 필요했다.

시르퀸은 그런 그의 옆에 서서 그가 깨어날 때까지 호법을 섰다.

시간의 경과를 전혀 파악할 수 없는 요트스프림에서 얼마나 되는지 모를 시간이 지나고, 운정이 눈을 떴다.

"깨어나셨군요."

시르퀸이 먼저 말을 걸자, 운정은 그녀가 계속해서 옆에서 지켜봤다는 것을 알 수 있었다.

"얼마나 지났지?"

시르퀸은 희미한 미소를 지으며 고개를 저었다.

"마스터, 제게 시간을 묻는 거예요?"

엘프는 인간보다 모든 감각에 뛰어나지만, 시간 감각만큼은 전혀 없다. 그들의 환경 탓이다.

운정은 자리에서 일어나며 말했다.

"흐음, 그렇구나. 늦었다면 파인랜드로 돌아가……."

"마스터?"

운정은 더 말하지 못했다. 시르퀸은 그의 시선이 카이랄이 변한 안쪽 버섯 기둥에 향해 있는 것을 보았다.

운정의 미간이 내 천 자를 그렸다. 그는 고개를 돌려 이젠 밖에 있는 버섯의 벽을 보았다. 몇 번을 그렇게 고개를 돌려가며 그 둘을 비교한 그가 말했다.

"훨씬 커졌구나… 안쪽 버섯, 아니, 카이랄이."

"……."

그는 곧 입맛을 다시더니 말을 이었다.

"입이 마른 걸로 대강 짐작을 하면 반나절 정도 걸리지 않았나 싶다."

"흐음, 그런가요?"

운정은 고개를 들고 아까 전에 고바넨이 사라졌던 그 부근을 찾았다.

"돌아간다고 한 시간까지 아직 많이 남았으니, 고바넨을 따라가 봐도 좋을 것 같아. 일단 밖의 버섯 벽이 넓어졌으니, 내가 표시해 둔 부분이 사라졌을 수도… 다행이구나. 아직 그을린 자국이 남아 있어."

운정은 시르퀸에게 다가갔다. 시르퀸이 영문을 모르겠다는 표정을 짓자, 운정이 작은 미소를 짓고는 그녀의 허리를 감싸 안았다. 그러자 시르퀸은 그의 행동을 이해하곤 그의 몸에 무게를 실었다.

운정은 그녀를 안은 채 제운종을 펼쳐 그가 표시해 둔 곳까지 날아갔다. 그리고 그곳에서 버섯 벽을 세로로 뚫어 그 안으로 들어갔다.

탁.

바닥보다 상당히 높은 지점이었음에도 그곳엔 땅이 있었다.

운정은 시르퀸을 내려 주며 말했다.

"고바넨은 이쪽으로 갔다. 아마, 이 층에 중원으로 향하는 입구가 있지 않을까 하는데……."

시르퀸이 놀란 표정으로 말했다.

"그럼 중원으로 갈 수 있는 건가요? 다크엘프의 기술은 정말 대단하군요. 세계수의 씨앗도 없이 차원이동이 가능하다니… 몰랐어요."

운정은 고개를 저었다.

"내가 듣기로는 다크엘프의 성역은 그 들어온 입구로만 나갈 수 있는 것으로 안다. 카이랄이 말하길 이곳에서는 차원접촉이 가능하다고 했지, 차원이동은 불가능하다고 했다."

"그렇다면 여기서 중원으로 나가는 문을 찾아도, 나갈 수 없다는 말인가요?"

"아마도. 혹은 아예 찾지 못할 수 있어. 술법이나 진법처럼 우리에겐 그 입구의 존재 자체가 허락되지 않을 수도 있지. 아무튼 조사해 볼 만한 가치는 있는 것 같다."

"그렇군요."

운정은 그렇게 말한 뒤 앞장서서 걷기 시작했다. 어느 방향으로 걸어야 하는지는 알 수 없었지만, 우선은 그 중심 동공으로부터 멀어지는 방향으로 정했다.

걸음을 걸으면서 운정이 물었다.

"그래서 이곳에서 카이랄과 어떤 일이 있었느냐?"

시르퀸은 운정을 따라 걸으며 말했다.

"카이랄은 요트스프림에 도착하기 전부터 요트스프림의 모든 다크엘프들을 죽여야겠다고 마음먹었어요. 전 마스터를 위해서 그의 신변을 보호하려고만 했지만, 어차피 그는 요트스프림을 멸망시킬 때까지 멈추지 않을 테니 그의 목적을 돕기로 결정했지요."

"그렇구나."

"우선 그 입구에 있던 다크엘프를 죽이는 걸 시작으로, 그는 그의 아버지를 찾아갔어요. 그 아버지는 요트스프림의 성지 그 자체로, 본인의 일족인 악숀테크 말고도 사타라나 투칸지 등등 많은 일족들을 함께 거느리며 지금까지 생존한 현명한 아버지였죠."

"……."

"중심까지 오는 건 어렵지 않았어요. 이미 라스 오브 네이쳐로 인해서 거의 모든 다크엘프가 몰살되었고, 이에 이곳에 기거하던 다른 일족들은 요트스프림을 떠났으며 오로지 악숀테크의 일족 몇몇만이 성지를 지키고 있었죠. 때문에 저와 카이랄이 그의 아버지를 만날 때까지 조우한 다크엘프는 두 명에 불과했죠."

"만나고 나서는?"

"카이랄은 그 아버지와 대화를 하고 싶어 했어요. 전 그를 도와주고 싶었지만, 하이엘프인 저도 악숀테크 아버지와는 대화가 불가능하더군요. 카이랄은 결국 그를 죽이기로 했지요. 하지면 여기서 또 문제가 발생했어요."

"무슨 문제가 있느냐?"

"요트스프림은… 너무 거대하죠. 이 공간 전체가 요트스프림

자체에요. 중심이 있긴 하지만 버섯의 특성상 그 중심이 그리 중요하지 않아요. 마치 머리가 뜯겨도 살아갈 수 있는 벌레처럼, 버섯은 한 부분이 뜯겨 나가도 생명에 크게 지장이 없죠. 그래서 카이랄은 그의 아버지를 죽이는 유일한 방법을 생각해 냈어요."

운정은 가슴에서 찌릿한 고통을 느꼈다.

"스스로 아버지가 되는 것이로군."

"맞아요. 그가 요트스프림을 대신하는 것이죠."

운정은 단조로운 목소리로 말했다.

"그렇다면 이곳은 이제 요트스프림이 아니라 카이랄이 되겠어. 카이랄의 자식들이 나타나, 카이랄이라는 성지를 이루겠네."

"아니요. 그렇진 않을 거예요."

"왜?"

"그는 자식을 낳을 수 없는 몸이에요."

"아까 버섯은 무성생식을 한다고 하지 않았느냐?"

"아, 그걸 말하는 게 아니에요. 그가 말하길 자신은 이미 죽은 몸이라……."

"아, 언데드였지. 뱀파이어."

"네. 자신은 씨앗이 없는 존재라고 했어요. 그러니 카이랄이 변한 그 버섯은 요트스프림을 대신하겠지만, 그 안에서 생명이 탄생하는 일은 없을 거라고 하더군요."

"그렇구나. 그래. 그러면 그는 말 그대로 그냥 버섯이 된 거네."

"……."

"버섯이 되었어, 버섯. 하하, 차원 접촉을 일으키는 아주 희귀한 버섯이 되었네, 카이랄……."

"마스터."

"응?"

"그가 마지막으로 말하길 마스터에게 선물을……."

쿵.

운정은 순간 뒤에서 들린 작은 충돌음에 고개를 돌렸다. 그곳에는 막 자세를 바로잡고 있는 시르퀸이 있었다. 시르퀸은 마치 그녀 앞에 투명한 벽이 있는 듯 그 벽을 양손으로 짚더니 운정에게 말했다.

"……."

하지만 아무런 소리도 들리지 않았다. 운정이 시르퀸 쪽으로 걸어가자, 그녀의 말이 들리기 시작했다.

"어가지 못하는… 마, 마스터?"

운정이 물었다.

"앞에 부딪친 것이냐?"

시르퀸이 고개를 끄덕였다.

"예, 버섯이 열리지 않아요. 마치 투명한 벽을 만난 것처럼 말이에요."

"……."

"그런데 마스터는 그냥 들어갈 수 있는 건가요?"

"그런 듯 보인다. 나리툼 옷을 입고 있어서 그런 것인가?"

운정의 독백에 시르퀸이 고개를 저었다.

"이건 마법이 아니라 축복의 영역이에요."

"축복이라……."

"네."

운정은 몸을 돌리며 말했다.

"이곳에서 기다려라, 시르퀸. 곧 돌아오마."

"마, 마스터!"

운정은 시르퀸의 외침에도 발걸음을 멈추지 않았다. 그는 천천히 앞으로 걸어 나갔다. 그러자 반투명한 휘장들의 밀도가 점차 내려가며 호흡할 수 있는 공기의 양도 많아지기 시작했다.

"그때 알았지요. 엘프에게도 마음이 있다는 것을요. 이 열매를 제게 준 건 그녀가 할 수 있는 최선이었을 겁니다."

카이랄에겐 마음이 있었다. 언데드이자 엘프였지만, 그에게는 분명 마음이 있었다.

"이 아이는 엘프인 그녀가 자신을 옭아매는 목적의식으로부터 끝없이 몸부림쳐서 겨우 표현한 마음인 거예요. 때문에

이것만으로도 전 만족할 수 있습니다."

운정은 점차 코로 스며드는 고향의 냄새에 눈을 감았다.

"그가 그런 말을 했지만, 그 또한 분명 당신에게 선물을 준비하고 있을 겁니다. 목적을 완수할 수밖에 없는 엘프지만, 그렇기에 그들이 표현한 마음은 그만큼 뜻깊은 것이지요."

그의 머릿속에서 카이랄의 얼굴이 아른거렸다.

"그러니, 당신의 친구의 말에 너무 큰 실망을 하진 마세요. 그가 그런 말을 했지만, 그 또한 분명 당신에게 선물을 준비하고 있을 겁니다."

몸을 쓸어내리는 휘장이 모두 사라지고, 어두운 동굴이 나타났다. 운정은 동굴을 걸어 올라갔다. 그의 머릿속에는 더 이상 고바넨을 쫓겠다는 생각이 조금도 남아 있지 않았다.

"분명히. 생각지도 못한 선물을 줄 거예요. 당신으로 하여금, 자신이 친구였다는 것을 절대 부정할 수 없을 만큼 귀한 것을요. 그러니 걱정하지 마세요."

동굴의 끝이 보였다.

운정은 눈을 들어 동굴 안으로 스며드는 달빛을 보았다.

곧 그는 동굴 밖으로 나갔다.

대자연의 기운이 가득한 밤하늘.

그 밤하늘 높이 하나의 달이 떠 있었다.

"카이랄……."

오직 왔던 문으로만 나갈 수 있다던 다크엘프의 성지. 그것은 마법이 아닌 축복으로 만들어진 법칙이다.

운정은 그 법칙이 어떻게 자신에게만 다르게 적용되는지 전혀 알 수 없었다.

하지만 한 가지는 확실히 알 수 있었다.

그것이 하나뿐인 엘프 친구의 선물이라는 것을.

『천마신교 낙양본부』 14권에 계속…